Si un árbol cae en el bosque

MARINA TENA TENA

Si un árbol
cae en el bosque

Grijalbo

Papel certificado por el Forest Stewardship Council®

Primera edición: marzo de 2024

© 2024, Marina Tena Tena
Autora representada por Tormenta
www.tormentalibros.com
© 2024, Penguin Random House Grupo Editorial, S. A. U.
Travessera de Gràcia, 47-49. 08021 Barcelona

El poema citado en este libro es un fragmento de «El cuerpo en el alba»,
que pertenece a *Jardín cerrado* (Editorial Losada, 1960), de Emilio Prados.

Printed in Spain – Impreso en España

ISBN: 978-84-253-6693-2
Depósito legal: B-724-2024

Compuesto en Comptex&Ass., S. L.

Impreso en Liberdúplex
Sant Llorenç d'Hortons (Barcelona)

GR 6 6 9 3 2

Para mi abuela Carmen y mi abuelo José (Millán).
Con mucho cariño, de vuestra nieta

Prólogo

Camino sabe que debería romper a llorar.

También sabe que la humedad empieza a condensarse y que pronto caerá la lluvia. Debería ponerse a cubierto. Debería llorar. Debería fingir tristeza o, mejor dicho, debería sentirla. Pero no puede volver a casa en ese momento, no es capaz de condensar las lágrimas ni de detener la lluvia. No es capaz de sentir tristeza, ni de fingirla.

No siente nada.

A su lado, Isabel se derrumba. A su lado, pero parece estar a kilómetros de distancia. Llora, se aferra a su muñeca, pero Camino no lo nota. Es como si su brazo perteneciera a otra persona. Es como si ella estuviera vacía. Isabel se lleva la mano libre a los labios, como si quisiera dejar de repetir:

—No puede ser. No puede ser, no puede ser, no puede, no, no puede ser...

Camino sabe que Isabel le importa. Sabe que la quiere. Sabe que debería consolarla. Lo sabe, pero no lo siente. Inspira despacio y alza la vista hacia las nubes de tormenta.

Fernando se acerca, trastabillando. Está pálido, como si hubiera visto un fantasma. No ha visto ninguno, claro, solo a un muerto. A un amigo muerto. Les dedica un abrazo torpe que no logra recoger a Isabel ni alcanzar a Camino. Luego se aparta, da un par de pasos hacia atrás y se da la vuelta. Vomita. Camino no es capaz de sentir pena ni asco. Quiere cerrar los ojos y concentrarse solo en lo que sí puede sentir. Lo que aún la hace sentirse humana o, por lo menos, viva. El roce de la brisa fría y húmeda en las mejillas. El olor a tierra, a pino y a la lluvia que aún no ha caído. El crujido de la arena bajo la goma de sus zapatillas cuando cambia, casi imperceptiblemente, el peso del cuerpo de un pie al otro. El trinar lejano de un pájaro, quizá un milano negro, que avisa de que ha encontrado una presa o una tórtola que ha perdido a su pareja.

Prefiere concentrarse en el canto de las aves que en las voces de los hombres que la acompañan. Los hombres de uniforme verde. Los vecinos que conoce tanto como los montes que rodean Zarzaleda. Los que la han visto crecer y los que han crecido con ella. Hasta ahora, su pueblo ha sido un estanque pero, de pronto, todas las aguas están revueltas. Hay gritos, órdenes y lágrimas. Y todo eso se ha convertido en un idioma que ya no entiende.

Su alrededor se sacude y tiembla. Se remueve y se agita. Se derrumba, pero ella sigue inmóvil. Verónica chilla.

La oye a pesar de los metros que las separan. Escucha los forcejeos de quien tiene que sujetarla. Es un grito horrible, un sonido húmedo y agudo. Se vuelve insoportable y luego se quiebra.

Camino no aparta la mirada de las nubes. No abraza a Isabel. No ayuda a Fernando. Se queda en silencio y quieta. Recorre la forma de las nubes con la mirada vacía y seca.

—Manuel —solloza alguien cerca de ella.

Es la única palabra que entiende. Manuel es el que falta en el grupo. El chico perfecto. El joven perdido. Al menos ya no está perdido. Solo muerto.

Uno de los guardias civiles se acerca a Fernando con palabras amables que suenan como si sujetara piedras con la lengua. Otro se aproxima a ellas. Camino no recuerda su nombre, aunque está segura de que se lo han dicho. No es mucho mayor que ella. La preocupación le tensa las cejas cuando se fija en Isabel, pero sus ojos se endurecen al centrarse en ella. Dice algo, y Camino asiente, aunque no es capaz de entenderlo.

Sabe que debería llorar, que Manuel está muerto, que Isabel se derrumba y que nada en su vida volverá a ser como antes. Lo sabe, pero no lo siente. No quiere entenderlo o no es capaz de hacerlo. No se separa de Isabel, pero es ella quien la sujeta. Una gota se desliza por su mejilla, pero es agua dulce. Agua amarga. Agua fresca.

La primera gota de la tormenta que se acerca.

Choque

Fecha: 15 de septiembre de 1986

Nombre del testigo: Fernando López Barbero

Fecha de nacimiento: 23/11/1964

Ocupación: Electricista

Relación con la víctima: Amigo

Hechos: Ha participado en las tareas de búsqueda y ha encontrado el cuerpo.

Comportamiento durante la entrevista: Se muestra agitado, aunque colaborador. No cae en contradicciones. Su testimonio no es lineal ni parece practicado, pero es coherente.

Declaración del testigo: «[…] No, no se me ocurre nadie que quisiera hacerle daño. Era un tío genial. Siempre era el alma de la fiesta, bromeaba, era generoso… No creo que tuviera ningún trapicheo raro, no se me ocurre nada. Tuvo que ser un accidente. ¿Quién querría hacerle daño?».

Coartada: El día de la muerte de Manuel, estimada en la noche entre el 12 y el 13 de septiembre, Fernando López Barbero durmió en casa de unos primos que confirman su presencia. Los testimonios coinciden. Según estos, bebieron un rato en casa, Fernando se quedó dormido en el salón en torno a las 3.30 y no se fue hasta las 10.30 del sábado 13, después de desayunar con ellos.

1

No hay un protocolo para ese tipo de situaciones. Para Camino, las convenciones sociales son ataduras. A veces el nudo está más suelto, en ocasiones se cierra con fuerza. Cuerdas invisibles que se tensan con cada interacción, más evidentes en la cercanía del pueblo que en una gran ciudad, donde el anonimato difumina en gris los colores más brillantes.

Entiende cuándo es correcto saludar y en qué circunstancias hay que dar las gracias. Le parecen injustos, o artificiales, esos instantes en los que tiene que hacerlo, aunque en un primer momento no quisiera ayuda. O cuando esa ayuda ha sido insuficiente. Pero esas normas, aunque la aten, también le permiten saber cómo tiene que comportarse en situaciones tensas.

Pero no conoce la forma correcta de comportarse cuando se encuentra el cadáver de un amigo.

Les han pedido que no se muevan. Camino se pregunta si tendrán que seguir allí aunque la lluvia, que de momento se mantiene en unas gotas plomizas, aumente y empiece a calarles. La Guardia Civil, al contrario que ella, tiene claros sus movimientos. Los sigue con una curiosidad apática, como si mirase una hilera de hormigas que cruza el camino a un ritmo tan medido que parece ensayado.

Un grupo se centra en Manuel. En lo que queda de él. Es peligroso descender al lugar donde su cuerpo está encajonado. Pueden caerse. Un resbalón y una mala caída pueden hacer que el rescate de un cuerpo se convierta en el de dos. ¿Es eso lo que le ha pasado? Camino no ha tenido mucho tiempo para mirarlo. E incluso entonces, estaba lejos, entre piedras tan afiladas como los colmillos de una bestia y zarzas. Había sangre tan seca que podría haber sido barro. La piel no parecía humana. Tenía el torso hinchado y la cara irreconocible, con una máscara de moscas y pequeños insectos que recorrían sus mejillas y habían convertido sus orificios en madrigueras de carne seca.

Si no hubiera estado buscando a Manuel, Camino habría pensado que era un muñeco, una escultura de cuero con la que habían querido burlarse de él.

Se acerca al terraplén como sonámbula, sin poder quitárselo de la cabeza. Tiene el impulso de mirar de nuevo porque no puede ser verdad, no es capaz de creérselo. A lo mejor, si se fija, se dará cuenta de que no es más que un fardo de ropa al que han confundido con el chico.

—Es mejor que te mantengas a distancia —dice Pedro.

Camino se detiene. Pedro es el guardia civil más antiguo de Zarzaleda. Una cara conocida entre los que vienen y van, porque ninguno quiere quedarse mucho tiempo en este pueblo. Es un hombre de pelo cano, hombros anchos y complexión poco atlética. Le queda poco para jubilarse, y a veces ha escuchado que se burlaban de él diciendo que no estaba para perseguir a nadie.

Siempre ha sentido cierta simpatía por Camino, y no hay mucha gente en Zarzaleda de la que pueda decir lo mismo. No la miraba, como hacían otros, como si sintiera lástima por ella o como si fuera un animal mal domesticado que en cualquier momento podía revolverse y atacar. Por eso Camino obedece sin reticencias. Ha oído decir que la música amansa a las fieras, pero ella ha visto las suficientes alimañas como para apostar por la calma y los movimientos suaves.

—¿Cómo vais a sacarlo de ahí? —Su voz suena extraña. Anciana, tal vez vacía.

Las zarzas son complicadas. Camino sabe que a veces incluso se usan como muro para delimitar las fincas. No solo por las espinas, que parecen uñas de gato. Se pueden convertir en el nido de muchos insectos. Las abejas pueden usar el interior hueco para criar. Su abuelo le enseñó a buscar miel y también a tener cuidado al hacerlo.

Si Pedro está tan preocupado como ella, no lo demuestra.

—De eso se encarga el equipo de rescate.

Rescate. A Camino casi se le escapa un bufido o una

carcajada. Se rescata a los vivos, y es evidente que Manuel está muerto. Así que no pueden hacer más que quedarse ahí, quietos, cerca del cuerpo de su amigo. Sin hacer nada por sacarlo de entre las rocas.

La pareja de guardias civiles termina de hablar con Fernando y llama a Álvaro. Camino los mira de reojo, tratando de pasar desapercibida. Nunca ha querido encajar con el resto con más urgencia que en este momento, pues está convencida de que ella será la siguiente. Quieren respuestas, y siente la lengua torpe, los pensamientos vagos, un vacío en el pecho y un peso extraño en el estómago.

Un goterón le cae en el dorso de la mano. Le cuesta tragar y piensa en qué pasará cuando la inminente lluvia empiece a caer. Es cuestión de tiempo, y allí todos conocen el ímpetu de las tormentas de verano. Tendrán que irse o, al menos, ponerse a cubierto. Cree que hay coches cerca, y siente un retorcijón al preguntarse si la invitarán a subir a un vehículo oficial. Sabe de sobra cómo funcionan los cepos y la forma tan implacable que tienen de cerrarse sobre la presa una vez que está dentro.

¿Y qué harán con Manuel? ¿Lo dejarán, solo y muerto, bajo la lluvia? El estómago se le agita, y sabe que ni siquiera importa, no demasiado. Manuel ya está muerto, y los muertos, cree, no sienten nada. Ella preferiría que la lluvia le bañase el rostro a que centenares de insectos se pasearan sobre su piel.

El olor a lluvia se vuelve tan intenso que podría cerrar

los ojos, aspirar con fuerza y olvidarse de todo lo que la rodea. Al menos, un par de segundos. O podría hacerlo si, a su lado, Verónica no llorase con tanta fuerza. Lo hace de una forma irregular y aguda, con el rostro retorcido en una mueca que a Camino le parece obscena. Ese dolor, tan sangrante y crudo, hace que el vacío que ella siente sea más evidente. Llora tan alto que los ojos de Álvaro se vuelven una y otra vez hacia ella, mientras intenta responder a las preguntas de los guardias civiles.

Fernando regresa con pasos torpes, como lo haría un cachorro perdido al que alguien le ha dado una patada en las costillas. Isabel suelta por primera vez a Camino y se vuelve hacia él para abrazarlo. El chico se derrumba en sus brazos; si fuera un poco más alto o corpulento, la tiraría. Porque Isabel es menuda, con la piel pálida, de aspecto frágil y una expresión tan dulce que Camino siempre ha pensado que no pertenece a su mundo, que no les pertenece.

Arruga un instante la nariz al notar los restos de vómito en la comisura de los labios del chico, pero Isabel no lo nota, o no le importa. Tiene la piel de un color ceniciento y los ojos, azules, cerrados con fuerza. Ha sido el primero en ver a Manuel, y Camino sabe que esa imagen le perseguirá toda la vida.

«Al menos estamos juntos», piensa. El grupo de siempre. Los que jugaban desde niños, los que crecieron al mismo tiempo y, durante unos años, los que se conocían tanto que no cabía entre ellos ningún secreto. No hasta que la adolescencia les hizo dar un último estirón, les cambió los cuerpos y creó huecos entre ellos. Dejaron de encajar, o se dieron cuenta de que nunca lo habían hecho, no tan bien como creían. Aun así, seguían unidos, a pesar de que Camino hacía mucho tiempo que sentía que el destino tiraba de ellos en direcciones opuestas.

Verónica y Álvaro seguirían juntos. Su amistad se había transformado en otro tipo de amor, uno que les hacía depender el uno del otro, salpicado de deseo y con unos planes de futuro que a Camino le daban vértigo. La presencia de Fernando era inconstante. El chico pasaba un tiempo con ellos y otro con amigos nuevos en pueblos que ofrecían algo más que Zarzaleda. Volvía con ellos cuando Manuel regresaba, que era el que tenía el futuro más sólido y brillante.

Era retorcido, una broma amarga, que fuera justo él el que hubiera muerto. Llevaba tres años estudiando una carrera, pasaba cada vez más tiempo en la capital. Siempre había vestido ropa cara y tenido más lujos que el resto. Pero esas diferencias nunca habían llegado a separarles. Solo en los últimos años empezaban a sentir que marcaba una diferencia mayor de la que eran capaces de saltar, como si viviera en otro país, en otra realidad. Manuel parecía elevarse, cada vez más alto, cada vez más lejos de ellos.

Si el grupo se mantenía unido, era en gran parte por Isabel. Camino lo sabía. Isabel tenía palabras amables, gestos cariñosos, y hacía que un niño rico como Manuel y una chica asalvajada como ella tuvieran algo en común. Pero ni siquiera la presencia de Isabel era suficiente. No cuando habían crecido en direcciones tan opuestas que lo que una vez había sido amistad se convertía en algo tirante y viejo. Una goma que se estiraba demasiado y que podía romperse en cualquier momento.

También los acompaña Sagrario. Una presencia silenciosa, como siempre. Es tan discreta que resulta fácil pasarla por alto. Camino se vuelve con la esperanza de que ambas estén igual de serenas. Si hay otra persona en el grupo capaz de mantener la sangre fría en un momento como ese, es Sagra. Pero ella también llora, aunque de forma discreta. Se abraza con los ojos enrojecidos y la mirada perdida. Aprieta los labios de manera que forman una línea fina. El pelo largo y oscuro se sacude y juega a ocultarle la cara.

Camino nota otro goterón en la cabeza. Los guardias civiles se vuelven hacia ella. Su estómago se ha convertido en un nido de víboras, y ese olor, ese horrible hedor agrio de la carne descompuesta, sigue tan fuerte como si lo desprendiera ella misma.

—¿Camino Iglesias?

Es su turno. Ya sabía que sería la siguiente. Álvaro se aleja de la Benemérita y sus preguntas. Sus miradas se cruzan, y el chico parece tan aturdido como si le hubieran golpeado. Ella se acerca a los guardias civiles con pasos que le parecen lentos. La esperan con una expresión tranquila en medio de un mundo que se rasga. Esta vez, dos gotas caen sobre Camino casi al mismo tiempo. Una en la nuca; otra en el antebrazo. Uno de los dos guardias, el más joven, alza la cabeza a un cielo que, de pronto, es incapaz de contener la lluvia.

En pocos instantes, una tupida cortina de agua descarga sobre ellos. La gente se aparta. Hay quien grita órdenes. Los que tratan de recuperar el cuerpo de Manuel se mueven de forma frenética. Camino se queda quieta, y el otro guardia civil, el de los ojos oscuros y la nariz recta, entrecierra los ojos como si quisiera atravesarle el cráneo y leer en su mente todo lo que necesita saber. Como si pudiera escuchar el eco de las últimas palabras que Camino le gritó a Manuel. Pero sacude la cabeza y, sin dejar de mirarla, dice:

—Tenemos que irnos de aquí. ¿Nos das tu dirección y un número de contacto?

Camino la recita con voz grave y monótona, sin un ápice de expresión, porque no es capaz de ponerla. El guardia civil sonríe, como si no fuera extraño. Luego le pide los datos al resto. La única que no puede responder es Verónica. Se atraganta con su propio llanto y es Álvaro quien recita su dirección.

Los guardias asienten con esa sonrisa amable que parece pintada. Tan falsa como si se la hubieran dibujado, o como una careta que esconde su verdadero rostro. Camino está segura de que sus pensamientos no son agradables. ¿Cómo van a serlo cuando hay un chico muerto entre las rocas?

—Hablaremos con vosotros, ¿de acuerdo?

No espera respuesta antes de volverse hacia su compañero. Guarda el cuaderno en un bolsillo interior y se unen a los demás.

Camino sabe que puede moverse, pero no lo hace. ¿Parecerá culpable si se da la vuelta? ¿Se notará lo aliviada que está en cuanto se aleje? La lluvia le cala los hombros y los rizos que nunca sabe peinarse. Se cuela por su nuca, y su cuerpo le grita que se ponga en marcha, pero su cabeza le susurra que tiene que quedarse inmóvil.

Nota una mano en el hombro y se vuelve como si fuera una niña pillada en medio de una travesura. Es Isabel, que tira de ella suavemente, y logra que se mueva.

—Vámonos a casa. Por favor, vámonos a casa —farfulla sin mirarla.

Camino asiente, y las dos se ponen en marcha. Antes de que se alejen mucho, alguien llama a Sagrario; la chica se da la vuelta y se derrumba en los brazos del hombre uniformado. Es Sergio, su hermano mayor, toda la familia con la que cuenta.

Por el rostro rojo, Camino adivina que ha corrido para llegar hasta ella y abrazarla. En ese instante, desea con todas sus fuerzas tener a alguien como él. Un hermano o una hermana que la proteja con ese cariño y esa fuerza. Un abuelo que siga con vida. Una madre que la quiera.

Sabe que Sergio ha estado muy ocupado. Es de los guardias civiles locales, y desde que empezaron a buscar a Manuel ha tenido poco tiempo para verla. Aun así, se las ha arreglado para llegar a tiempo para abrazarla, para recogerla cuando a Sagrario le fallan las fuerzas.

Camino se da cuenta de que los está observando y se siente violenta. Ese momento es de ellos dos, así que aparta la mirada e inicia el camino de vuelta. Fernando se mueve a su lado con pasos mecánicos y, tras ellos, Álvaro ayuda a andar a Verónica. Camino desearía que dejase de llorar.

Están tan cerca que podrían hablar sin tener que alzar la voz. Han hecho tantas veces ese trayecto juntos que tienen memorizado cada requiebro, cada cuesta, cada recodo. Sabe dónde su abuelo solía poner las trampas para conejos y en qué punto desviarse para encontrar los mejores níscalos, entre los pinos, bajo el manto de agujas. El bosque no es un refugio, Camino conoce sus peligros. Le parece más una deidad cruel pero generosa con quienes saben tratarla.

La distancia es larga, aunque ha habido tardes de verano en que se les ha pasado en un suspiro, tan pendientes de su conversación que ni siquiera se daban cuenta de que ya la habían recorrido. Pero hoy, bajo esa lluvia, se les hace más larga que nunca. Las gotas descargan con rabia, luego con enfado y, al final, con tristeza. Están llegando a Zarzaleda cuando el sol rompe el muro de nubes. Isabel se estremece, como si la luz le diera frío. Camino entorna los ojos, como si no quisiera verla.

2

Isabel le ha pedido que la acompañe a casa. Camino preferiría estar sola, siente que el cráneo le palpita como si estuviera a punto de estallar. Pero quiere a Isabel hasta lo ridículo, según Verónica. Más que a sí misma, aunque eso no es demasiado difícil. Por eso asiente. Se despiden del resto con un gesto de cabeza. Viven cerca. A Camino le gustaba vivir cerca del campo, cerca del sendero que conduce al bosque, cerca de esa casa que durante años se convirtió en la torre de un castillo en el que ellos reinaban. Se da cuenta de que ese lugar nunca volverá a ser igual. A partir de ese día se convertirá en el sitio donde Manuel murió. «O donde le mataron», dice una vocecita repelente en su cabeza.

Camino frunce el ceño con el estómago revuelto mientras dejan atrás su calle. Isabel vive con su padre y su hermana en uno de los bloques nuevos. Su madre murió hace tanto tiempo que Camino no podría recordar su cara si no fuera por las fotos que tienen en el salón. Se parecía mucho a su amiga, y aún más a su hermana pequeña.

Una madre muerta. Otra que decidió marcharse. Dos familias que fueron reducidas a la mitad y un vacío en el estómago que es distinto, pero que se parece lo suficiente para que ellas dos se comprendan de una forma que nadie más lo hace. Camino a veces se pregunta si se hubieran llevado tan bien si no hubiesen compartido un duelo similar. Cree que no.

El bloque de Isabel tiene siete viviendas. Tres en la planta baja y un pasillo oscuro que lleva a la parte superior. Las escaleras no son tan viejas como parece por el sonido que hacen, y la luz del pasillo tiene tan poca potencia que, de día, no hay diferencia entre encenderla o no.

La puerta de la entrada es pesada y chirría como si fuera un gato enfadado cada vez que se abre.

Muchas veces, de niños, las tardes de invierno se quedaban en su casa. Su padre tardaba en volver, e Isabel tenía que cuidar de su hermana, así que el grupo pasaba la tarde con ella. Cuando murió su madre, la familia de Isabel reunió dinero para ayudarles, y fue de las primeras que tuvieron televisor. Las niñas pasaban muchas horas solas, y su padre pensó que les iría bien para entretenerse. Isabel la invitaba. A veces, solo a Camino; otras veces, al grupo entero. Podían sentarse en la alfombra, delante de la televisión, para ver *Los Chiripitifláuticos*, *Pipi Calzaslargas* o *Las aventuras de la abeja Maya*, aunque ya se supieran el episodio de memoria.

También pasaron muchas tardes jugando sin que nadie les llamara la atención por formar alboroto, salvo su vecina Rosa, pero Camino está convencida de que en el fondo le encantaba que se reunieran allí todos para tener algo de lo que quejarse. Es una mujer que siempre le ha parecido anciana, una metomentodo de cuidado. Isabel bromea diciendo que Rosa no quiere que la puerta se arregle porque ese sonido la ayuda a cotillear. El chirrido es la alarma que la hace saltar del sillón y pegarse a la mirilla para controlar quién entra y quién sale del edificio.

Cuando era más pequeña, Camino sonreía a su puerta cada vez que pasaba por delante. No era una niña muy sociable, así que era un gesto extraño, casi desagradable. Saludaba en tono alto y alegre: «¡Buenos días, doña Rosa!». La mujer no le habla desde entonces, una prueba más que suficiente de que, en efecto, la vigilaba cada vez que pasaba por delante de su puerta. Camino está convencida de que lo sigue haciendo.

La puerta de Isabel es la última del pasillo. No han vuelto pronunciar palabra desde que le ha pedido que la acompañe, y Camino siente que es un silencio tan pesado que ninguna se atreverá a romperlo.

Por suerte, no son ellas las que tienen que hacerlo.

La puerta del piso se abre de golpe. Una figura que podría ser la copia de su amiga les lanza una mirada que parece acusatoria. Es Inés, la hermana pequeña de Isabel. Camino nunca ha comprendido esa relación que, en ocasiones, se parece más al odio que al amor. Las pocas veces que le ha comentado algo a su amiga, ella solo se ha reído y le ha dicho que se nota que es hija única.

—¿Qué ha pasado? —Su pregunta suena como un disparo.

Inés es unos centímetros más alta que Isabel. Apenas se nota, pero estira tanto la espalda que siempre parece mirarla desde las alturas. Lleva unos pantalones de su hermana. En otra ocasión hubiese protestado y empezarían una pelea inútil. Ese día, algo tan tonto como la ropa no importa.

Son tan parecidas como diferentes: el mismo pelo claro, los mismos ojos ámbar, la misma cara con forma de corazón y la piel pálida con facilidad para sonrojarse. Pero Inés tiene los pómulos más afilados, los ojos más rasgados, los huesos más marcados y la nariz más recta. Es como si dos pintores hubieran dibujado su propia versión de una misma chica.

Inés suele ser fría y desapegada con el mundo entero, pero tan posesiva con Isabel que a veces parece que le moleste que otra persona la mire. Cuando era pequeña, podía ponerse a llorar y dar alaridos si Isabel se inclinaba para decirle un secreto a Camino. E Isabel cedía con ella, siempre lo ha hecho. Al principio podía responderle mal o regañarla, pero acababa haciendo lo que su hermana quería. Se aseguraba de que tuviese ropa limpia y se llevara el almuerzo al colegio, y la ayudaba a hacer los deberes incluso cuando no tenía tiempo para terminar los suyos. A Camino no se le escapa la preocupación con la que Inés escudriña el rostro de su hermana. Entorna la mirada al volverse a ella, como si tratase de decidir si es una amenaza. Isabel fuerza una sonrisa.

—Manuel... Manuel está muerto. Lo hemos encontrado.

Se le quiebra la voz, y Camino tiene que sujetarla con fuerza. Inés frunce el ceño. En vez de apartarse para dejarlas pasar, aguanta en el marco de la puerta. La forma en la que sus ojos se clavan en Camino es una advertencia.

—Puedes irte a tu casa.

—¡Inés! —protesta Isabel sin demasiada energía, pero sujeta más fuerte a Camino—. Va a quedarse un rato.

—No hace falta —farfulla Camino.

—Quédate un rato, por favor —le suplica Isabel—. Te dejo algo de ropa. Por favor, Inés, ¿nos preparas un café? ¿Por favor?

Inés no responde. A regañadientes, se hace a un lado para dejarlas pasar. No aparta la vista de ellas. A Camino no le importa demasiado. Se deja llevar por Isabel a su cuarto. Las paredes del pasillo están cargadas de fotos viejas de una familia que Inés e Isabel apenas conocen. No tienen familiares cerca, aunque cada Navidad suelen recibir bufandas o mantas tejidas a mano. El acento extremeño de Isabel es muy suave e Inés lo ha perdido del todo; hace muchos años que llegaron de Madroñera, cuando Camino e Isabel empezaron juntas el colegio.

El cuarto de Isabel es pequeño y blanco. Tiene una colección de novelas románticas en una estantería y un armario donde ordena la ropa con cuidado. Resulta sencillo moverse entre ese orden y no tarda encontrar lo que busca. Elige una camiseta gris y un jersey de color caramelo y se los tiende a Camino, que sacude la cabeza.

—No hace falta.

—Insisto. Estás chorreando.

La voz de Isabel suele ser dulce, pero ahora suena como el viento entre las zarzas. Como si tuviera algo roto dentro de la tráquea. Camino asiente… El jersey está algo dado de sí, pero sigue suave al tacto. Camino pasa el pulgar por la tela y piensa que, en Isabel, todo es más delicado que en ella. Los libros, la ropa, la piel y la sonrisa.

Su amiga coge ropa para sí misma con rapidez, y Camino la entiende. También ella siente urgencia por quitarse lo que lleva puesto, esa segunda piel húmeda y helada con olor a muerte. A lo mejor, si lo hace, logrará sentirse un poco mejor. Un poco más arropada.

Le da la espalda para deshacerse de su ropa, aunque se sorprende mirando de reojo a Isabel mientras ella se cambia. No es la primera vez, pero ese momento no deja de parecerle extraño. Compartir algo inofensivo pero íntimo, la visión de la piel suave y clara de la espalda de Isabel. Su silueta desnuda. Camino mira solo un instante, disimulando, y aparta los ojos antes de que puedan encontrarse con los de ella.

—Gracias —susurra al tiempo que dobla la ropa mojada.

Al contrario que la voz de Isabel, la suya suena como

siempre. Impasible. Casi aburrida. Isabel asiente con gesto ausente, pero entonces clava los ojos de color ámbar en su amiga. Los labios le tiemblan antes de hablar. Camino sabe que no le va a gustar lo que tiene que decir y trata de prepararse.

—No has sido tú, ¿verdad, Camino?

No tiene sentido que una pregunta deje un olor metálico, a pólvora. No tiene sentido que duela como un disparo. Nada tiene sentido ese día. Camino aguanta el golpe sin una mueca, sin un paso atrás, sin apartar la mirada. Se merece las sospechas, aunque no esperaba que vinieran de ella. Isabel estaba delante. Sabe lo que le dijo. Escuchó la rabia en su voz. Tuvo que calmarla, así que sabe, mejor que nadie, lo seria que era su amenaza.

Se arrepiente. Se lleva las manos a los labios, como si pudiera coger las sílabas que ha derramado y borrar ese momento.

—No quería decir... yo... No creo... Solo es que a lo mejor sabías algo —balbucea con la voz aguda. Parece que se ahoga y que le cuesta mantenerse a flote—. A lo mejor te dijo...

—No —responde Camino, impasible—. Tengo que irme.

Sin mediar palabra, se da la vuelta. No quiere tener que explicarse. No soportaría descubrir que duda de ella. No dejará que vea que le tiemblan las manos y que el nudo de la garganta se cierra con fuerza, como si quisiera estrangularla.

—Espera, Camino.

No se detiene y confía en que Isabel no llore. O que, si lo hace, aguarde un poco. Porque es el único sonido que puede hacer que se detenga, y necesita volver a casa. Isabel la atrapa con un abrazo. Ella se deja. Es un abrazo corto pero fuerte. Si Camino quisiera, podría levantarla en brazos. Isabel es más alta, pero también más ligera. Se le marcan las costillas y parece que tenga huesos de pájaro, que en cualquier momento pueda alzar el vuelo o que, si el viento sopla demasiado fuerte, sea capaz de llevársela. Camino es mucho más sólida de lo que se esperaría en una chica que está lejos de ser corpulenta. No tiene los brazos grandes, pero sí fuertes. No tiene los hombros anchos, pero es capaz de cargar con mucho peso. Sin duda, puede cargar con ella, aunque no lo hace. La estrecha con cuidado y deja que Isabel se aleje cuando decide hacerlo.

—No te enfades —repite.

—No me enfado. Necesito estar sola.

Porque Camino no sabe hacer cómodos los silencios, no sabe hablar de cosas pequeñas, ese tipo de conversación ligera que llena el aire y suaviza las esquinas. Eso nunca ha sido un problema entre ellas, pero Isabel está nerviosa.

—Puedo acompañarte a casa.

Ella sacude la cabeza, e Isabel la estrecha un momento más antes de dejar que se vaya. No la mira a los ojos, como si de pronto le diera vergüenza hacerlo.

—No sé si es buena idea que te quedes sola. Al menos hoy tu madre vuelve pronto, ¿verdad?

Camino se alegra de que haya roto el contacto para que no note que se le tensan los músculos. Asiente despacio y modula la voz para hablar con un tono más suave cuando contesta:

—Sí. Estará preocupada. Nos vemos mañana.

No le sorprende encontrarse a Inés vigilando el pasillo, como si estuviera haciendo guardia. No evita la acusación de su mirada. El aroma a café araña las paredes, pero no le parece acogedor, sino cargado de reproches. No se despiden. Es gracioso de una manera retorcida que dos personas puedan querer de corazón a una misma chica y llevarse tan mal.

3

Tiene la suerte de no encontrarse con nadie al cruzar las calles. Zarzaleda está adormecido, tal vez de luto. Si la muerte se parece al sueño, tiene sentido que el duelo sea una especie de letargo. Un estado a orillas de la consciencia de movimientos lentos y párpados entornados. Los adoquines resbalan y la humedad pende en el ambiente, aunque el sol se esfuerce en disiparla. La luz parece lejana y fría, incapaz de alcanzar el pueblo. Camino avanza con pasos rápidos, la mirada en el suelo y la acusación de Isabel entre las costillas.

Empuja la puerta del patio. La verja tiene óxido y pintura descascarillada. Ha vivido días mejores y a nadie le importa demasiado que el paso del tiempo se afile las uñas en el metal.

La casa en la que Camino vive con su madre una vez fue grande, tal vez lujosa, de una familia que solo iba a Zarzaleda a pasar los meses de verano en la sierra. Camino no sabe ni le importa si se arruinaron, murieron o se aburrieron de estar siempre rodeados de los mismos bosques y las mismas cuestas, pero vendieron la casa, y con el paso del tiempo la familia que la compró se encargó de reformarla.

De quienes la compraron solo queda la mujer: una anciana bajita de mirada afilada llamada Manuela. Ahora vive en la planta inferior con su hermana Carmela, soltera y que se encargó de sus padres hasta que estos fallecieron. De alguna forma, pasó de cuidar a sus padres a ocuparse de los hijos de su hermana. Desde hace unos años, se encarga de su hermana. Camino siempre ha evitado hablar con cualquiera de las dos, pero siente una simpatía tibia, que en ocasiones se parece a la lástima, por Carmela. Ha ido pasando de un papel secundario a otro. La obra ha ido cambiando, también el centro de su mundo, mientras ella ha permanecido imprescindible e invisible, oculta entre las sombras. Ha vivido de puntillas la vida de los que la rodeaban sin tener un papel importante en la suya.

La hiedra cubre la parte este de la casa. Camino se pregunta si algún día tapará del todo su ventana. Ella y su madre viven en la planta superior, dividida en dos viviendas. Las dos diminutas, una de ellas ocupada por una pareja joven que llegó de Extremadura hace menos de dos años. Primero un chico alto y tímido que apenas hablaba con ella. Luego su mujer, una muchacha bajita de caderas anchas, un año más joven que Camino. Para ella, conocer a chicas más jóvenes que ya están casadas o que son madres es una sensación extraña. A sus veintidós años, Camino sabe que debería sentirse como una mujer, no como una niña que en algún momento ha crecido demasiado pero que, por dentro, sigue sintiéndose fuera de lugar en su propio pueblo, en su propio grupo, en su propio cuerpo.

Crecer es darse cuenta de que nada es como debería. Si Camino pudiera, viviría sola, en el bosque, con la compañía de culebras y algún cuervo. Solo se acercaría al pueblo para comprar lo que necesitara o para ver a Isabel y al resto del grupo. Nunca ha fantaseado con ser la princesa a la que rescatan en las películas; prefiere ser el monstruo con el que nadie se atreve a meterse.

Pero Camino no puede vivir sola en el bosque, ni siquiera en el pueblo. No tiene dinero para hacerlo. Durante su infancia vivió con su abuelo. Millán se hizo cargo de la tarea de la madre que la abandonó y del padre que nunca estuvo en su vida. Durante un tiempo, también vivía allí la abuela Olvido, pero murió cuando Camino era tan pequeña que apenas puede recordar unos labios finos y severos y unas orejas largas con pendientes demasiado pesados.

El abuelo Millán la abrigaba en invierno y le preparaba una sopa caliente cada vez que se ponía enferma, se encargaba de que llevara chaqueta los días fríos y le recordaba que tenía que cepillarse los dientes.

Si el mundo fuera un lugar mejor, los abuelos durarían para siempre. Pero el mundo es un sitio cruel y Millán murió cuando ella cumplió los trece. Entonces su madre volvió a Zarzaleda.

Rebeca no estuvo presente en su infancia más que de forma puntual. Aparecía por su cumpleaños, Navidad o en días inesperados con chucherías o muñecas que Camino no quería ni necesitaba. Ni siquiera asistió al funeral de su propio padre. Llegó después para vender la casa en la que Camino había crecido y quiso llevársela a Madrid para que viviera con ella.

Lo único que Rebeca ha hecho por Camino es quedarse en Zarzaleda, aunque sea en una casa pequeña y vieja que resulta oscura y tan fría que hay días en los que les cuesta separarse del brasero. Nunca ponen la calefacción. Las ventanas no cierran bien, y sería tirar un dinero que les hace falta. El gotelé de las paredes es grueso, hecho de forma casi violenta, y los fogones tienen tanta grasa acumulada que Camino duda que alguna vez estén limpios, por mucho que los frote. No cree que ninguna de las dos sea feliz viviendo con la otra, pero ella no puede permitirse vivir sola, y su madre quizá se sienta demasiado culpable para abandonarla una segunda vez, así que las dos aguantan. En ocasiones, Rebeca finge preocuparse por ella.

Camino preferiría que no lo hiciera.

Pocas veces ha invitado a casa a nadie más que a Isabel. Le parecía antinatural que sus amigos estuvieran allí. Cuando Sagra se sentó en su cama y dejó vagar la mirada por su pequeña colección de libros, se sintió como si se hubiera quedado desnuda delante de ella. Y la vez que

Manuel le preguntó entre risas si su televisor era de los de blanco y negro se sintió tan violenta como si le hubiera puesto las manos encima. No es por vergüenza, no le importa que su casa sea estrecha, irregular o mucho más pequeña que la de sus amigos. No tiene envidia de que Verónica y Álvaro estén terminando el chalet en el que vivirán cuando se casen, en las afueras del pueblo.

Su casa es íntima, y no se siente cómoda con nadie más dentro.

Camino sabe que Manuela y Carmela se asoman a la ventana cuando cruza el patio, ávidas de noticias sobre Manuel, inclinándose sobre el cristal como los buitres por encima del acantilado, esperando la muerte para lanzarse sobre ella. Por eso no mira en su dirección y acelera el paso hasta las escaleras que la llevan al piso de arriba. Sus vecinas son lentas, tardan en levantarse y arrastrar los pies hasta la puerta. Suele evitar sus preguntas, y ese día huye porque no cree que sepa responderlas o que sea capaz de hacerlo.

Camino cierra la puerta y espera sentir alivio, pero este no llega. Su casa es tan diminuta, tan oscura, tan silenciosa, que muchas veces piensa en ella como en una madriguera. Su madriguera. Pero esta vez le falta el aire y le sobran las sombras. En la penumbra, el rostro desfigurado de Manuel se hace más vívido. Más real. Le parece que los insectos que se paseaban por sus mejillas han llegado hasta su casa, y que el hedor, que no la ha abandonado, cobra fuerza.

La muerte es algo terrible, una amenaza vaga y lejana que se hace tangible y afilada cuando nadie la espera. Morir joven es trágico. Que un descuido le haya arrancado la vida a alguien tan fuerte, a un chico con un futuro tan dorado y sólido por delante, le parece incomprensible. Y hay algo peor, algo en lo que Camino piensa al recordar la frente hundida, cubierta de sangre seca, mirando hacia el cielo. No ha dejado de darle vueltas en todo el trayecto hacia casa: no parece un accidente.

No es la única que lo piensa. Lo sabe por las preguntas de los guardias civiles, por el silencio de su grupo de amigos y por la duda de Isabel, casi una acusación inocente. Y si la muerte de Manuel no ha sido un accidente, alguien lo ha asesinado. Alguien ha querido matarlo.

Camino apoya la espalda en la puerta. Las manos le sudan. Las piernas le tiemblan. Y vuelve con una claridad aterradora a ese último viernes antes de que Manuel desapareciera.

El bar estaba atestado, había tanto humo que el ambiente era grisáceo. La música de Mecano se escuchaba demasiado alta. Verónica se quejaba, como otras veces, de que entraran los niños esos. Los «niños» eran un grupo de adolescentes entre los dieciséis y los dieciocho años que acaparaban una esquina de la barra y hacían mucho ruido.

—Como si nosotros no hubiéramos hecho lo mismo a su edad —respondió Fernando—. Además, alguna de esas chicas está bien buena.

Isabel lo empujó con una mueca. Su hermana pequeña estaba en ese grupo y, aunque se hubiera pasado la infancia entera peleándose con ella, era del tipo de hermana mayor que da la vida por protegerla.

—No te pongas así, fiera, que tú tampoco estás tan mal —se rio Manuel, demasiado cerca de la cara de Isabel.

Camino sintió un tirón en las tripas al ver la mueca de su amiga, que no se apartó de él. A Isabel siempre le ha costado mantener las distancias. Eso no fue todo, solo el inicio de una noche que todos lamentarían. Camino no lo recuerda con claridad, ya que la música estaba demasiado alta y no oía apenas la conversación. Recuerda la mano de Manuel bajando por la cadera de su amiga y cómo se acercaba a ella, a pesar de que Isabel intentaba proteger su espacio. Recuerda su mano, como una garra, en la nuca de Isabel. La forma en la que se inclinó hacia ella para intentar besarla. Los ojos muy abiertos de su amiga, la sonrisa congelada… Las ganas de gritar, la rabia al ver que Fernando arqueaba las cejas con una sonrisa y Verónica se limitaba a apartar la mirada.

Lo siguiente que recuerda es el sonido de los cristales rotos cuando ella, de un manotazo, le tiró la copa a los pies. La bebida los salpicó a los dos, y hubo risas y gritos cuando el vaso de cristal se hizo añicos contra el suelo. Él la cogió de la muñeca para arrastrarla fuera. Lo hizo con tanta fuerza que al día siguiente seguía teniendo una marca. Todo el mundo los miraba, algunos incluso los siguieron, pero ambos estaban tan furiosos que no le dieron importancia.

Camino recuerda la rabia de los ojos verdes de Manuel y su mueca de desprecio. Recuerda el sabor de su propia carcajada, pero no todos los insultos. Fueron demasiados. Aún siente el calor de la discusión en sus pulmones, que se extendía hasta sus mejillas.

—¡Eres un imbécil! —gritó ella—. Te crees irresistible y solo eres un baboso más.

—Tú eres la patética. La que hace lo que sea por miedo a no quedarse sola —resopló. El aliento le olía a alcohol, y su perfume se entremezclaba con él de una forma que no era desagradable, aunque lo parecía—. Pero te vas a quedar sola porque, en el fondo, das pena.

Camino todavía siente en la mandíbula la fuerza con la que apretó los dientes. Como si volviera a pasar. Porque Manuel sabía hacerle daño. Porque ella era patética, sin muchos amigos, sin futuro, sin presente. Con un trabajo que no le permitía irse de la casa de una madre a la que odiaba, y ¿con quién iba a irse, si no tenía a nadie a su lado?

—Ojalá te mueras, ¡espero que te mueras! —gritó esa noche.

El sabor de la bilis trepó por su garganta. Manuel le dedicó media sonrisa torcida y quiso golpearla, pero entonces Isabel apareció y la sujetó por la espalda.

—Te vienes a casa —siseó nerviosa. Tenía los ojos brillantes de miedo, y sus manos estaban frías cuando la agarraron.

—¡Suéltame!

—Vamos, Camino. Hemos bebido demasiado.

Era mentira, pero todos los estaban mirando. Habían llamado bastante la atención para que el ambiente se enrareciera. Camino se dejó arrastrar y no se volvió para mirarle.

No había visto de nuevo a Manuel hasta esta mañana.

En la oscuridad de su casa, las náuseas le retuercen el estómago con tanta fuerza que tiene que sentarse en el suelo. Entiende la pregunta de Isabel y sabe que es solo cuestión de tiempo que todo el pueblo la señale. En los sitios pequeños, los rumores vuelan, crían y se expanden. Todo el mundo sabrá que ella le deseó la muerte la noche en que desapareció. Todo el mundo sabrá que ella quería verle muerto.

Y nadie la creerá cuando cuente que no hizo nada, que no tuvo nada que ver. Que no sabe qué ha pasado con Manuel ni quién acabó con su vida.

13 de septiembre · 3.53 h

Las manos no le tiemblan cuando se limpia la sangre. Son manchas pequeñas. Salpicaduras sobre la piel. La más grande no llega ni al tamaño de una mariquita. Se las frota fuerte con jabón y agua tibia. Le sorprende lo fácil que es deshacerse de ellas.

Se imaginaba la muerte más escandalosa, más caótica y, sobre todo, mucho más complicada. No es la primera vez que se limpia sangre de las manos, pero no recuerda que alguna vez haya sido ajena. Se mira al espejo. Tiene la piel pálida; los labios le tiemblan. Se obliga a cerrar la boca con fuerza.

—No soy un monstruo —susurra con voz ronca.

No lo es, no había planeado terminar la noche limpiándose sangre seca de las manos. No tendría que haber acabado así.

La adrenalina le recorre el cuerpo. Tiene que sujetarse al lavabo para no derrumbarse. No sabe qué pasará mañana y tiene miedo, pero también siente algo distinto, una mezcla de euforia y nervios. Y una sensación profunda que debe de ser justicia. Manuel se lo merecía.

Oye un ruido; todo su cuerpo se tensa. Hay alguien al otro lado de la puerta. Escucha unos pasos cercanos y lleva la mano al grifo, pero no lo cierra. No mueve ni un músculo. Tiene los ojos entornados y el cuerpo en alerta. Respira entre dientes. El corazón no le late, le golpea con furia las costillas.

Unos toques suaves, delicados, repican en la puerta. No se mueve. No responde. El agua se le escurre entre los dedos. Baja la vista para asegurarse de que la porcelana vuelve a ser blanca, de que sus manos están limpias y de que nada delata la sangre que las manchaba.

Oye un suspiro suave, y los pasos vuelven por donde han venido. Solo entonces cierra despacio el grifo. Se seca con calma en la toalla. Se queda allí sin pensar, sin apenas moverse, hasta que su pulso se relaja. Las manos no le tiemblan. La sangre fluye, mansa, por las cañerías. Siente, con una certeza calmada y fría, que todo su rastro desaparece. La oscuridad devora los secretos.

4

Camino tiene poco dinero, pero lo daría todo a cambio de que ese fin de semana su madre no volviera a casa. No sabe qué decirle. No tiene ganas de contarle nada.

Rebeca y ella son dos extrañas que conviven en un mismo espacio. Comparten sangre y una familia que mantiene la distancia con las dos. Al principio, ni siquiera estuvo en su vida. Rebeca era esa desconocida con una sonrisa tensa que aparecía una vez al mes con regalos, preguntas rápidas y miradas nerviosas hacia la puerta, como si deseara salir corriendo.

La abandonó antes de que tuviera memoria. Volvió después del funeral de su abuelo y quiso fingir que había una relación normal entre ellas. Camino aún recuerda la conversación en la que esa mujer de pelo corto, uñas pintadas de rojo y una sonrisa tensa intentaba convencerla de que se fuera a vivir con ella a Madrid.

—No voy a ir a ninguna parte —respondió la chica

con una rabia fría tan intensa que le costaba no temblar.

—Pero podrás terminar de estudiar allí. Conseguiré un piso más grande, para las dos. Y ya verás cómo te gusta el Retiro, los museos...

—Si me llevas a Madrid, me escaparé —dijo con un rencor acumulado durante trece años—. Y pienso volver. Una y otra vez. Tendrás que matarme para que me quede allí contigo.

—No puedes vivir sola —suplicó Rebeca, que se mordía el labio inferior sin darse cuenta de la mueca torcida que mostraba.

—He vivido sola toda la vida —replicó—. No te necesito.

La primera parte de la frase era mentira. La segunda, solo una verdad a medias. Cuando el abuelo murió, Camino se quedó sin nadie. Su tía nunca se había llevado demasiado bien con ella y tenía dos niños insoportables y una casa demasiado pequeña. Había logrado averiguar el nombre de su padre, pero nadie sabía a dónde se había marchado. Muchos, de hecho, dudaban de que ese hombre fuera su progenitor. Ella albergaba la esperanza de que volviera, pero nunca lo hizo, ni siquiera de visita, para conocerla. Camino no sabía qué iba a ser de ella. Pero entonces Rebeca volvió y alquiló esa casa diminuta y oscura. Por primera vez, intentó algo parecido a cuidar de ella.

Camino odia depender de ella. Es más duro ahora que cuando era adolescente, porque sabe que es ella la que falla, la que no funciona como debería. Ya es una adulta con un trabajo que no le permite vivir sola, no de momento. Rebeca intentó recuperar la relación con ella, pero no se puede recuperar lo que nunca se ha tenido. Al menos le dio espacio y distancia, y nunca se puso dura con las normas, como si supiera que no iba a servirle de nada intentarlo.

Camino se alegra de que su madre tenga que trabajar lejos, que cada mañana coja el primer autobús que la lleva a Madrid y no vuelva hasta la noche, a tiempo para cenar a solas lo que Camino le haya preparado y echarse a dormir. En ocasiones duerme fuera. Suele avisar dejando una nota en la encimera, a veces con una cara feliz a la que le tiembla la sonrisa. A menudo se pregunta cómo pueden convivir dos personas en una casa tan pequeña y dejar espacio para un vacío tan grande, para una frialdad que no tiene nada que ver con el tiempo que haga fuera.

En días como esos echa de menos a su abuelo de forma tan dolorosa, tan urgente, que se siente de nuevo como esa niña que se encerró en su cuarto para no escuchar una noticia que ya conocía. Estaba convencida de que su abuelo no moriría del todo hasta que alguien lo dijera en voz alta lo bastante cerca de ella para que lo escuchara. Y, si no se lo decían, podía mantenerlo con vida. Al menos, dentro de su pecho.

Camino se abraza y se sienta en el borde del sofá, en

ese punto desde el que se ven las montañas verdes primero y luego de un azul cada vez más claro, como si quisieran fundirse con el cielo. Es domingo. Su madre se quedará en Zarzaleda hasta el lunes por la mañana. Camino suele asegurarse de tener planes el fin de semana para coincidir poco con ella. Es lo más civilizado. Está segura de que Rebeca también lo prefiere. Aunque lleve años intentando acostumbrarse al papel de madre, es obvio que le resulta tan incómodo como salir a bailar con unos zapatos de la talla equivocada.

La búsqueda de Manuel, su muerte y la sacudida que ha supuesto para el pueblo han hecho que no tenga nada mejor que hacer que mirar el reloj después de limpiar la casa. Podría encerrarse en su cuarto y fingir que está durmiendo, pero incluso ella sabe que así no se comporta alguien que acaba de ver el cadáver de un amigo. Los guardias civiles dijeron que hablarían con ella. ¿Debería ir al cuartel? La mera idea hace que el estómago se le retuerza, así que, en vez de eso, va a la cocina y se dedica a colocar en los cajones la vajilla que se ha secado junto al fregadero. Barre el suelo con movimientos metódicos. Dobla las servilletas de tela. Ordena el cajón de los cubiertos, asegurándose de que no haya cucharillas en el espacio de los tenedores, e incluso revisa el contenido de la nevera. Debería ir a comprar leche y anota mentalmente que tendría que preparar algo con los huevos que quedan antes de que dejen de estar frescos.

Se dedica a los detalles para los que no suele sacar

tiempo. Como si poner cada cosa en su sitio fuera a ayudarla a ordenar también los últimos días. Los últimos meses. Los últimos años. Sabe de sobra por qué Isabel le ha preguntado si ha sido ella.

Habrá más gente que lo piense.

Está esperando el momento en que su madre regrese, pero se sobresalta cuando oye la puerta del jardín. El chirrido le recuerda al de un ave carroñera. En cuanto lo escucha, no puede hacer más que seguir los sonidos de los pasos de su madre sobre los peldaños de la escalera.

No se siente preparada para hablar con nadie.

—¿Camino? —pregunta Rebeca una vez dentro, como si notara su presencia.

—Aquí —responde desganada.

Su madre deja el bolso en el suelo y no se molesta en colgar el abrigo en el perchero. Entra con él sobre los hombros, las arrugas más marcadas y los ojos muy abiertos. Es joven, mucho más que las madres de sus amigos, y se esfuerza en demostrarlo. Lleva unos pantalones ajustados de tiro alto y una cazadora de pana roja. Las hombreras hacen que su cuello parezca ridículamente corto. Se hace cardados en el pelo que parecen salidos de una película americana. Tiene los ojos delineados con azul que hace que el castaño del iris parezca más claro. «Tengo los ojos verdes», le gusta decir cada vez que sacan el tema. Hay personas a las que se les da bien engañarse, tanto que ni siquiera les importa no convencer al resto. Sus gestos, sus movimientos, sus palabras se derraman ocupando todo el espacio. Camino contiene el aliento y se queda muy quieta.

—Ya lo he oído… Dios mío, un chico tan joven ¡No puedo creerlo! ¿Cómo estarán sus padres? ¿Has hablado con ellos? Era tu amigo, deberías ir a su casa. Te puedo acompañar. ¿Estabas allí cuando lo han encontrado? Ay, Camino, espero que no lo vieras. No podría dormir si lo hubiera visto. ¡No sé si voy a poder dormir de todas formas! Ya te dije que te tendrías que haber quedado en casa. Pobre chico. ¿Te acuerdas de cuando venía a buscarte? Un joven siempre tan educado. No puedo creerlo. ¿Cómo estás?

Camino pestañea y se obliga a respirar. Su madre lanza preguntas sin esperar respuesta. No fija los ojos en ella más de un par de segundos. No recuerda que Manuel haya ido a buscarla más que en una ocasión, y no debió de intercambiar más que un par de palabras con su madre. Rebeca revolotea, acercándose a ella como si quisiera abrazarla para luego alejarse antes de estar a su alcance. Sin dejar de hablar, coge uno de los cojines del sofá y lo mueve en las manos antes de dejarlo donde estaba.

Es una mujer menuda, mucho más baja y delicada que su hija. Camino ha heredado sus rizos, pero no el tono castaño claro, como de arena mojada, del pelo de su madre. El suyo es casi negro, y enmarca un rostro afilado de ojos grandes y oscuros. En vez de tener la piel color caramelo y las mejillas rosadas, centenares de pecas y lunares se esparcen sobre sus mejillas. Parece una noche estrellada, pero a la inversa.

Ha heredado los rasgos de su madre con la gama de colores de un padre que nunca llegó a conocer. De pequeña se quedaba dormida imaginándole. Le gustaba pensar que era un gigante de manos cálidas y risa contagiosa. Estaba segura de que, si supiera dónde encontrarla, iría a buscarla. Pasarían tardes en el parque, jugarían a las cartas, le leería cuentos antes de que se fuera a dormir... Puede imaginárselo como quiera porque se lo arrebataron antes de conocerlo. Es como si lo hubiera devorado el bosque.

Por mucho que preguntase por él, solo sabe que no era de Zarzaleda. Tampoco está claro quién era, pero muchos coinciden en hablar de un hombre que se fue al norte a trabajar antes de que ella naciera. Camino ha crecido convencida de que no sabe de su existencia porque, si no, no entiende —o no quiere entender— por qué, en todos estos años, no ha vuelto a por ella.

Solo se da cuenta de que su madre ha lanzado una pregunta de la que espera respuesta por el silencio y por cómo la mira. Tiene las pupilas fijas en ella y se sujeta las manos con fuerza. Camino frunce el ceño.

—¿Qué has dicho?

—Solo quiero saber si estás bien.

¿Para fingir que le importa? Camino nota que se le tensan los labios, como si algo le supiese agrio. O como si le costara mantener el veneno entre los dientes en vez de escupirlo. No sabe qué contestar. Por suerte —o por mala suerte—, no tiene que hacerlo porque la puerta del jardín suena de nuevo y, aún con el ceño fruncido, se acerca a la ventana. El estómago se le encoge con tanta fuerza que duele. Una sensación de frío se derrama desde su columna hacia las costillas, en un abrazo gélido desde el interior de su piel. Su madre revolotea.

—¿Quién viene?

—Es para mí —responde Camino con una voz suave que logra sonar cortante.

Reconoce a los dos guardias civiles que antes la han dejado escapar. Ya no sonríen; hablan en tono bajo y muestran una expresión grave. Camino sabía que irían a buscarla, pero no que lo harían tan pronto.

Su madre está a punto de preguntar. Se agobiará. La agobiarán. Camino siente que Rebeca se queda sin aire incluso antes de que abra la boca. Por eso se adelanta: se aleja con gestos bruscos y va al pasillo sin darle tiempo a detenerla. Ni siquiera deja que termine de decir su nombre cuando abre la puerta.

Los dos guardias civiles alzan la vista para mirarla. Un segundo antes de que sonrían, puede ver la firmeza en sus ojos. La frialdad con la que la analizan. La sospecha que esconden al enseñar los dientes y suavizar la expresión.

—Hola de nuevo, Camino.

Ella mantiene la puerta abierta y alza un poco la barbilla.

—Pasad.

5

Los hombres no son demasiado altos, solo lo suficiente para que su casa parezca diminuta. Rebeca tiene la voz tan aguda que a Camino le parece que puede arañar los cristales al hablar.

—Hola, yo... pasen, pasen. ¿Quieren hablar con Camino? Justo me lo estaba contando. Era amiga de Manuel. Del mismo grupo desde pequeños. Está afectada. A mí también me cuesta, será difícil pasar página.

Camino se queda muy quieta y se muerde la lengua. Tiene miedo de gritarle que se calle. No estaban hablando, ella estaba en silencio mientras su madre balbuceaba como lo hace ahora delante de ellos, dando impresión de ser una niña pequeña a la que han pillado husmeando donde no debería. Tampoco estaba con ella cuando era pequeña y empezó a jugar con Manuel al salir de clase. No tiene ni idea de cómo se siente, porque ni siquiera ella lo entiende del todo.

Si su madre tuviera un mínimo de inteligencia, en ese

momento sabría que tiene que desaparecer, pero en vez de eso mueve las manos, escupe palabras y mira de un hombre a otro con los ojos brillantes por el pánico que no sabe disimular. Como si tuviera algo que esconder.

—Lo que podamos hacer por los Villaseñor, de corazón, lo que sea… —sigue diciendo llevándose la mano al pecho.

Camino se muerde la lengua con más fuerza, intentando que el dolor sea mayor que las ganas de agarrarla por los hombros y sacudirla para que se calle de una vez.

—En realidad, nos gustaría hablar con su hija.

—Por supuesto.

Lo dice con decisión, aunque no parece captar la indirecta. Los guardias civiles intercambian una mirada breve. Camino aprovecha para analizarlos. No llevan mucho tiempo en Zarzaleda. Quitando a Pedro, los guardias civiles que mandan no suelen durar demasiado, no es un destino interesante. No está tan cerca de Madrid para que merezca la pena, y es un pueblo pequeño y frío. Lo único valioso es el bosque, y Camino sabe que poca gente es capaz de darse cuenta de eso.

Uno de ellos lleva barba, parece de su edad; es el más grande y corpulento de los dos. El otro tiene la barbilla afilada y es menudo, aunque fibrado. Sus ojos negros le parecen fríos e inteligentes a Camino, le recuerdan a los de las culebras de cogulla que se esconden, inmóviles, entre las piedras, las que vigilan la presa y estudian el momento justo en el que tienen que atacar.

—Tenemos algunas preguntas —dice el hombre de ojos negros—. Puedes acompañarnos al cuartel, pero también podemos hacértelas aquí, si te sientes más cómoda.

—Puede estar delante, si quiere, señora —cede el más alto—. Esto no es un interrogatorio, solo queremos recopilar toda la información que pueda darnos su hija...

—No hace falta. Mi madre estaba a punto de irse —interrumpe Camino.

Rebeca la mira con los labios entreabiertos. Pestañea varias veces y solo en ese momento se da cuenta de todo el espacio que está ocupando, cuando lo que necesitan es que se aparte. Asiente y murmura que tiene que devolverle algo a una vecina. Se mueve con pasos pequeños que no parecen ir en la misma dirección. Coge el abrigo con las dos manos, los dedos tensos y separados, como patas de arañas. Lanza una mirada a su hija antes de irse.

—¿Estás segura de que no me necesitas?

«¿Cuándo te he necesitado?», piensa Camino, pero se limita a asentir y a seguirla con los ojos hasta que cierra la puerta. Al contrario que su madre, ella se mueve con una lentitud calculada. Y no porque esté más relajada, ya que los nervios le retuercen el estómago. En vez de dejar que la dominen, los empuja contra los huesos y los entierra entre las tripas.

Señala con un gesto el sofá, deseando que no estuviera tan gastado. Acerca una de las sillas de la mesa para ella. Quedará un poco más alta, y agradece esos centímetros de diferencia. Como si estuvieran en el monte y le dieran ventaja. Antes de sentarse, los mira:

—¿Queréis café? ¿Agua?

—Un vaso de agua estaría bien —dice el más sonriente.

—¿Algo para picar?

—No hace falta, gracias.

Camino piensa que quieren que ella se vaya para observar a solas el salón. Que entrarían en su cuarto, si les diera tiempo, para buscar bajo el colchón o en su escritorio un diario, una carta o algo con lo que incriminarla. Elige dos vasos iguales. El agua sale del grifo más despacio que nunca, como si tuviera poca presión o como si el mundo se hubiera detenido. Su corazón, en cambio, le da golpes pesados y rápidos en su interior.

Se acuerda de aquella historia en la que el corazón de un hombre muerto delataba a su asesino. Se lleva la mano al pecho y empuja, como si de ese modo pudiera controlarlo. Sabe que, si le resultara posible, saltaría fuera de sus costillas, se alejaría de ella y la señalaría como la culpable.

Porque ¿qué más da la verdad cuando todos los indicios apuntan en la misma dirección?

No les oye hablar hasta que vuelve. No sabe si lo hacen por educación, porque quieren demostrarle que no cuchichearán a sus espaldas. Como si Camino no supiera que no les hace ninguna falta. Pone los vasos frente a ellos, sobre el tapete de ganchillo que amarillea y tiene parte del encaje roto. El guardia civil más alto sonríe y el otro asiente con la cabeza. Ninguno bebe, por supuesto que no. Camino se sienta con las piernas juntas, la espalda recta y las manos sobre el regazo.

—Trabajamos para la Guardia Civil. Ya imaginarás que estamos intentando reconstruir los hechos. Yo soy Carlos Gorricho —se presenta el más alto sin perder la sonrisa—. Él es Carlos Garrido. Cuando nos toca ir juntos, suelen llamarnos por el apellido.

—A mí me llaman siempre por el apellido —protesta el otro. El tono es calculadoramente desenfadado—. Todo el mundo me llama Garrido. Se nota que eres el favorito.

Camino sabe que están relajando el ambiente, que debería sonreír, tal vez dejar escapar una carcajada, que tendría que aflojar los hombros y, tal vez, bromear y decirles que ella tiene un nombre lo bastante raro para que no le pase lo mismo.

Lo único que hace es ladear un poco la cabeza, sin dejar de mirarlos.

La sonrisa en los labios de Carlos vacila, pero luego la afianza. Camino sabe lo que están haciendo. Él se inclina para lanzar la primera pregunta y Garrido saca un cuaderno pequeño, de cuadros, de su bolsillo. Pasa las hojas de forma que parece distraída mientras oye hablar a su compañero.

—Camino, siento mucho todo esto. Manuel y tú llevabais muchos años siendo amigos… ¿Desde cuándo?

—Desde siempre —responde ella encogiéndose de

hombros. El silencio de los guardias le demuestra que su respuesta no es suficiente, así que añade—: Zarzaleda es un pueblo pequeño. En primaria íbamos juntos a clase.

—Y habéis seguido siendo amigos mucho tiempo después —añade Carlos.

A pesar del tono suave y la mirada amable, sus palabras tienen un regusto amargo. Parece una acusación de la que Camino no sabe cómo defenderse, así que se limita a asentir y bajar la cabeza. Se concentra en uno de los hilos rotos del tapete y trata de recordar cómo se rompió. ¿Por qué no lo ha cambiado antes? Le gustaría quitarlo, pero es demasiado tarde, así que se queda quieta.

Debería haber traído un vaso de agua para ella. Nota la lengua espesa y la garganta seca, pero, si se levanta ahora, quedará raro.

—Por lo que nos han dicho, Manuel había ido cambiando durante los últimos años. Vivía temporadas en Madrid, se relacionaba más con sus amigos de la universidad, dedicaba horas a la empresa de su padre… ¿Conoces a la gente con la que se movía? ¿Te contó si había tenido alguna discusión, alguna deuda, algún problema? ¿Alguien que quisiera hacerle daño?

Camino entorna los ojos. No sabe si quieren ver cómo reacciona o si de verdad piensan que alguien vino de fuera para atacarle. Se pregunta si aún no saben lo que ella le gritó la última vez que lo vio. O, mejor dicho, la última vez que lo vio con vida. Si no lo saben, es cuestión de tiempo, y a lo mejor debería ser sincera para que no parezca que está mintiendo.

Aunque ¿cómo señalarse y luego decir que no tuvo nada que ver?

Sacude la cabeza. Eso no basta. Los dos Carlos tienen una paciencia ensayada y esperan a que ella hable. No vale un gesto. A lo mejor quieren que se enrede al hablar y que caiga por su propio peso. Camino se pasa la lengua por los labios.

—No nos dijo que tuviera problemas con nadie. Manuel hablaba como si, lejos de Zarzaleda, su vida fuera perfecta. —Camino es consciente del rencor que muestra y traga saliva. Tiene la boca seca. Se arrepiente aún más de no haber cogido ese vaso de agua—. No es que estuviera presumiendo. Puede que un poco. —Se encoge de hombros muy rápido. Traga saliva de nuevo y cruza los brazos delante del pecho—. Lo que quiero decir es que... no creo que todo el mundo le adorase, pero tampoco que le odiase. No para querer matarlo.

—¿Y en el pueblo? —apunta Garrido.

Camino cambia de postura para intentar disimular el escalofrío que le recorre la espalda.

—Siempre hay roces —dice de manera vaga.

—No todos los roces acaban con un chico muerto —apunta Garrido, con los ojos opacos y tono gélido.

Su compañero intenta solucionarlo con un comentario amable:

—Nos interesa saber cualquier cosa, pero en especial

los hechos más recientes. ¿Sabes si tuvo algún conflicto con alguien cercano?

«Conmigo». Camino aprieta los labios. ¿Lo saben ya? ¿Están jugando con ella? Debe decirlo. Pero ¿cómo? Intenta que no se le note que le cuesta tragar saliva. Tiene que mantener la mente fría, pensar despacio, analizar cada pedazo de información como si no fuera ella la que está delante de dos guardias civiles que intentan resolver un misterio.

Lo mejor sería que no se enterasen nunca de lo que le dijo, de lo que le gritó a la salida del bar. Sus palabras son un cartel luminoso que la señala como sospechosa. Pero si ya lo saben y evita el tema, se darán cuenta de que se esfuerza por ocultar información. Se pasa la mano por el pelo, rizado y aún húmedo, colocándose detrás de la oreja los mechones que se le escapan de la coleta. Los segundos se le escurren, y no sabe qué decir. La mirada paciente de los dos Carlos se vuelve más inquisitiva. El silencio es incómodo para todos. Es otra acusación.

Se siente incapaz de responder.

—Estabas en su grupo la noche que desapareció. —Las frases de Garrido son tan afiladas que se le clavan en la piel—. ¿Hubo algo fuera de lo normal? ¿Algo que deberíamos saber?

Necesita ese vaso de agua. O algo más fuerte. Sus pensamientos no dejan de zumbar como un enjambre de avispas a finales de septiembre. Tiene ideas contradictorias al mismo tiempo. Hay tanto ruido en su cráneo que le cuesta seguir sus propios hilos de pensamiento. ¿Y si no lo saben aún, pero lo descubren después? Zarzaleda es un pueblo antiguo y pequeño, y el rencor anida y crece en ese tipo de sitios. Mucha gente la escuchó, lo averiguarán tarde o temprano. Encontrarán sus palabras como se encuentran los insectos que se retuercen en la sombra al levantar una piedra.

Resopla y junta de nuevo las manos para aferrarse a su decisión. Los dos hombres esperan, impasibles. Camino juraría que disfrutan de ese silencio. O que saben utilizarlo mientras a ella se le enreda en la garganta. Se esfuerza y los mira a los ojos.

—Habíamos discutido. Esa noche.

Intenta buscar sorpresa en su expresión, pero no la encuentra. Carlos Gorricho parpadea y Garrido entorna ligeramente los ojos. De forma tan sutil que se lo podría estar imaginando. «Lo sabían», piensa, y siente una oleada de alivio seguida de otra de angustia. «Soy yo. Piensan que soy yo».

—Es normal pelearse con los amigos. —Carlos Gorricho habla despacio, como si quisiera echarle una mano, y Camino tiene tantas ganas de lanzarse sobre ella que casi se inclina hacia delante en el asiento—. Con todos los que convives, en realidad. ¿Fue algo muy serio?

Sí. No. Camino se encoge de hombros y luego sacude la cabeza. Quieren que hable, y ella tiene que hablar, porque ya ha empezado a hacerlo y sería peor, más extraño, cerrarse en banda y no decir nada más.

—Manuel es… —Se interrumpe. Traga saliva y vuelve a empezar—: Era muy insistente.

Se queda callada de nuevo. No sabe cómo ordenar las palabras. Le gustaría dejar escapar todo el caos encerrado en el centro de su cráneo, desenredar la maraña confusa de frases, imágenes y recuerdos, y poder relatar lo que pasó de forma clara.

—¿A qué te refieres?

—Era de ese tipo de personas que hacen bromas y todos se ríen —continúa Camino—. Porque es… sabía ser divertido. Tanto que a veces no se daba cuenta de que llevaba la broma demasiado lejos.

—¿Se burló de ti? —pregunta Carlos Gorricho, y Camino siente que le sube la sangre a las mejillas. Sacude la cabeza, avergonzada por lo patética que es su incapacidad para explicarse.

—No. Bueno, alguna vez. Me daba lo mismo. No me refiero a eso —añade.

Garrido ya no anota nada en el cuaderno, solo la mira. A Camino le parece que la paciencia empieza a acabársele. Tiene que contener el impulso de levantarse e irse a su cuarto. Ya no es una niña. No puede huir. Es real, como el temblor de sus manos, como la lluvia, como el cuerpo de Manuel, roto y vacío. Como su ausencia.

—A veces se burlaba de mí, por ser un marimacho. De Sagra, por lo que escribe. De Álvaro, por ser un enclenque. —No utilizaba esas palabras, usaba otras peores, pero a Camino le parece que estaría mal recordarlas. El estómago le da un tirón al darse cuenta de que parece que está señalando a sus amigos, así que sacude la cabeza con fuerza—. No iba en serio, no quiero decir eso. Pero a veces no tenía límite. No se daba cuenta de que la broma podía hacer daño. No sabía parar.

«O no quería hacerlo», piensa, pero no lo dice.

Los dos hombres intercambian una mirada breve. Camino se obliga a dejar las manos quietas y parar de retorcerse los dedos. Se pregunta cuánto tiempo llevan hablando. Podría ser una hora o varias semanas, por lo eterno que se le está haciendo.

—Hemos oído cosas. No todo el mundo es tan ejemplar como parece —dice Gorricho en un tono que resultaría tranquilizador si a Camino no le pareciera percibir una nota tensa tras cada palabra—. ¿Puedes contarnos casos en los que sus bromas fueran a más?

—Le pasaba… en general. No solo con las bromas.

—¿Por ejemplo? —La sonrisa de Carlos Gorricho no es capaz de contener el brillo impaciente de su mirada—. Nos ayudaría mucho que fueras todo lo concreta que puedas.

—Es que eran muchas pequeñas cosas… Con varias personas. Sobre todo… con las chicas. —Intenta hablar con normalidad, pero siente que se queda sin aliento. Como si estuviera corriendo en vez de conversando. Su respiración la traiciona si no se concentra en ella—. Caía muy bien. Sabía ser encantador. Y a veces no entendía que alguien no le siguiera el juego.

María, hace dos veranos. Tendría que hablar de María. ¿Debería hacerlo? ¿Qué ganaría intentando ensuciar el nombre de Manuel y sacando esos trapos tan sucios? Traga saliva como si fuera barro. Carlos Garrido, el de los ojos negros, frunce el ceño. Camino se pasa la lengua por el paladar, intentando humedecerse la boca.

—¿Os acostasteis? —pregunta Garrido.

—¡No! —responde Camino casi con un grito.

Es consciente de los mucho que abre los ojos y de la mueca que se le escapa. Carlos Gorricho apoya la mano en el muslo de su compañero antes de preguntar, con voz mucho más suave:

—¿Era inapropiado contigo? —Casi parece preocupado.

—No, no era inapropiado. Y menos conmigo —responde Camino rápidamente. Le gustaría cerrar los ojos. Sabe que está dando vueltas, que dice una cosa tras otra sin apuntar en ninguna dirección—. Pero yo le frenaba cuando se ponía muy pesado con alguien. Manuel decía que yo era una cortarrollos. Una monja. Intentaba estar callada cuando no me incumbía, pero a veces me enfadaba y… estallé. Ese viernes estallé.

Termina de hablar y baja la vista. Carlos Gorricho se toma unos segundos antes de preguntar, con una amabilidad que roza la timidez:

—¿Recuerdas lo último que le dijiste?

—Que ojalá se muriera —reconoce Camino.

Quiere encogerse de hombros. Quiere levantarse y

alejarse de esa sala. Se queda muy quieta, concentrada en inspirar y espirar, en dejar las manos quietas, en silenciar las voces que no paran de gritarle en la cabeza.

—¿Iba en serio?

«Sí». Aprieta los labios. Niega despacio sin alzar la mirada. Es más fácil mentir sin palabras.

6

Rebeca tarda tan poco tiempo en llegar después de que los guardias civiles salgan de la casa que Camino se pregunta si ha estado esperando en la esquina, vigilando hasta que se han ido. Le ofrece una sonrisa que tiembla en las comisuras, por mucho que se esfuerce por enseñar los dientes.

—¿Qué tal ha ido?

Camino pestañea dos veces, pero no dice nada. Tiene miedo de echar fuego, si abre la boca. ¿Cómo cree que ha ido? En lugar de responder, se encoge de hombros.

Le gustaría estar segura de si ha hecho bien al hablarles de la amenaza. Le ha parecido que, desde que lo ha contado, a los hombres les ha costado mostrarse amistosos. Tampoco está segura. Cada mirada parecía tener cinco significados, y las palabras sonaban distintas. Al menos, desde ese momento, ellos dirigieron las preguntas. Ella prefería las respuestas cortas a narrar retazos de unas relaciones complicadas. Sí, habían discutido en otras ocasiones. Tenían caracteres opuestos. No, nunca habían llegado a las manos. Por parte de ninguno de los dos. No, nunca habían tenido un encuentro romántico. De hecho, Camino nunca había tenido novio, y se lo confesó a esos desconocidos con un repentino sentimiento de vergüenza.

Contestar era más fácil. Dudaba menos y era capaz de construir frases con sentido. Solo titubeó cuando le preguntaron por qué o por quién discutían esa noche.

—No fue por alguien en concreto —balbuceó ella, aunque no era cierto—. Había bebido. Cuando Manuel bebía, no distinguía si una chica decía que no de verdad o jugueteando. Ya tuvimos un susto el año pasado, en las fiestas del pueblo de al lado. Y esa noche empezó igual.

—¿Con quién? ¿Qué pasó?

—Se llama María —responde Camino encogiéndose de hombros—. Estuvo ligando con ella. Se liaron, al menos eso nos dijo. Luego vino el hermano de la chica, no recuerdo su nombre. Le pegó un puñetazo y tuvimos que separarlos. A lo mejor Manuel tenía que haber parado, porque ella era más joven. Nos dijo que María no había sido clara.

María Barrado. Camino sabía muy bien quién era. Aún no había cumplido los dieciocho e iba al instituto con Inés, la hermana de Isabel. Su hermano, Víctor, lo había acusado de más cosas, y tenía los ojos brillantes y las sienes hinchadas. Camino había ayudado a separarlos y luego se sintió sucia por ello.

Hacía más de un año de eso, y no quería sacarlo para

no tirar barro sobre el cadáver de Manuel. Cuando los guardias le hicieron más preguntas, respondió sin entrar en detalles. Como si no tuviera demasiada importancia. Como si aún no se sintiera sucia al recordar de qué lado se puso.

Ya sin ellos, Camino trata de repasar toda la conversación, pero la adrenalina hace que sus recuerdos aparezcan fragmentados, que les falten partes. No es capaz de decidir si logró mejorar o empeorar las cosas.

Sabe que se han fijado en los arañazos de sus manos. Ha querido decir que se los había hecho en las zarzas, que se enredó con ellas cuando lo buscaban y las apartó para no quedarse atrás. Reunió las palabras, pero no el valor para pronunciarlas. Tenía miedo de que sonara a excusa, de que pareciera que intentaba justificarse.

Camino se muerde el labio y piensa que debería haberlo dicho. Ya le habían visto las marcas, ya había levantado sospechas. Recoge los vasos de agua que los hombres no han tocado con su madre a pocos pasos de distancia.

—Querrán saber qué ha pasado. Descartar que sea un suicidio o cualquier otra cosa —añade Rebeca en un susurro. No se atreve a mencionar el asesinato, como si esa palabra fuera venenosa—. Es tan trágico cuando un joven así tiene un accidente…

—Los accidentes siempre lo son —mascula Camino a modo de respuesta.

—Sí, pero…

Su madre no acaba la frase. No hace falta. Camino sabe lo que quiere decir. Sí, pero hay unas muertes más tristes que otras. Hay muertes que duelen, muertes que alivian e incluso muertes que se celebran. Si ella hubiera desaparecido en el bosque, solo habría sido una chica más de las que se pierden. Una que ni siquiera era madre, hermana o esposa. Una que a lo mejor se lo merecía por caminar sola y ser tan huraña. La muerte de Manuel era una tragedia, como si hubieran arrancado una pieza brillante de una estatua gris, medio devorada por la hiedra.

—Voy a echarme —musita Camino, que se levanta y se dirige a su cuarto. Es temprano y no tiene sueño, pero no es capaz de soportar la conversación con su madre.

—Puedes hablar conmigo, si lo necesitas —dice Rebeca.

Camino se detiene un instante. El pomo está frío en su mano. Lo aprieta con fuerza. El cansancio empieza a pesarle en los hombros y en la espalda. No alza la mirada, dedica a la madera esa sonrisa que no aspira a ser una mueca y pregunta:

—¿Puedo?

—Claro que sí.

—Piensan que fui yo. O lo van a pensar.

Se sorprende del sonido de su voz. Aséptica. Casi podría parecer divertida, cargada de humor negro. Unas arrugas se le marcan a su madre entre las cejas y abre la boca, pero Camino sigue hablando antes de que pueda decir nada:

—Y tienen motivos para pensarlo. Discutimos la última vez que estuvimos juntos. No solo eso, le dije que esperaba que se muriese. Y lo dije en serio.

Rebeca no dice nada. A lo mejor no quiere. A lo mejor no puede. No hace falta. Camino ve en su expresión el susto, la incredulidad en los ojos muy abiertos y el rechazo que tuerce sus labios, que la hace retroceder casi imperceptiblemente, para alejarse de ella.

Y se le escapa una sonrisa triste, resignada. Lo sabía. Hubiera apostado su mano derecha. No podía contarle nada. No podía confiar en ella. Así que aparta la mirada y, antes de que su madre se recomponga o se atreva a fingir que la quiere, entra en su cuarto y cierra la puerta tras ella.

Le gustaría gritar. Le gustaría dormir y despertar sin estar manchada de culpa ni de sospecha. Le gustaría tragarse esas palabras que nunca debió decir. Le gustaría irse sin dar ninguna explicación y caminar durante horas por las veredas del monte. O no volver nunca, como su padre. Pero solo se deja caer en la cama sin hacer ruido. Ni siquiera puede fantasear con irse. Al contrario de lo que pasó con su padre, si ella se marcha, saldrán a buscarla.

Piensa en Manuel y en la herida abierta y seca de su frente. Se le agita la respiración al darse cuenta de lo difícil que es que se la hiciera por la caída. A lo mejor su cuerpo rebotó, a lo mejor fue un accidente. Lo desea con tantas fuerzas que le duele, como si se aferrase a un clavo afilado al rojo vivo.

Porque, si no lo es o si no queda claro que se trate de un descuido, encontrarán a alguien a quien cargarle su muerte. Aunque no puedan demostrarlo, porque Camino no puede haber dejado rastros en un sitio en el que nunca estuvo.

Dará lo mismo. Las leyendas se inventaron para explicar lo que nadie entiende. Los culpables, para tranquilizar a los que no se sienten a salvo. No es tan importante encontrar al auténtico asesino, basta con señalar a alguien y hacer que el resto lo condene.

Negación

Fecha: 15 de septiembre de 1986

Nombre de la testigo: Sagrario Moreno Jurado

Fecha de nacimiento: 03/01/1964

Ocupación: Cajera (supermercado Pryca, Villalba)

Relación con la víctima: Amiga

Hechos: Ha participado en las tareas de búsqueda. Estuvo con él la última noche que se le vio con vida.

Comportamiento durante la entrevista: Su declaración es consistente. Responde a las preguntas con calma. No muestra signos de nerviosismo. Su testimonio es escueto, pero no ha caído en incongruencias.

Declaración de la testigo: «[...] Tenía su carácter. A veces presumía demasiado, y eso no sentaba muy bien. Y era un ligón, pero... *(pausa)*. A Manuel le costaba entender las

señales. Ha tenido alguna bronca en el pasado.
Hace tiempo de esto, dudo mucho que esté
relacionado. Nos reuníamos a menudo en esa
casa. No éramos los únicos, a veces hay
adolescentes que hacen hogueras o que quedan
allí para pasar la tarde. No, no creo que nadie
tuviera motivos para matarle. Si recuerdo algo
más, os lo comunicaré».

Coartada: Sagrario Moreno asegura que volvió
a casa después de la discusión en el grupo.
Su hermano corrobora que, cuando llegó, ella
ya estaba allí. No tenemos testigos más
imparciales. Su hermano también ha participado
en las tareas de búsqueda.

7

El lunes Camino se prepara para salir de casa como si esperase encontrar el mundo entero en ruinas: cimientos en llamas, edificios derrumbados, un cielo rojo sangrante y el llanto de las madres que han perdido esa noche su primogénito. ¿No era esa una de las plagas de Egipto?

Manuel era el primer hijo de los Villaseñor, y ella, que tiene la sensación de que también se pierde, es la única hija de su madre. Isabel es la primogénita de su familia, y Camino espera que todo esto no la salpique, aunque de pronto le parezca peligroso ser la mayor de la casa, como si fuera un mal presagio.

Zarzaleda no arde. El pueblo se sacude la noche con movimientos perezosos. Cuando despierte, a lo mejor ya no queda pena, solo ira. Camino sabe que un sentimiento lleva a otro, y se pregunta cuánto tiempo tiene antes de que empiecen a murmurar sobre ella. «Poco», imagina, y sigue caminando bajo un cielo de un gris plomizo que no termina de decidir si derramar o no la lluvia.

Zarzaleda es como una camisa que, de pronto, se queda pequeña. Durante años ha crecido sin prisas: las familias de siempre, las antiguas rencillas y los nuevos amores con vecinos de localidades cercanas que posibilitaban que el pueblo no se ahogara hasta extinguirse. Muy de vez en cuando alguien venía de lejos, una persona sin relación con los habitantes, y decidía quedarse. Durante los meses de invierno, Zarzaleda dormita aletargada; hasta el final de la primavera no vuelve a la vida.

Las casas grandes, cercanas al bosque, son de familias que viven en la capital y que solo van al pueblo cuando el calor se vuelve molesto y tienen vacaciones, o se pueden permitir pasar allí los fines de semana. El corazón de Zarzaleda es un laberinto de casas viejas, solares donde crecen las malas hierbas y los edificios nuevos para esa gente que ha decidido que mudarse cerca de Madrid es una buena idea. Cada vez hay más extremeños y más desconocidos que conviven en sus calles, pero forman una sociedad paralela. Muchos trabajan en la construcción, en las afueras o en pueblos cercanos.

Camino aún no ha decidido qué sentir por los recién llegados. Las familias de siempre tienen cierto resentimiento hacia los que se apropian de su pueblo. Ella sabe que es un bicho raro, así que ya le va bien que haya otro grupo de personas contra el que decidan cargar sus comentarios y ese rencor que no se sabe de dónde viene. Al menos, la familia de Isabel llegó antes, lo suficiente para que casi se les considere del pueblo, no de la oleada que ha llenado las casas vacías y ha obligado a levantar viviendas nuevas.

Los extremeños parecen algo ajenos al luto de Zarzaleda. No inmunes, porque el pueblo sigue siendo lo bastante pequeño para que la desaparición y ahora muerte de Manuel esté en boca de todos. Incluso la prensa ha recogido el caso. Camino se cruza en la plaza con un grupo de niños que van hablando del tema de camino al colegio. El mayor no debe de tener ni diez años. La pequeña quizá haya cumplido los seis y corretea para seguir el ritmo de los demás con el pelo recogido en dos largas trenzas. Camino no sabe sus nombres ni cuánto tiempo llevan viviendo en Zarzaleda.

—Mi tío dice que le sacaron los ojos —les cuenta el mayor—. Y que le quitaron los riñones.

—¡Mentira! —responde con voz aguda la niña pequeña.

—Por eso mi madre no quiere que vuelva solo a casa —añade otro.

Camino nota una pausa extraña en la conversación cuando se cruza con ellos. Los niños tienen avidez en la mirada, aunque solo la pequeña se atreve a mantenérsela. Le dedica una sonrisa que la pilla tan desprevenida que no sabe cómo responder.

Aprieta el paso. En Zarzaleda, todas las calles son cuestas. Camino disfruta del esfuerzo que hay que hacer para caminar. Siente que no es ella la que avanza, sino que empuja el mundo para que se mueva bajo la suela de sus zapatillas. Nunca se habituaría a andar por un sitio llano. Está tan acostumbrada como los marineros al vaivén del océano. Puede que no encaje entre la gente, pero pertenece a ese sitio.

Por un instante, se imagina qué pasará si deciden que la asesina es ella, si la encierran durante años en una celda sin vistas al monte, sin brisa ni luz directa. Aparta el pensamiento de su mente tan rápido como puede, con un nudo en el estómago. «Me moriría», piensa. No se quitaría la vida, pero no sería capaz de sobrevivir encerrada y lejos del sitio donde ha echado raíces.

Camino llega a la carnicería La Segoviana diez minutos antes de que abra. El dueño, Santiago, ya está dentro. Los lunes traen piezas nuevas, y oye cómo las trocea en la trastienda. Que ella sepa, Santiago no tiene nada de segoviano, ni tampoco su mujer o el resto de su familia. La carne no llega de allí. Cuando tiene ratos muertos, Camino imagina distintos orígenes del nombre. Nunca ha querido preguntarle para no estropear su entretenimiento con una respuesta seguramente más aburrida que cualquiera de las que ella imagina, como una antigua novia o una herencia misteriosa en esa ciudad.

Está tan habituada al siseo del cuchillo al abrir la carne y al chasquido seco de los huesos al partirlos que tarda un poco en preguntarse qué ruido hizo el cuerpo de Manuel al caer por la pendiente. Cómo sonó su carne al reventarse contra las rocas. Si se oyó el crujir de huesos.

¿Gritó antes de perder la vida? Le extraña pensar que solo podrían saberlo si alguien hubiese ido con él. Si un árbol cae en el bosque y no hay nadie para oírlo, ¿hace algún ruido? ¿O el sonido no existe si nadie puede escucharlo? Manuel murió en silencio, porque, si hubo alguien a su lado, no lo contará.

Y eso es lo peor, que todo el mundo se está imaginando el ruido.

Se pasa las manos por el pelo para recoger los mechones rebeldes que se le escapan de la coleta y apartar esos pensamientos de la cabeza. Intenta concentrarse en las noticias que da el locutor de la radio con una voz tan neutra que casi parece la de un dios indolente que es testigo, sin implicarse, del sufrimiento de los mortales a los que ha abandonado. El periodista habla de una joven herida con arma de fuego en San Sebastián. Sin cambiar el tono, informa del atentado fallido a Pinochet y de los cinco muertos que ha dejado. No menciona los nombres de los que han perdido la vida. No son importantes. Unas vidas valen más que otras. Siempre ha sido así. En ninguna película se llora por la muerte de los personajes que viven al borde de los decorados.

—¿Camino?

La voz de Santiago no es acusatoria, pero ella está tan ensimismada que da un respingo. Termina de anudarse el delantal con unos dedos que parecen tan torpes que podrían ser de otra persona.

—Ya estoy.

Santiago deja lo que está haciendo para acercarse a la entrada que comunica la trastienda con la parte de delante. Hay una cortina de coloridas tiras de plástico que evitan que las moscas se cuelen dentro; el dueño se asoma entre ellas como si emergiera de una catarata. Las manchas rojas sobre la tela nunca han impactado a Camino, pero esta vez sí. Dicen que los cerdos no son tan distintos a los humanos. Sagrario una vez le contó que tienen órganos compatibles. No puede quitarse esa idea de la cabeza.

—¿Sabes algo del chico?

—Lo encontramos ayer —contesta ella sin apartar la vista del rojo de la tela.

—Ya. Me refiero a si sabes si el funeral será pronto.

Camino sacude despacio la cabeza. Los muertos no tardan mucho en enterrarse, nadie quiere velar un cadáver que se descompone. Pero, por lo general, las muertes no dejan tantas preguntas. Cuando alguien fallece en un hospital, en un accidente de tráfico o en su cama, con la piel marcada por las líneas que el peso de los años ha trazado en su rostro, no hacen falta tantas preguntas. No es necesario reconstruir sus últimos días ni sus últimas semanas. Ni siquiera hay que ir a buscar su cuerpo como si fuera una versión macabra del juego de la bandera.

—Espero que no tarden mucho. La familia no puede descansar si el cuerpo del chico está de aquí para allá, dando tumbos.

Camino parpadea para apartar la imagen del cuerpo de Manuel arrastrándose de un lado a otro, con la mirada vacía y los movimientos torpes de un cachorrito perdido. No sabe si su familia podrá descansar después del entierro. No cree que haya mucha diferencia entre el dolor que siente una madre al saber que su hijo está muerto y que esté muerto y enterrado en la parcela de tierra que le corresponde.

No sabe si la ausencia de su padre hubiera sido más sencilla si estuviese muerto en vez de ser alguien inalcanzable.

—Podríamos encargar una corona de flores —añade Santiago—. Todos los de la tienda, para que la familia vea que la tenemos en cuenta.

Camino aprieta los labios y da gracias por estar de espaldas a él. Sí, claro, la prioridad es que los Villaseñor no vayan a comprar a otra parte.

—Le vamos a comprar unas flores con el grupo —responde ella con voz neutra.

—Bueno —masculla Santiago, y le señala hacia el mostrador con un gesto de la barbilla—. Pues trabajando, que es gerundio.

No sabe si van a comprar flores. A lo mejor Verónica ha encargado un ramo por su cuenta, a lo mejor a ninguno se le ha ocurrido la idea. No dice mucho de ella que piense en ahorrar en esos momentos, pero no es solo por ese motivo. Es peor que Santiago no pestañee al ofrecérselo: que ella costee con un sueldo bajo una corona de flores, que es la publicidad más morbosa.

Antes de que Santiago pueda insistir, oyen unos golpes

en la puerta. Allí está Rogelia, la clienta más puntual. No importa que no tenga mucho más que hacer en todo el día, tiene que ser siempre la primera y llegar antes de que abran.

Por lo general, a Camino le molesta tener que atenderla antes de que empiece su jornada, y que muchas veces tenga que apresurarse a prepararlo todo solo porque Rogelia decide que es el momento de ir a comprar. Esa mañana, agradece la distracción. Santiago la saluda con un gesto según entra, y esconde en una sonrisa su mueca de fastidio.

La mujer, como siempre, finge que no se ha dado cuenta de que les ha hecho abrir antes de su horario.

—¿Aún no es la hora? Hija, lo lamento. Con esto del insomnio… ¿Y quién duerme en estos tiempos?

De forma inevitable, la conversación gira en torno a Manuel, aunque Rogelia la desvía hacia cómo debe sentirse su pobre madre.

—Ya sabes que yo perdí a mi hermano pequeño. Y no es lo mismo, no voy a compararlo, porque no es lo mismo. Pero entiendo lo sola que debe sentirse. Una muerte así, tan trágica… Ese lomo no, niña, ponme el de la derecha.

Camino obedece asintiendo al monólogo de la mujer. Casi parece practicado. Mientras prepara las lonchas de muslo, se pregunta si lo es o si incluso esa mujer siente una pena que a ella no le llega. Y debería, ha sido mucho más cercana a Manuel, a pesar de todo.

¿Por qué no puede sentir tristeza?

Rogelia es la primera pero no la última clienta que

habla de Manuel. De hecho, sale en cada una de las conversaciones que se oyen en la tienda. Varios clientes le dan el pésame a Camino, y ella responde siempre con torpeza, como si estuviera pronunciando palabras extrañas que deberían tener un sentido, pero no está segura de cuál es.

Otros la miran entornando los ojos y hacen el pedido con tono seco. Está segura de que esos son los que ya saben las últimas palabras que le gritó a Manuel. Los que sospechan de ella. Le sorprende que aún sean una minoría. Es cuestión de tiempo que el pueblo entero lo piense. O lo será, si no aparece otro culpable que la libere.

Es más llevadero cuando se forma cola o coinciden varios clientes. Si hablan entre ellos, no están pendientes de Camino. Puede escucharlos sin formar parte una y otra vez de la misma conversación. Sin tener que fingir pena cuando lo que siente es vacío.

—Un chico tan bueno, en la flor de la vida. Y mira qué ocurrencias —suspira Beatriz, que fue su maestra—. Irse solo a la montaña, a esas horas en las que no hay ni un alma.

Beatriz, a la que los niños apodan doña Rata, tiene un mal humor temible. Apenas ha cambiado, es de esas mujeres que a Camino siempre le han parecido viejas. Viste con las mismas faldas, todas grises o negras, rectas, de tela pesada que le llega por debajo de las rodillas. También lleva chaquetas anchas de paño, en negro o gris. Su ropa, plomiza, convierte su figura en un rectángulo sólido del que asoman unas piernas demasiado pequeñas.

Camino y ella nunca se entendieron. Para Beatriz, solo había tres tipos de alumnas, y era inconcebible pasar de un grupo a otro: las perfectas, las aceptables y los casos perdidos. Camino formaba parte del tercero. No era de las niñas que levantaban la mano para participar ni de las que se esforzaban en hacer buena letra en los trabajos. Le costaba prestar atención y tampoco destacaba por ser muy obediente, pero no fue de las que respondían o replicaban. Si no quería hacer algo, no lo hacía, sin protestar ni montar una pataleta. Cuando una tarea le parecía aburrida, fingía que no sabía cómo hacerla. Beatriz estaba segura de que no era cierto, pero no tenía forma de demostrarlo.

En cuanto cambió de profesora, las dos salieron ganando. Camino escapaba de esa manera de aprender que detestaba y Beatriz se libraba de una alumna mediocre. Las dos desearían vivir lo bastante lejos la una de la otra para dejar de cruzarse por el pueblo.

—La juventud no ve el peligro —responde Amanda, la mujer del alcalde—. Todos hemos sido así.

—Unos más que otros —replica Beatriz, molesta, y señala el jamón—. Doscientos cincuenta gramos en lonchas muy finas. ¡Finas de verdad!

—Solo digo que tonterías hemos hecho todos —musita Amanda, tratando de apaciguarla—. Y que los accidentes pueden ser tan tontos...

—Pero ya me dirás quién le mandaba estar en la montaña a esas horas de la noche. Un mozo tranquilo y listo, un universitario de buena familia, triscando por el monte como si fuera un bandolero.

Lanza el comentario como si fuera una piedra. Todo Zarzaleda sabe que Camino no es la persona que mejor conoce los montes, pero sí la que pasa más tiempo en ellos. Al menos Amanda ha hablado de accidente. Camino se aferra a esa palabra como si pudiera mantenerla a salvo.

Accidente. La sangre seca en la frente de Manuel. «Accidente», piensa con más fuerza, casi dibujando la palabra con los dientes y saboreándola en la lengua. Camino ha ido a misa, pero nunca ha rezado de verdad. ¿Se parecerá el fervor de las oraciones a lo que ella siente al mascar ese término?

—¡Ya vale! ¡Ya vale!

La protesta de Beatriz hace que se dé cuenta de que está cortando de más. La antigua maestra habla en un tono bastante alto para que Santiago, desde la trastienda, pueda oír su queja. Camino sospecha que siempre disfrutó al castigarla.

—He dicho doscientos cincuenta gramos. No pienso pagar nada que no necesite. Señorita, a veces parece que se olvide usted de las lecciones de matemáticas.

Suelta una risita, como si estuviese de broma. Camino estira los labios en una sonrisa pequeña y forzada. Sin decir una palabra, quita las lonchas del paquete para que quede el peso exacto.

—Espero que no le vayas a dar eso al siguiente —dice Beatriz con ojitos brillantes de rata.

Ese mote le queda mejor que su nombre. La sonrisa de Camino casi se vuelve genuina. Le gustaría decirle: «¿Quiere algo más, doña Rata?». No puede perder el trabajo, así que solo lo piensa.

Si fuera otro cliente, le cobraría el peso que ha pedido y le pondría las lonchas extra, pero no piensa hacerlo. Echarlas a la bandeja de los restos es la venganza más patética del mundo, pero es una venganza al fin y al cabo, y se contenta con eso.

—¿Le pongo algo más? —pregunta con tono neutro.

—¿Cómo están las chuletas?

—En su punto. —Camino no tiene la más remota idea de si es verdad o no.

Doña Rata frunce la nariz y decide pedir medio pollo. Mientras Camino lo trocea, Beatriz se vuelve y pasan de hablar de la compra a centrarse en el chico que ha muerto. Agradece el respiro, volver a ser invisible y que, al menos por unos instantes, se olviden de ella.

El nombre de Manuel vuelve a llenar la carnicería, y Camino tiene la sensación de que nunca ha dejado de rebotar por las paredes. Manuel importaba. Era el actor que se mueve bajo los focos. Llenaba el pueblo; sigue haciéndolo después de haberse ido. Algo parece incorrecto, como si el sol hubiera salido por el lado opuesto. El mundo debería haberse parado, pero sigue girando, aunque lo haga a trompicones. La vida no se ha detenido. Le lloran; al menos la mayoría lo hace. Se ponen en pie todos los que han caído. Y siguen adelante, a pesar de haberle querido. Como si no notasen el frío que dejan los que ya no están.

En la tienda hay momentos en los que los clientes parecen ponerse de acuerdo para llegar al mismo tiempo y ratos en los que no hay nadie. Cuando se alargan, Camino se esfuerza por buscar algo con lo que mantenerse ocupada para que Santiago no le reduzca las horas de trabajo. Aprovecha para limpiar los cuchillos que ha usado, reorganizar el mostrador y mantener el orden. Está pasando la bayeta por el tablero cuando la puerta se abre una vez más.

Alza la vista con cierta desgana, en alerta. No sabe si tendrá que enfrentarse a una mirada acusadora o escuchar conversaciones que giren sobre el mismo tema. Manuel es el centro de un mundo que no sabe cómo seguir sin él.

Pero pestañea al ver al recién llegado, como si creyera que es un error. No esperaba a Álvaro, con ojeras marcadas y una sonrisa titubeante.

—Hola, Camino —saluda—. ¿Cómo estás?

—Bien —responde con voz baja y tirante.

A Santiago no le gusta que sus amigos vayan a la tienda mientras está trabajando. Incluso si vienen a comprar, luego le reprocha si tardan demasiado tiempo en hacer el pedido. Da igual que el resto de los clientes tarden el doble o que otros compartan anécdotas como si estuvieran en el bar. Pero si uno de sus amigos intercambia más de dos frases con ella, Camino se gana una mirada de reproche, incluso una advertencia.

Así que cambia el peso del cuerpo de un pie a otro, inquieta. Álvaro tiene las manos en los bolsillos y ni siquiera mira los productos. No tiene intención de comprar, y eso la pone aún más nerviosa.

—Hemos quedado esta tarde —dice de forma casual—. En el Loto.

—Vale —gruñe a modo de respuesta.

—¿Vendrás?

Santiago ha dejado de trastear en la trastienda. Camino nota que la tensión le recorre la espalda y asiente con una sacudida de cabeza, el ceño fruncido y la mandíbula encajada. Álvaro sabe de sobra lo que opina Santiago de sus visitas. Camino es consciente de que la circunstancia es especial. No todos los días tienen que enterrar a un amigo. Y no debería ser tan egoísta como para pensar en su trabajo cuando uno de ellos ha muerto. Así que intenta suavizar la voz al responder:

—Iré en cuanto termine. Ahora estoy trabajando.

—Sí, claro. Solo quería que lo supieras. Serán unos días malos, tenemos que estar juntos.

Camino no cree que vayan a ser unos días. También cree que la palabra «malos» se queda corta. Se limita a asentir con la cabeza mirando con poco disimulo hacia la puerta. Los pasos de Santiago se acercan y dice, con firmeza:

—Bueno, ¿te pongo algo?

—No, solo venía a decírtelo.

—Entonces tengo que seguir trabajando.

Álvaro parece sorprendido, como si esperase que la regla de visitar su tienda no tuviera peso en esos momentos. Pero ni siquiera entonces se marcha.

—He intentado hablar con todos, pero Isabel no me contesta. Me parece que está en casa, pero no me abre. Me preocupa que se encuentre mal y no quiera salir. Le iría bien, creo que todos lo necesitamos.

Camino asiente y sale del mostrador para dirigirse hacia la puerta. Es complicado echar a un amigo de tu puesto de trabajo y no perder los modales.

—A lo mejor podrías ir a buscarla —sugiere Álvaro.

—Vale —responde seca—. Cuando termine.

El chico sonríe. Hace un ademán de darle un abrazo, pero Camino mantiene la mirada fría y la postura rígida, así que se limita a hacer un gesto con la mano.

—Genial. Nos vemos luego.

Camino no responde. Lo ve marcharse con un alivio confundido cuando por fin sale de la tienda. Santiago se ha apoyado en la puerta que separa la carnicería del almacén. No necesita mirarlo para saber que tiene una expresión reprobatoria, así que vuelve a coger el trapo y se agacha para seguir limpiando el mostrador.

—Camino...

—Esto no es un salón de citas —termina por él—. Lo sé, lo siento.

Santiago no dice nada, y ella cuenta los segundos hasta que entra un nuevo cliente.

Las últimas compras del día se condensan al final. No se sorprende, la última hora siempre es la más larga. Camino sabe que su trabajo no es duro ni difícil. No se juega la vida si no hace bien un corte o se equivoca al poner la carne en la báscula. No tiene que cargar con un peso enorme sobre los hombros ni hacer cuentas complicadas. Ni siquiera tiene un jefe pesado al que reírle las gracias, como le pasa a Sagrario, o como el que tuvo que aguantar Verónica durante los meses que ejerció de camarera. Es un trabajo que muchos encuentran desagradable, pero a ella le da paz. No se sentía capaz de ser niñera, como Isabel, que aguanta pataletas y llantos con sonrisa paciente y voz amable. Antes de empezar en la carnicería, Camino se dedicaba a limpiar casas. No le importaba arrodillarse para fregar bien o esforzarse al quitar el polvo, pero la mirada vigilante de la anciana para la que trabajaba le resultaba cada vez más insoportable. Prefiere trocear animales.

Sin embargo, es un trabajo, y todos los trabajos cargan. Camino siente el cansancio de mantener la sonrisa, de establecer el contacto visual, de ignorar la expresión de sospecha o de participar una y otra vez en la misma conversación. Lanza miradas furtivas al reloj, para ver cuánto se acerca el minutero a la hora en la que podrá salir de la tienda y tomar una bocanada de aire fresco que no sepa a muerte. Solo le quedan unos milímetros cuando la puerta se abre de nuevo y aparece una de las últimas personas que esperaba ver. Santiago, que se preparaba para cerrar, parece tan sorprendido como ella.

—Eduardo… ¿Cómo estás, hijo?

Eduardo no puede parecer más fuera de lugar. Con una chaqueta vaquera que cuesta varios meses del sueldo de Camino, pantalones ajustados y el pelo demasiado largo que le oculta parcialmente los ojos rasgados, de un verde oscuro, intenso. Es alto, más que su hermano mayor, aunque de una forma más esbelta. Cuando sus miradas se encuentran, Camino siente que Manuel también la está observando.

—Cansado —responde.

Ella piensa que es una respuesta extraña. No tiene hermanos, pero se imagina lo derrumbada que estaría Isabel si algo le pasara a Inés. O cuántos años tardaría Sagra en recuperarse si su hermano mayor la dejara sola de la noche a la mañana. Incluso Álvaro parecía más nervioso y desubicado cuando ha entrado a verla. «Cansado» se queda muy corto si se trata de medir la pena. Pero ¿quién es ella para juzgarlo? Aún no ha llorado por Manuel. Ni siquiera le ha dolido su pérdida.

Por mucho que quiera decirse que le cuesta asimilar la idea, empieza a pensar que no es eso. Que a lo mejor nunca llega a lamentarla, no por los motivos adecuados.

—¿En qué te puedo ayudar? —pregunta Santiago, que raras veces atiende—. ¿Adela está enferma?

Adela es la empleada interna de los Villaseñor, una

mujer flaca de pelo oscuro, mirada torva y más silenciosa incluso que Camino. De pequeña, le asustaba encontrarse con ella. Renqueaba, con la espalda torcida y los labios apretados en una mueca. Cuando le toca atenderla, le pide lo que quiere con voz seca y sin mirarla a los ojos.

A Camino le cuesta imaginársela en casa de los Villaseñor, le cuesta concebir que pueda preparar una comida con cariño o que participe en la conversación de la familia. No podría tener una figura tan siniestra si viviera con ella, ni siquiera en una casa grande.

—Adela tiene mucho trabajo, así que me han pedido que me encargue de hacer la compra —responde Eduardo, que estira los labios en una sonrisa torcida mientras añade—: Creo que lo que quieren es librarse de mí.

Santiago no tarda en decir que es absurdo, pero Camino está convencida de que el comentario iba dirigido a ella, y no responde ni aparta la mirada.

No lo conoce demasiado, en parte porque Eduardo no se deja conocer, pero sabe que los dos hermanos tenían un parecido físico y un carácter totalmente opuesto.

Manuel era el primero en lanzarse a hablar en una sala llena de gente. Era consciente de que atraía todas las miradas y no le importaba lo más mínimo. Incluso lo disfrutaba. En cambio, Eduardo elige estar siempre a la sombra. Sabe que no despierta simpatías y no se esfuerza por cambiar. Es esquivo, tiene siempre respuestas rápidas e irónicas, si no bordes.

Los Villaseñor nunca lo han empujado a pasar más

tiempo con su hermano, en el pueblo o fuera de casa. Camino tiene la sensación de que, si hubieran podido, lo habrían escondido. Manuel era el hijo que querían: decidido, valiente y líder. Eduardo, el hijo del que no hablan.

La relación de Zarzaleda con Eduardo también ha sido siempre extraña. Se le trata con respeto —porque nadie olvida su apellido ni a qué familia pertenece—, pero ninguno de sus habitantes cree que llegue a ser un ciudadano que les haga sentirse orgullosos. No hay expectativas puestas en él, más allá de que se construya una casa grande y siga gastando su dinero en los negocios del pueblo.

—Dile a tu madre que le envío recuerdos —dice Santiago—. ¿Se sabe ya cuándo será el entierro?

—Va para largo —contesta con la media sonrisa algo más tensa—. La investigación hace que todo vaya más lento.

—¿Investigación? —pregunta Santiago—. ¿Hace falta investigar un accidente?

Los ojos de Eduardo brillan como los de un depredador que encuentra a su presa, y se clavan en Camino. Esboza una sonrisilla. Podría ser amarga o juguetona.

—No piensan que fuera un accidente.

Las culebras que se retorcían en las tripas de Camino se transforman en un puño cerrado que la golpea desde dentro. Se vuelve frío y duro. Se alegra de no haber abierto la boca, porque se ve incapaz de mantener una conversación, ni siquiera de responder sin que la voz le tiemble.

Eduardo ladea ligeramente la cabeza, como si esperase una reacción. Una respuesta. Ella se limita a dejar que hable Santiago:

—Aquí todos queríamos mucho a tu hermano. ¿Quién iba a hacerle daño?

—Eso es lo que la policía trata de averiguar —responde, y su sonrisa se tinta con una inocencia falsa—. Venía a por unas chuletas de cordero y algo de embutido.

Santiago se esfuerza en conversar con él mientras Camino prepara el pedido sin mediar palabra. Si se centra en cada movimiento, puede evitar que le tiemblen las manos. No cree que la visita de Eduardo sea una casualidad, y se pregunta qué quiere. ¿Una confesión? ¿Venganza?

Le entrega la bolsa por encima del mostrador y Eduardo tiene cuidado de no tocarle la mano al cogerla, aunque mantiene un contacto visual tan directo que a Camino se le retuercen las tripas.

—Nos vemos pronto —dice el chico. Su voz tiene un ligero matiz de amenaza.

Camino asiente, aunque duda de que sea cierto.

—Dales el pésame a tus padres de mi parte —dice Santiago.

Eduardo asiente con un gesto mientras alza la bolsa con la compra y les da las gracias. Lo hace en un tono que a Camino le parece irónico. Sale sin volverse para mirarlos. Manuel tenía una forma de caminar fuerte y decidida, como la de un oso acostumbrado a que el resto de las criaturas se aparten de su camino. Eduardo, en cambio, parece habituado a deslizarse entre las sombras. A formar parte de ellas.

Cuando por fin se cierra la puerta, Camino deja escapar el aire entre los dientes. Despacio. Termina de recoger con la impaciencia tironeando de sus nervios y le parece que Santiago está más silencioso de lo habitual, pero no quiere darle importancia porque no sabe si puede preocuparse por más cosas al mismo tiempo.

—Hasta mañana —dice al irse, con voz ronca.

—Turno de tarde —le recuerda él.

Camino asiente y sale conteniendo las prisas. Aguanta un par de pasos hasta quedar fuera de la vista de Santiago antes de tomar una gran bocanada de aire. Está fresco, sabe a tierra y a pino, se siente como un abrazo. Debería irse a casa o a buscar a Isabel, como ha dicho que haría, pero en vez de eso se aleja del centro del pueblo con pasos rápidos, casi furiosos. Necesita el mar verde de los árboles y un cielo fiero y abierto.

La esperanza de que se diera por hecho que había sido un accidente ha desaparecido antes de que tomara forma. La policía ya está investigando. ¿Hay alguien que sepa qué hacía Manuel allí solo un sábado de madrugada?

Ni siquiera le gustaba ir al campo de día. Si lo hacía, si iba a esa casa en ruinas en la que tantas tardes habían pasado, era por acompañarles.

Entonces ¿quién estuvo con él?

Camino se detiene en un terraplén, junto a unas encinas. Desde allí, Zarzaleda queda oculta a la vista, así que puede imaginarse que no existe, que es la única chica viva en el mundo, que no hay nadie más, que está sola y es libre. Es un pensamiento que a veces busca, pero que tiene que apartar de su cabeza mientras se sienta en unas piedras y respira hondo para concentrarse.

Siete personas conocían ese sitio, la casa en ruinas, como si fuera su segundo hogar. De los siete, uno ha muerto. Eso deja un asesinato con seis sospechosos.

Y, si ella no ha sido, uno de sus amigos es culpable.

8

Camino nunca lleva reloj, pero sabe que ha pasado más de una hora hasta que ha decidido volver a Zarzaleda. El sol se escurre despacio, desgarrando un manto gastado de nubes grises. Ha pasado la hora de comer, pero tiene el estómago tan cerrado que le duele, y la mera idea de prepararse un bocadillo hace que las tripas se le retuerzan como si tratara de convencerse de comer piedras.

Ha estado dándole tantas vueltas a las palabras de Eduardo, centrándose en los detalles, que casi ha olvidado la visita de Álvaro. Al principio le ha parecido extraña, pero puede que tenga los nervios tan agitados que ya vea sospechas por todas partes.

Pasa a buscar a Isabel antes de dirigirse hacia el Loto. No quiere ir a su casa. No necesita descansar ni comer y, si entra, está convencida de que no saldrá. De que aún le costará más mirar a sus amigos. De que empezará a cerrarse antes de que la encierren.

Hace una mueca por el ruido de la puerta de Isabel y

sube las escaleras con rapidez. Espera que doña Rosa no tenga tiempo de asomarse a cotillear, ni siquiera le apetece molestarla.

Siente los dedos agarrotados antes de llamar. Un gesto tan cotidiano como ese se vuelve extraño cuando tiene que recordarse cómo se hace. ¿Tiene el puño muy cerrado? ¿Siempre se hace daño en los nudillos? ¿Debería darse la vuelta e irse antes de que Isabel pueda acusarla de nuevo?

Los golpes reverberan en el interior de la casa como si fuera el estómago de una ballena varada. Al silencio le siguen unos pasos que terminan en la puerta. Se abre sin que la persona que está al otro lado pierda tiempo asomarse a la mirilla. Camino no esperaba encontrarse con el rostro pálido e inquisitivo de Inés. Es lunes, debería estar en el instituto. Si fuera otra persona, no le parecería extraño, pero la hermana de su amiga es el tipo de alumna que preferiría pasar toda la noche sin dormir antes que faltar a clase. Siempre le ha gustado presumir de lo lista que es, cuando se empeñaba en jugar a las cartas con ellos e Isabel mediaba para que la dejasen ganar. Camino tenía que contenerse para no decirle que no era más lista que el resto, que solo creía serlo.

—¿Qué quieres?

Las dos hermanas tienen un tono tan bajo que hay que prestar atención para oírlas. La voz de Isabel es más dulce, aunque tiene que ver más con el tono que con el timbre. Incluso cuando está de buen humor, Inés es directa. Parece que siempre le falta tiempo y no puede perderlo con nadie.

—Vengo a buscar a Isabel. —Es tan obvio que Camino tiene que esforzarse en no alzar una ceja y usar un tono irónico.

—No quiere salir —contesta Inés.

—¿Puedes decirle que he venido?

La chica mantiene el ceño fruncido y la barbilla alta. Los labios le tiemblan un instante. Se ha hecho mayor, pero no es tan distinta de la niña engreída que se creía dueña de Isabel. O a lo mejor sí, a lo mejor ha cambiado, a lo mejor ahora que Isabel es más vulnerable intenta ser la fuerte, la encargada de proteger a su hermana. Solo ha pasado un día desde que encontraron el cadáver de Manuel... ¿Tan poco ha tardado en convertirse en la principal sospechosa? ¿En alguien capaz de hacer daño a su mejor amiga?

Inés busca una razón para negarle la entrada. Camino se obliga a aguantar sin moverse, tragándose la preocupación. Un pensamiento se le atasca: «Y si es Isabel la que no quiere hablar conmigo?».

Puede soportar que todo el mundo piense que pudo matar a Manuel, pero no que Isabel no quiera verla. Inés ladea la cabeza.

—Le diré que has venido...

Antes de que pueda terminar la frase, Isabel aparece por el pasillo.

Le recuerda a un fantasma. Sus ojeras son profundas,

y tiene la piel más pálida de lo habitual. Lleva una sudadera vieja y un pantalón de pijama. Va descalza, a pesar del frío; a Isabel siempre le ha gustado ir sin zapatos. Tiene unos pies blancos y pequeños que a Camino le parecen delicados, como si no fueran del todo humanos. Como si fueran los de un ángel poco acostumbrado a apoyarse en la tierra, al que todavía le maravilla su tacto.

Isabel trata de sonreír, aunque el gesto se queda en una intención.

—Camino, ¿quieres pasar?

—He venido a buscarte —responde sin moverse de la puerta. Inés no se ha alejado y parece capaz de morderla si se atreve a dar un paso—. Hemos quedado para tomar algo.

—¿Los de siempre? —Isabel sigue intentando sonreír.

Camino quiere decirle que no lo haga. Verla es casi doloroso.

Asiente. Los de siempre sin Manuel, que no volverá a quedar con nadie. Nunca había estado tan presente en cada conversación, en cada pensamiento. Camino se pregunta si seguirá estando siempre entre ellos, en todo lo que hagan. Ni siquiera hace falta que lo mencione para que los hombros de Isabel se hundan.

—No sé si es buena idea —musita.

—Álvaro ha pensado que nos iría bien —responde Camino—. Creo que lo necesita.

Álvaro, con su sonrisa tensa y su voz nerviosa. Su comportamiento sigue pareciéndole raro. No acaba de comprenderlo, hay una pieza que no encaja. Falta Manuel, claro, y ha dejado un hueco tan grande que los demás hacen equilibrios para no caerse, pero, cuanto más piensa en la forma de actuar de Álvaro, más convencida está de que hay algo más, algo que falla.

—No hace falta que vayas —dice Inés con los brazos cruzados sobre el pecho.

Su reacción tiene el efecto contrario de lo que esperaba en su hermana, que la mira en silencio y traga saliva.

—No, Álvaro tiene razón. Creo que es buena idea que nos veamos. Será más difícil si dejamos pasar el tiempo. ¿Te importa esperar a que me cambie? —Lo dice como si cambiarse de ropa fuera una tarea titánica. Quizá en este momento para ella lo sea—. Puedes pasar y esperar dentro.

Camino arquea una ceja y mira, casi divertida, a Inés. La chica se aparta con reticencia. Cuando lo hace, Camino contesta:

—No pasa nada, prefiero esperar abajo.

Se da la vuelta escuchando el resoplido ahogado de la más joven. Sabe que no necesita buscarse enemigos, pero es una venganza tan ridícula que espera que termine olvidándose por lo insignificante que es.

No tarda mucho en arrepentirse de haber decidido esperar fuera. No solo por el día, que sigue siendo frío y desagradable, sino por sentirse tan expuesta.

Mete las manos en los bolsillos para evitar que los dedos se le congelen. Siempre lleva algo encima. Tesoros insignificantes. De pequeña eran guijarros, ramas con una forma particular o plumas brillantes. Lo que Camino encuentra esa tarde es su navaja, varias monedas, gomas del pelo, las llaves de casa y un mechero, a pesar de ser la única del grupo que no fuma. En momentos como este, le gustaría hacerlo. Esperar a la vista de todo el pueblo la hace sentir vulnerable. Se sentiría menos observada si tuviera algo con lo que entretener las manos y la mente, aunque fuera dar caladas a un cigarro.

Nunca ha llevado bien ser el centro de atención. Le resulta raro que la miren, que hablen de ella o que analicen lo que hace y con quien lo hace. Alguna vez intentó explicárselo a su madre: Rebeca se limitó a suspirar, cansada tras un largo día de trabajo.

—Lo bueno de vivir en un pueblo donde todos te conocen es que, si tienes un problema, cualquiera estará dispuesto a ayudarte.

—Lo malo de vivir en un pueblo donde todos me conocen es que estamos vigilados. Como hagas algo que parezca raro, serás la rara para siempre —refunfuñó a modo de respuesta.

—Camino, a nadie le importas lo suficiente para pensar en ti más de un minuto —respondió Rebeca con exasperación.

Son curiosos los recuerdos que se quedan grabados, como cicatrices en la piel. Camino piensa que no son los que hubiera elegido, que ni siquiera eran tan importantes. Sabe lo difícil que fue para su madre criar sola a una niña, pagar las facturas y asegurarse de que no le faltara lo necesario. Sabe que ese día estaba cansada, que cargaban bolsas pesadas con la compra, que las ojeras se le marcaban siempre. Pero también recuerda el dolor pequeño, un tirón agudo, que le produjeron esas palabras.

No porque no tuviera razón, sino precisamente porque la tenía.

Y porque ni siquiera su madre podía perder mucho tiempo pensando en ella.

Aun así, sentirse el centro de atención es una sensación asfixiante, incluso cuando solo se lo imagina.

Se abraza para protegerse del frío. Se pregunta si su madre también recuerda ese momento. Si le da importancia. Si tiene tantas ganas como ella de que encuentre un trabajo mejor o un novio con el que pueda irse de casa algún día. Camino no sueña con una boda, ni siquiera con enamorarse. Sueña con tener algo más de independencia.

A lo mejor su madre se alegra si la situación se tuerce lo suficiente para que la consideren culpable y la metan en la cárcel. Aprieta los dientes. A veces, los hijos son malos. A veces, los padres los abandonan porque no les importan lo suficiente. A veces, las madres no pueden quererlos, y no es culpa suya. En realidad, no es culpa de nadie.

Isabel baja con un jersey celeste. Camino parpadea. Pensaba que elegiría el granate, uno de punto grueso que le queda grande. El que su tía le regaló unas Navidades. Ni siquiera le queda bien, pero es su favorito, y por eso se lo pone cuando necesita suerte o sentirse protegida.

Se ha echado el pelo hacia atrás y lleva algo de maquillaje, pero el falso colorete no logra animar su rostro. Tampoco lo consigue con esa sonrisa que parece a punto de descoserse. Camino quiere abrazarla, pero siente los brazos torpes. También le da miedo que Isabel rompa a llorar.

—¿Cómo estás? —pregunta al llegar ante Camino.

Es tan típico de ella preocuparse por los demás aunque se esté ahogando que Camino deja escapar un bufido antes de devolverle la pregunta:

—Tirando. ¿Y tú?

—Bien. Bueno… triste —responde mientras se dirigen hacia el bar donde han quedado.

Lo parece. Camino evalúa la distancia a la que se pone de ella. La manera en que se le hunden los hombros y arrastra los pies. Triste no es lo mismo que asustada, y le consuela darse cuenta de que no le tiene miedo. No puede seguir pensando que fue ella la que empujó a Manuel por las rocas, ¿no?

—Tu hermana no parecía muy contenta.

—Hemos tenido una visita sorpresa. —Por el tono de Isabel, ha sido algo tan poco esperado como agradable—. La policía ha venido para preguntarme por Manuel.

—También vinieron a mi casa —dice Camino.

Isabel la mira entre sorprendida y aliviada.

—¿También a ti?

—Sí. Me dijeron que solo querían recopilar información, pero fue un poco raro. Y por si fuera poco, esta mañana Eduardo ha aparecido en la tienda. —Isabel arquea las cejas, interrogante—. No ha dicho mucho. Solo que seguían investigando.

—Tuvo que ser un accidente —responde Isabel con una firmeza que no encaja con ella—. Deberían dejar de hacer tantas preguntas absurdas y permitir que la familia descanse.

Es lo que ha elegido creer. Que nadie podía odiar a Manuel hasta ese punto. Que no hay ningún asesino cerca. El mundo es menos terrible si te empeñas en verlo desde esa perspectiva.

Creer en un accidente es una defensa. Y Camino no responde, porque ¿quién es ella para romperla?, pero piensa en la herida del cráneo. Las cicatrices con sangre seca forman una pieza que no encaja. Isabel se acerca a ella y se inclina lo suficiente para apoyarse en su hombro. Camino pasa una mano dubitativa por su espalda.

—Esto es una pesadilla. Solo quiero que todo vuelva a ser como antes —suspira Isabel.

Nunca lo será. La muerte no puede arreglarse. Por mucho que quieran volver a la monotonía de trabajos sin futuro y quedadas por inercia con el grupo, a fingir que no se dan cuenta de que han crecido demasiado para seguir dependiendo de sus familias. Volver a su vida gris, en vez de a ese futuro de un negro tan afilado.

Caminan en silencio hasta que llegan al Loto. Hay cinco bares en Zarzaleda, pero suelen quedar siempre en el mismo. Por un lado por el precio y porque siempre acompañan los pedidos con una tapa, sin recurrir a las patatas fritas rancias. Por otro, porque es lo bastante amplio para ocupar durante horas las mismas mesas, incluso cuando consumen poco. No es el más limpio, y a veces está cerrado cuando menos se lo esperan, pero los inconvenientes merecen la pena.

El Loto está medio vacío y oscuro. Se oye a Sabina cantar por la radio y recriminarle a su princesa que le haya fallado. Los versos amargos y la música melancólica hacen que el bar parezca preparado para una fiesta de despedida. Álvaro, Verónica y Fernando ya han llegado, y las esperan en la mesa de la esquina. Los dos últimos fuman, así que, como siempre, Camino se dirige hacia el otro extremo, aunque no hay mucha diferencia en el ambiente cargado del Loto. La nicotina y la tristeza son tangibles.

Nunca los ha visto con las caras tan largas. El aire se ha vuelto tan lúgubre que incluso parece que las bombillas hayan perdido potencia. Isabel le da un abrazo largo a Verónica que hace que la chica rompa a llorar. En vez de ponerse una de sus camisas de estampado llamativo y conjuntada con un cinturón enorme, ha elegido una americana grande, de color gris oscuro, y se envuelve con ella a pesar de que allí dentro no hace tanto frío. Con una sonrisa, Álvaro agradece a Camino que hayan ido y le hace un hueco para que se siente a su lado.

Hablan poco. Parece que se hayan olvidado de cómo se hacía, qué se decía para empezar una conversación. Sagra llega la última y se sienta al lado de Fernando. Camino se da cuenta de que han dejado vacío el sitio de Manuel, presidiendo la mesa. Es como si aún le estuvieran esperando. Se plantea ponerse allí para que no haya ningún hueco, pero la idea le resulta irrespetuosa.

Hay una tensión inevitable cuando llegan. Verónica se pasa la lengua por los labios y se atreve a romper el silencio, mirando hacia Sagra con una curiosidad que parece rozar la furia y la desesperación.

—¿Se sabe algo más?

Sagra encoge un hombro. Mira con precaución a su alrededor porque sabe que no debería contarlo, pero son sus amigos y no es capaz de ocultarles algo que les afecta a todos. Se inclina para poder mantener la voz baja:

—No mucho. Están buscando un culpable.

—¿Creen que alguien lo mató? —pregunta Álvaro, que parece encontrarlo tan ridículo como una broma de mal gusto.

Sagrario asiente. No les mira cuando dice:

—La caída no lo mató. Lo hizo una fractura posterior en el cráneo.

Eso explica la sangre seca de la cara y el mal presentimiento en el estómago. Camino esquiva las miradas y se alegra de que las palabras no se centren en ella. En realidad, no se centran en nadie. Las frases serpentean sin un sentido claro y se quedan a medias. Parecen serpientes heridas de muerte que se retuercen antes de quedarse inertes. Ella apenas habla. No deja de preguntarse si alguno más querrá hacerle la pregunta que se le escapó a Isabel. «¿Has tenido algo que ver? ¿Le empujaste? ¿Cumpliste la amenaza que le lanzaste a gritos?».

No sabe si se lo imagina o hay cierto rechazo en el grupo. Álvaro tiene una sonrisa tensa y palabras huecas. Sagrario parece vacía, como si fuera una estatua. Incluso Isabel se mantiene lejos de ella. Camino se concentra en el frío de la cerveza y se dice que no pasa nada, que sus amigos no la odian, que no la invitarían a quedar con ellos si la creyesen capaz de matarlos.

A no ser que lo que quieran sea vigilarla de cerca.

Fernando tiene aspecto aturdido. Sacude la cabeza con los ojos brillantes y agarra con fuerza la lata de cerveza:

—Ojalá atrapen pronto a quien sea. Qué lástima que ya no haya pena de muerte.

El comentario remueve al grupo, pero nadie responde.

Álvaro insiste en invitar a una ronda, aunque lo hace sin sonrisas ni ambiente festivo. Con la cerveza delante, la atmósfera entre ellos es casi tan solemne como si estuvieran en misa. Fernando hace girar su vaso. Isabel se empequeñece dentro de su jersey celeste. Sagrario mantiene la mirada fija en el hueco de Manuel. Verónica se esfuerza por no llorar. Álvaro carraspea y trata de sonar firme:

—Le debemos un brindis a Manuel. Por él, que no querría vernos así, llorando. Querría que recordásemos los buenos momentos, que nos alegráramos de haber compartido nuestra vida con él. Que siguiéramos siendo un grupo unido.

—Para que atrapen pronto a quien haya... —Verónica pierde la batalla contra el llanto.

Fernando alza la cerveza. Camino lo imita, aunque cree que sus palabras suenan como las de un actor en el último ensayo. Piensa que Manuel estaría encantado de ver cuánto le lloran, que sus amigos se sienten incompletos porque él se ha ido. Que, además, si no ha sido un accidente, le importaría una mierda que el grupo estuviera unido si no fuera para encontrar a quien lo hizo.

Pero brinda por él. Puede que sea lo apropiado en esas situaciones. La cerveza sabe más amarga que nunca, pero se la traga, como si fuera sangre, sin una sola queja.

9

A Camino no le gusta beber, aunque sí la breve sensación de tener los pensamientos ligeros y las piernas torpes. Esos momentos en que no tiene peso en el pecho y en que reírse es tan sencillo que el mundo se convierte en un gran chiste y, por fin, empieza a verle la gracia.

Esa tarde, al volver a casa, siente el cráneo lleno de un líquido amargo y burbujas. Acompaña a Isabel y, al despedirse, se dan un abrazo demasiado largo. Isabel ha pasado toda la tarde muy callada. Se ha mordido tanto las uñas que empieza a tener la punta de los dedos en carne viva. Tenía esa costumbre de pequeña, así que su padre le restregaba guindillas para quitarle la manía. No funcionaba, pero de un tiempo a esta parte ha empezado a dejárselas largas.

Ahora varias uñas se le han quedado pequeñas, lo que hace que se vea la carne redonda y desnuda del dedo. Camino le coge la mano y suspira, pero no dice nada. Solo pasa el pulgar con suavidad por esa zona tan tensa y blanda.

—Camino…

Su nombre suena a pregunta que no termina. Se separa de ella para enfrentarse a su mirada. Tiene los ojos vidriosos, no se fijan en ella.

—¿Qué?

—No tiene sentido que lo matasen. Sí, la fractura… eso no demuestra nada. La piedra pudo caer sobre él después. A lo mejor mientras le buscábamos. Tiene que haber sido un accidente.

Esa vez no suena a que quiera convencerse, sino a súplica. Casi como una oración. «San Antonio, ayúdame a encontrar la cartera». «Santo Tomás, que haya aprobado los exámenes». «Santa Camino, haz que sea un accidente».

Pero Camino no es santa. Ni siquiera aspira a parecerlo. Su abuelo la llevaba al campo más veces que a la iglesia. Le enseñó a encontrar el norte, a seguir el agua si se perdía y a distinguir el boletus bueno del de Satanás (rojizo en el tallo, capaz de hacerla enfermar si se equivocaba al cogerlo). No le enseñó a hacer milagros, ni a leer la Biblia ni a distinguir los santos. Millán creía en un Dios más amable que ese del que hablaba el cura.

Tampoco le enseñó a consolar a quien lo necesita. Su abuelo era de gestos cariñosos y palabras parcas, de esas que esquivan los sentimientos. Por eso Camino no sabe qué decir. No tiene frases que reconforten; solo pensamientos torpes, un agujero en el estómago y las manos hundidas en unos bolsillos llenos de cosas que no necesita. No responde, e Isabel vuelve a abrazarla con fuerza.

Camino cierra los ojos y se mantiene firme por ella.

—Solo espero que todo esto pase pronto —gime cerca de su oído.

No va a pasar. Camino no cree que nada de lo que está sucediendo pueda tener un final feliz. Pero ellas seguirán unidas. Puede ser fuerte para Isabel, todo el tiempo que quiera estar a su lado, sin que la arrastre con ella al barro.

—Es tarde —musita Camino cuando el abrazo se alarga—. Mañana nos vemos.

Isabel asiente con pesadez y se separa de su amiga a regañadientes.

Se siente más cansada a cada paso, como si llevara una carga sobre los hombros que tira de ella. Espera que Álvaro tenga razón, que pasar ese rato juntos les haya hecho sentir unidos o, al menos, acompañados. Pero mientras vuelve a la soledad de su casa siente que el nudo que se le ha formado en el estómago está cada vez más tenso. Ese encuentro no ha sido un punto y aparte. Han seguido intentando reaccionar a la muerte de Manuel, sin conseguirlo. Verónica al menos ha llorado, el resto no parecía saber cómo reaccionar. ¿En qué momento estaba bien reír? ¿Han quedado muy vacíos los silencios? ¿Por qué les importaba la imagen que los demás tenían de ellos?

No es tan tarde, aún no son las diez, pero la calle está llena de sombras, y a Camino se le eriza la piel de la nuca por debajo de la chaqueta. Sospecha que tampoco podrá descansar en casa, pero el refugio de las mantas le resulta lo bastante tentador para apretar un poco el paso cuando, al llegar a su calle, algo llama su atención y se queda quieta. El coche. Su coche.

Un escalofrío se derrama por su columna.

Está aparcado detrás del Citroën gris de sus vecinos. Reconoce al instante el impecable Mercedes plateado de Manuel, que esa mañana no estaba ahí. Como si fuera una aparición, enciende los faros y la deslumbra. Camino se agacha, con las rodillas torpes y una mano alzada, como si pudiera defenderse con un brazo de un asesino o de un fantasma.

Los faros se apagan y la ventanilla se abre. Camino se tensa, como si esperase ver al cadáver de Manuel saliendo del coche: la cabeza abierta, los ojos ciegos y las piernas descoordinadas. Cuando cree reconocerlo, el corazón se le salta un latido. El pánico le sacude los huesos.

La carcajada lenta y baja de Eduardo hace que recupere el aliento, y el calor en las mejillas estalla un instante después.

—Eres un puto payaso —masculla Camino. Su voz está aún acelerada por el miedo.

—Y yo que quería invitarte a dar una vuelta... —responde el chico, con la cabeza ladeada y un tono ronroneante.

—¿Es una broma?

—No.

Aun así, Camino escudriña el interior del Mercedes. No le sorprendería ver a algún amigo suyo partiéndose de risa a su costa. ¿Qué tipo de enfermo hace bromas con la muerte de su hermano antes de que entierren su cuerpo?

—Lo digo en serio —insiste Eduardo—, tenemos que hablar.

Camino no tiene nada que decirle más allá de que espera que se atragante con la carne que le ha vendido esa mañana. Aún tiene el pulso acelerado. Se da la vuelta, y está a punto de abrir la verja del patio cuando Eduardo vuelve a insistir.

—Sé lo que le dijiste a mi hermano, y sé que es cuestión de tiempo que te consideren sospechosa.

Sus palabras le provocan una descarga eléctrica. Hacen que se detenga un instante. ¿También sabe que no fue un accidente? ¿Qué quiere? ¿Una confesión? ¿Ser el héroe que atrape a la asesina de su hermano? Se vuelve hacia él, incapaz de contener el enfado, y se acerca dos pasos. Lo suficiente para ver la rabia que le tuerce el gesto.

—¿Y has venido a burlarte? ¿Te diviertes?

—No —responde, y esta vez parece un poco más serio—. Quería hablar contigo porque no creo que lo hayas hecho tú.

—Muy generoso por tu parte —resopla a la defensiva.

Eduardo pone los ojos en blanco, como si hablar con ella fuera tan agotador como intentar razonar con un niño.

—No se trata de ser generoso, solo inteligente. La policía no cree que haya sido un accidente, de modo que serás sospechosa antes o después que yo. Puede que a la vez. Creo que nos conviene saber qué pasó más que a nadie en este pueblo.

En cuanto se sube a su coche, Camino se arrepiente. No, no es el suyo, es el de Manuel, y tuerce los labios al apoyarse en la tapicería. Aún huele a él, una mezcla de roble, tabaco y espuma de afeitar. Vacila antes de cerrar la puerta.

Eduardo no se impacienta; a decir verdad, ni siquiera se molesta en mirarla. Está apoyado en el asiento y casi parece relajado, como si fuera un encuentro normal y no la primera vez que coinciden en un espacio tan pequeño. Con un suspiro, Camino se acomoda y cierra la puerta. Piensa que llamará menos la atención dentro que fuera.

—Podemos ir a…

—Ninguna parte —le corta—. Solo vamos a hablar, para ver si tiene sentido lo que dices.

Eduardo esboza una media sonrisa lenta. No parece la de alguien afectado por la muerte de su hermano, pero Camino tampoco lo conoce lo suficiente. No sabe cómo se comporta en distancias cortas. Además, es irónico que lo juzgue precisamente ella, que tampoco ha logrado derramar ni una lágrima por la muerte de un amigo.

—¿Cómo sabes que no ha sido un accidente? —le espeta sin más preámbulos.

Es una pregunta trampa, para tantear el terreno. Para ver lo que dice o lo que sabe.

—Lo que yo crea o deje de creer no importa —responde Eduardo tras una pausa demasiado larga—. Sé que no han cerrado el caso. Su habitación sigue acordonada. ¿Sabes lo raro que es tener un cordón policial en tu propia casa? Se han llevado sus cuadernos, un puñado de cartas, han registrado sus cajones... Y nos han estado haciendo muchas preguntas.

—¿Y tú eres sospechoso?

—Manuel y yo nunca nos hemos llevado bien. —Se vuelve para mirarla de reojo y esboza una media sonrisa que no tiene nada de alegre—. No me refiero a los típicos hermanos que se quitaban los muñecos o jugaban a empujarse. De hecho, a medida que crecíamos, peor nos llevábamos. Y luego está la parte económica —añade con un gesto vago, como si no tuviera importancia—. Mis padres tienen la empresa, varias casas y unos buenos ahorros. Mi hermano desaparece y de repente soy el único heredero. Imagínate cómo queda esto en una investigación.

Camino da un respingo cuando un gato sube de un salto al capó del Mercedes. El animal la mira con desdén y camina con elegancia hasta sentarse en el borde. Envidia su agilidad y su indiferencia. También la libertad de los felinos para hacer lo que les venga en gana sin preocuparse por las consecuencias. Tampoco por la culpa.

Eduardo le lanza una mueca burlona. Es cierto. Si hay un asesino en Zarzaleda, él tiene más motivos que nadie para serlo. Y Camino se ha metido voluntariamente en su coche y ha cerrado la puerta. Piensa en esas escenas de las películas de mafiosos en que los prisioneros cavan su propia tumba y se pregunta si acaba de hacer lo mismo.

Eduardo está tranquilo como la noche. Al menos eso parece. Y ella calcula las posibilidades que tiene de saltar del coche si es necesario, para evitar que la ataque. Son las suficientes para atreverse a seguir hablando.

—Las cosas no pintan demasiado bien para ti.

—Para ti tampoco. —Su tono podría ser el de alguien ofendido o divertido—. ¿Cómo fue lo que le gritaste?

—Ojalá te mueras —gruñe. No tiene sentido ocultarlo—. No era una amenaza, estaba muy enfadada con él. Solo eso.

—Se lo gritaste justo antes de que desapareciera —señala Eduardo. Camino detesta que tenga razón—. Además, pasó en la cabaña. Si no saben ya que fuiste tú la que les enseñó el camino, tardarán poco en averiguarlo.

Se vuelve hacia él, incapaz de encontrar una forma de sentarse que no le resulte incómoda. Estar en el Mercedes de Manuel, que sigue guardando su olor, hace que la situación sea aún más grave. Aunque esa conversación no podría haber sido agradable de ninguna de las maneras.

—¿Y por qué has decidido confiar en mí? Has dicho que no crees que lo haya hecho y luego me sacas lo de la amenaza. ¿A qué estás jugando?

—No has sido tú porque, aunque eres una de las personas más bordes que conozco, no eres estúpida. —Se encoge de hombros—. Creo que podrías ser capaz de matar, pero, si lo hubieras hecho, no hubieses cometido un error tan obvio como anunciarlo antes a gritos.

Camino entorna la mirada. No sabe si es una trampa. ¿Eduardo intenta adularla? No recuerda que nadie lo haya hecho antes. No se considera fea, pero tiene una belleza extraña, como la de los acantilados o la de los accidentes. Tampoco se considera tonta, pero nunca ha sacado buenas notas y dejó de estudiar en cuanto pudo. A lo mejor Eduardo quiere que se confíe.

O a lo mejor lo que busca es un culpable. Alguien a quien pueda cargarle el muerto. Con las sospechas que él arrastra. No le parece descabellado que quisiera deshacerse de su hermano. Y si ha matado a Manuel, puede meter la pata en algún momento. Confesar algo, dejar ver algún agujero en su frágil coartada, mostrar una prueba incriminatoria. Camino se pasa la lengua por los labios. Si ha sido Eduardo, a lo mejor a ella también le conviene mantenerse cerca.

—Si tú no has sido y yo tampoco, ¿quién ha podido hacerle eso a tu hermano? —pregunta, intentando poner un tono de voz suave y confiado.

—¿No lo sabes o no quieres saberlo?

Frunce el ceño y él deja escapar una carcajada lenta, más burlona que divertida.

—Ya sabes dónde lo encontraron. ¿No decíais que esa cabaña decrépita era vuestro castillo?

—Pero en realidad no era nuestra —responde Camino a la defensiva—. Ni mucho menos éramos los únicos que sabíamos dónde estaba. Solo éramos unos críos a los que nos gustaba jugar allí. Cualquiera podría haberlo llevado a ese sitio.

—Pero mi hermano no hubiera ido allí con cualquiera. —Eduardo deja una pausa tras sus palabras. En la penumbra, sus ojos tienen un tinte oscuro. Al ponerse serio, el parecido con Manuel es más evidente, y hace que Camino se remueva, incómoda—. Solo iba allí con vosotros. Tuvo que ser alguien de vuestro grupo.

Camino quiere forzar una carcajada, pero se atraganta con ella y termina por aclararse la garganta con el ceño fruncido. Su grupo no. No le harían daño. Tiene que ser una broma. Pero Eduardo ha perdido la sonrisa y Camino tiene ganas de abrir la puerta e irse a casa.

—No. Ninguno haría algo así.

—Vamos… —Su sonrisa burlona aparece y se desvanece como la del gato de Alicia. Igual de felina y esquiva—. No finjas que sois los amigos perfectos, en plan *Verano azul*. Yo nunca he pertenecido al grupo, pero me he enterado de varias de vuestras peleas.

—No somos los amigos perfectos, pero hay un trecho entre discutir con alguien y matarlo. No podrían…

No pueden haberlo hecho. Eduardo gira la muñeca para ver la hora en el reloj.

—Tengo que irme. Mira, Camino, sé cómo suena. Aunque parezca imposible, la realidad es que mi hermano está muerto y que no tiene pinta de ser un accidente. Podemos darnos prisa y encontrar a quien lo hizo o arriesgarnos a que nos conviertan en culpables. Piénsalo.

Camino no responde. No asiente. Le dedica una mirada larga antes de encogerse de hombros y salir del coche. Se arrepiente de haber bebido y de no tener la cabeza tan clara como le gustaría. La idea de buscar un culpable entre sus amigos para librarse de la sospecha le revuelve el estómago. Lanza una mirada rápida a la calle para asegurarse de que nadie la ve salir del vehículo. Pero ese no es su objetivo, o no necesariamente. Puede quedarse lo bastante cerca de Eduardo para ver si su coartada se tambalea. Para hacerlo caer.

Eduardo enciende el motor del Mercedes. Antes de irse, asoma la cabeza por la ventanilla.

—Piénsalo.

Cuando el coche se aleja, espera un rato antes de entrar en el patio. Hay pocas luces, y las sombras la tranquilizan. No quiere dejarse ver y, para los depredadores, es más cómodo arrastrarse por la oscuridad que quedarse a la vista.

El chirriar de la verja hace que se muevan los visillos de sus vecinas. Siente el impulso de saludar al pasar delante de su casa, como si fuera esa niña que llenaba sus sonrisas de rabia. Cruza el patio sin mirarlas y busca las llaves en el bolsillo.

Camino se tiende en la cama con los ojos muy abiertos y siente un hormigueo en lo más profundo de los huesos. Se esfuerza en quedarse quieta, pero termina dando vueltas y más vueltas en la cama. Logra calentar las sábanas, aunque no deshacerse de las palabras de Eduardo. Sobre su grupo, pero también sobre lo que ha dicho de él. No le sorprende que reconozca que su hermano era el favorito de sus padres. Alguna vez, hablando del futuro, Manuel había dado por hecho que iba a heredar el control de la empresa de su padre. Tenía sentido; después de todo, estaba acabando la carrera y no solo se estaba formando para llevar las cuentas o entender cómo funcionaba la compañía, sino que también había hecho más contactos y conocía a más personas que en un futuro podrían serle útiles. Eduardo no ha salido del pueblo mucho más que Camino. Sí, acabó los estudios y terminó BUP en un instituto de fuera, pero, hasta donde ella sabía, el chico no tenía amigos. Ni en la capital ni en ninguna otra parte.

Se incorpora con un suspiro. Da por perdida la batalla contra el insomnio y abandona un instante su refugio entre las mantas para buscar un cuaderno viejo y un bolígrafo en el escritorio.

Elige unas páginas en blanco y anota el nombre de Eduardo. Se siente ridícula, pero si esto la ayuda a aclarar las ideas, vale la pena que lo intente. Debajo escribe «Motivos» y hace una breve lista: «Celos, herencia, ¿posibles temas familiares?».

Deja un espacio para lo que se le ocurra más adelante.

Por un momento se plantea anotar también la relación que mantenía con Manuel, pero le parece absurdo. No es policía, solo una chica con miedo a que la acusen y no poder defenderse. Nadie más que ella va a leerlo. No necesita recordarse que Manuel y Eduardo eran hermanos, ni poner sus apellidos o la dirección. Aunque... ¿Dónde estaba Eduardo la noche que Manuel desapareció?

Por eso añade «Coartada» y deja un espacio para cuando pueda sacarle esa información. No sabe hasta qué punto tiene eso sentido. Tampoco si Manuel murió el día que desapareció o a los dos días. Supone que los forenses podrán estimar hasta la hora, pero no está segura de que compartan esa información.

Se muerde el interior de la mejilla mientras mira las siguientes páginas en blanco. Da golpecitos en el papel con la punta del bolígrafo. La culpa es como una zarza que se enreda por el torso. ¿Está haciendo caso a Eduardo? ¿Busca culpables entre sus amigos? Se dice que no hace daño a nadie, que no tienen por qué enterarse. Solo quiere aclararse las ideas.

Así que sigue escribiendo.

El rasgueo de la punta sobre el papel la reconforta. Apunta primero el nombre de Fernando porque es el más fácil de descartar. «Motivos: ninguno». Manuel y él nunca se llevaron mal. Fernando tiene un carácter tranquilo, evita los conflictos y trata de mediar. Isabel dijo una vez que, si lo intentara, podría llevarse bien hasta con un grupo de lobos hambrientos. De hecho, si alguno del grupo sabía lo que hacía Manuel en su tiempo libre —ligues o sitios a los que podía haber ido de fiesta— ese era Fernando. Anota que tiene que preguntarle sobre eso.

Escribe con cuidado el nombre de Verónica. Su amiga tiene un carácter caprichoso. Puede ser dañina y cruel, como cuando se mete con su aspecto por puro aburrimiento. Sin embargo, nunca se hubiese metido con Manuel. Se volvía hacia él cuando estaba presente y siempre buscaba la forma de resultarle agradable, aunque no siempre lo consiguiera. Camino no sabía si admiraba a Manuel o su dinero, la posición de poder que tenía en el pueblo, que hacía que la gente fuera un poco más amable y más atenta al tratar con él.

¿Y Álvaro? Camino da vueltas al recuerdo de esta mañana, cuando ha entrado en la carnicería un poco nervioso y con una sonrisa tensa. Le ha parecido extraño, aunque no puede decir exactamente el qué ni ha hecho nada inapropiado. Ha habido algo incómodo, así que subraya el nombre sin llegar a anotar nada, porque no sabe cómo definirlo.

El siguiente es el de Sagrario. Camino frunce el ceño y se remueve en la cama. Sagra podría tener motivos. Manuel hacía bromas continuas sobre ella. Todos sabían que a él no le interesaba la universidad. Nunca se había esforzado por mejorar las notas ni parecía importarle aprender. Lo que le encantaba era recordarle a Sagrario que él iba a sacarse una carrera y que ella, como mucho, terminaría el curso de FP, que estudiaba por las tardes porque por las mañanas trabajaba. «Tanto leer y estudiar te han servido de poco», decía Manuel en ese tono que podía ser una broma o un comentario hiriente. Camino resopla. Sí, hay un motivo de enfado, pero no se imagina a nadie matando a una persona por una broma de mal gusto. Las posibilidades de que Sagrario haya hecho daño a Manuel son tan ridículas que se plantea si lo que está haciendo es una pérdida de tiempo.

Piensa lo mismo al escribir el nombre de Isabel. Es de ese tipo de chicas que abren la ventana a las moscas para que se vayan en vez de matarlas. Por mucho que estuviera cansada de Manuel, le resulta imposible imaginársela haciéndole daño. La palabra «matar» ni siquiera casa en la misma frase que «Isabel». Era pesado. No era solo pesado. La forma en la que se empeñaba en pasarle el brazo por los hombros para mantenerla cerca, los besos en la mejilla a los que Isabel respondía con una sonrisa rígida y una pose tensa. Los comentarios en broma sobre lo cruel que era cada vez que se negaba a bailar con él o cuando se escabullía con Camino de vuelta a casa. A la chica se le tuerce el gesto al recordar que, como única respuesta si ella le echaba en cara lo desagradable que era, Manuel convertía su sonrisa en una mueca medio arrogante y medio divertida, y decía que él era un caballero.

«Los tíos somos así —se acuerda que dijo Álvaro alguna vez—. Solo se pone tonto porque le gusta. No le ha hecho nada malo». Nada malo. No, nada que puedan señalar para que fuera obvio que Manuel tuviera que de-

tenerse. Nada que no fuese galante si Isabel hubiera son-
reído un poco más al reaccionar.

«Por favor… —Verónica ponía los ojos en blanco
cuando Camino sacaba el tema porque Isabel no era capaz de hacerlo—. Si tanto le molesta, que sea clara. Es un
tonteo. Ni siquiera es tan especial con ella. No es la única
que le gusta».

Y en eso tenía razón.

Vuelve a pensar en María. La chica a la que besó, la
que desapareció con él y luego se marchó corriendo. Piensa en su hermano, con la cara deformada por la ira, y el
estómago se le encoge al recordar que ella estuvo entre
los que defendieron a Manuel. No es muy descabellado
pensar que el enfado no desapareció, sino que se volvió
lento y vengativo. Que quien mató a Manuel no tiene
nada que ver con ellos. ¿No sería un alivio?

Se siente ruin al pensarlo, pero al mismo tiempo se
alegra de tener cabos sueltos de los que tirar. No soporta
la idea de quedarse callada y quieta, de brazos cruzados,
mientras la amenaza que le gritó a Manuel resuena por el
pueblo y vuelve para morderla.

13 de septiembre · 16.09 h

Esperaba que todo el pueblo supiera ya lo que había pasado la noche anterior. Que la desaparición de Manuel fuera algo obvio, inmediato. Que hubiese policías en la puerta, incluso se planteó prepararse una mochila para huir. ¿A dónde? No lo sabía. Lejos. Esconderse hasta que todo se calmara.

Pero Zarzaleda está tan tranquilo que siente un escalofrío. No deja de mirarse las manos, esperando descubrir una mancha de sangre traicionera. Entre las uñas o en las arrugas de los nudillos. Nada. Las manos le huelen a jabón y tiene la piel tan limpia como si acabara de salir de la ducha.

Había sangre por todas partes. En las manos, en los recuerdos, en el jersey que se ha desgarrado por las zarzas. Pero es solo un jersey, así que espera que nadie lo eche de menos. ¿A quién le interesará una prenda perdida si hay un chico desaparecido y a nadie parece importarle? Se dice que es lo único que queda del crimen, porque le aterroriza pensar que pueda haber más detalles de los que se haya olvidado. Por eso se concentra en ese estúpido jersey, roto y manchado. Le gustaría quemarlo, pero sabe que eso llamará la atención, así que lo mete en una bolsa de plástico, junto a la mantequilla rancia y medio bote de mermelada de fresa que encuentra en la nevera. Nadie lo encontrará y, si lo hacen, las manchitas parecerán mermelada.

Cruza la calle sin esconderse, de camino al centro del pueblo. Lleva la bolsa en la mano para dejarla caer en las fauces del contenedor.

Espera tropezarse con todas las miradas. Que alguien señale la bolsa. Que le pregunten qué lleva o que, directamente, las acusaciones empiecen a resonar por todas partes. Intenta ocultar el miedo. Inspira hondo por la nariz y camina con la barbilla alta. Se cruza con un vecino que ni siquiera levanta la cabeza a su paso.

Es como si fuera invisible. No hay preguntas, ni gritos ni acusaciones. A nadie le ha importado nunca, y tampoco ahora. A cada paso, le parece que su cuerpo pesa menos. No lo diría jamás, cada vez hay más cosas que no puede contarle a nadie, pero le gusta saber algo que el resto aún no conoce. Es como si escuchara el tictac de una explosión que sacudirá el mundo, y nadie más supiera lo que pasa. No imaginaba que sería capaz de sentir un poder así.

Los nervios le bullen, pero sobre todo se siente optimista. Hay algo parecido al orgullo que le haría sonreír si no estuviera tomando tantas precauciones. Esperaba sentir arrepentimiento, o que la pena por Manuel le pesara, pero lo que siente son nervios, miedo y un orgullo oscuro que no puede compartir con nadie.

A lo mejor el arrepentimiento no llega nunca. De todas formas, todos están mejor sin él.

10

Camino se ha cansado de dar vueltas en la cama. El sueño no llega, y sabe que solo conseguirá agobiarse a cada minuto que pase entre unas sábanas que se le enredan en las piernas. Por eso se levanta y abre la ventana para sentir la humedad de la lluvia mezclada con el olor suave de la hiedra que sigue empeñada en taponar su ventana.

Se sienta en el alféizar y trata de buscar huecos entre las nubes que le dejen ver las estrellas. Le contaron que, en Madrid, es casi imposible verlas, y el solo hecho de pensar en un firmamento apagado y vacío hizo que sintiera pena por la gente que vive en la capital. Esa noche también se esconden en el cielo de Zarzaleda. Está plomizo y amaga con lluvia que cae a retazos, con gotas gordas y frías que le parecen lágrimas. Piensa que es el día perfecto para un entierro.

Pero no habrá ninguno. Aún no.

Deja que el amanecer rompa el gris oscuro con una línea de luz difusa que, poco a poco, empieza a descomponerse en colores. Un rosa violento, un naranja desafiante, un azul que parece una herida abierta y sangrante en el firmamento. Si no estuviera tan encapotado, buscaría el lucero del alba, la estrella favorita de su abuelo. En el colegio aprendió que en realidad no era una estrella, sino Venus, el planeta. Camino no quiso decírselo, por si se sentía decepcionado. Millán ya lleva años muerto y, de vez en cuando, piensa si debería haberlo hecho. Si debería haberle dicho la verdad cuando aún estaba a tiempo.

No tendría que importarle, pero le importa. Hace que los amaneceres siempre tengan una pincelada de culpa y un mar de nostalgia.

El sol baña sin prisa Zarzaleda, y Manuel lleva días muerto. Tienen que enterrarlo pronto, aunque primero haya que analizar su cuerpo hasta extraer de él toda la información que el chico ya no puede revelar. Con quién estuvo. Si le arañó la piel. Si bebió antes de morir. Si hubo alguna posibilidad de que saltara. Ojalá encuentren sangre bajo las uñas, porque en ese caso no puede ser suya. O una nota en la que confiese que la presión se hizo demasiado pesada para soportarla. Ojalá hubieran tardado menos en encontrar el cuerpo, o lo hubieran hecho en un sitio que no la señalara.

Su fortaleza. «El castillo». Era un retazo de su infancia, a Camino le dolía perderlo. Si hubo un momento mágico en su niñez fue cuando empezaron a ir allí. Había descubierto el camino hasta ese sitio, e Isabel fue la primera persona con quien lo compartió en las largas tardes de primavera. Luego llevó al resto, y no sabe cuántas horas pasaron jugando en ese lugar. Las suficientes para que el juego pareciera real. Esa cabaña era un castillo e Isabel se convertía en la princesa que siempre debería haber sido. A Camino no le importaba hacer el papel de bestia, de monstruo o de bruja. Por supuesto, cuando Manuel se unió a sus juegos, él tenía que ser el héroe. Ni siquiera se planteaban por qué o si era justo. Era lo natural.

Allí se había sentido la reina del mundo, intocable y feliz. Eran recuerdos de color verde y dorado, días en los que la vida era más sencilla y ella se sentía querida. Ahora, la muerte de Manuel mancharía ese lugar. Lo salpicaba de culpa, igual que la había salpicado a ella. Ojalá nada manchara sus recuerdos, pero, con el paso del tiempo, el sabor dulce iba siendo cada vez más lejano. Cada vez más amargo.

El sonido del teléfono le tensa la columna. No recibe muchas llamadas de lunes a viernes, y menos aún tan temprano. Ese sonido vibra por la casa los fines de semana, cuando su madre pasa horas poniéndose al día con amigas, compañeras de trabajo y con alguien con quien habla en voz tan baja que apenas son susurros.

Camino se levanta rápido del alféizar y cruza el pasillo con un mal presentimiento en la boca del estómago. Ni siquiera se da cuenta de que no dice nada al descolgar, cautelosa, como si se asomara a un nido de serpientes. La respiración agitada al otro lado es lo que, por fin, la hace reaccionar.

—¿Hola?

—Camino… ¿estás bien? —pregunta Isabel con una voz que no deja lugar a dudas de que ella no lo está.

El peso en la boca del estómago se transforma en una palpitación desagradable.

—¿Qué ha pasado?

—Los guardias civiles han vuelto a venir. Nos han estado haciendo muchas preguntas y me han mostrado una orden para registrar la casa. —Su voz suena agitada y tan asustada que Camino se mueve en la reducida libertad que le permite el cable del teléfono. Como si pudiera caminar hasta ella sin soltarlo—. ¿Qué quieren encontrar? No le hice nada, ¡no sería capaz de hacerle nada! —solloza—. ¿Por qué a mí?

—No eres la única.

—¿Te ha pasado? —Hay una mezcla de esperanza y preocupación en su voz.

—No. —Nota el peso de ese monosílabo y añade—: Todavía no. Supongo que buscarán en nuestras casas. En todas.

—¿Y por qué empiezan conmigo?

—Eduardo me ha dicho que también buscaron en su casa. Que tienen precintado el cuarto de Manuel. Estarán desesperados, no creo que sospechen de ti —contesta Camino.

Hay una pausa antes de que Isabel pregunte, confusa:

—¿Desde cuándo hablas con Eduardo?

—Desde anoche —responde ella.

A pesar de la distancia, puede notar la sorpresa en el silencio de su amiga. A Camino también le resulta extraño hablar de Eduardo, y más aún recordar su alianza. Por eso carraspea:

—Me contó que también han registrado su casa —repite—. Supongo que es lo que se hace en estos casos.

—Es lo que se hace con los sospechosos. Han registrado mi armario de arriba abajo. Camino, estoy asustada.

—No lo hiciste —responde—. No tienes nada de lo que preocuparte.

Se alegra de no haber respondido con claridad a los Carlos cuando le preguntaron por qué había discutido con Manuel. Isabel es inocente, sin duda. No sería capaz, aunque quisiera.

Pero si ellos supieran lo pesado que podía ser Manuel con ella, seguro que querrían vigilarla de cerca, aunque solo fuera para descartar sospechosos. Y han hablado con el resto del grupo. Puede que Fernando o Álvaro hayan comentado algo. No eran novios, nunca lo fueron, pero Manuel no dejaba de intentarlo. Tiene que ser eso. Camino sacude la cabeza despacio, aunque no pueda verla.

No se siente cómoda hablando por teléfono y no sabe qué decir para tranquilizarla. Se enreda el cable en el índice. Millán solía regañarla por hacer eso, le decía que lo daba de sí y que se acabaría rompiendo. Nada le gustaría más que volver a escucharle, aunque fuera para reñirla.

—Voy a verte —dice Camino cuando la pausa se alarga más de lo normal.

—No.

—Tengo tiempo de…

—No —repite Isabel con firmeza. Luego traga saliva y suaviza el tono—: Necesito estar a solas y… calmarme un poco.

—¿Estás segura?

—Sí. Ya te llamaré para quedar, ¿vale?

Camino inspira hondo. La inquietud ocupa demasiado espacio y no le permite llenar los pulmones de aire. No se trata de lo que ella quiera, sino de qué es mejor para Isabel. No quiere dejarla sola.

—Está bien. Pero hablamos pronto.

—Te quiero —dice su amiga de esa forma tan ligera y espontánea, de esa manera que siempre deja a Camino con la sensación de que tropieza, de que sus huesos son más frágiles, y se siente más llena.

Siempre la pilla por sorpresa. Se queda con el teléfono cerca del oído y no logra decirle que ella también antes de que Isabel cuelgue y la deje sola con el tono de la línea.

Las horas que le quedan por delante hasta que empiece su turno se le hacen eternas. Desérticas. Le toca por la tarde, y piensa que no le importaría trabajar gratis con tal de tener las manos ocupadas y la mente centrada en pequeñas tareas. Camino se dedica a limpiar la cocina y tira la mantequilla del fondo de la nevera, que lleva demasiado allí para arriesgarse a probarla. Sacude la bolsa de tela del pan sobre el cubo de la basura; caen mendrugos y migas sueltas. Pasa la bayeta por las baldas y la encimera antes de colocar en orden los botes de especias. No sabe por qué tienen tantos; ni su madre ni ella son buenas cocineras.

Se obliga a desayunar una tostada con el café. Le añade ajo y aceite, y tensa los labios al recordar lo mucho que Manuel odiaba ese sabor. «Nadie te besará si el aliento te apesta a ajo, ni siquiera aunque fueras guapa». Solía terminar la frase con una carcajada demasiado alta que sonaba más a puñetazo en la mesa que a alegría. Fernando le seguía la gracia, incluso empezó a imitarlo cuando Manuel ya no estaba, pero él no era capaz de arrancar carcajadas al resto. Le salía forzada, parecía un actor que no consigue meterse en la piel de su personaje.

Manuel, en cambio, era espontáneo, aunque a ella le parecía agotador que siempre tuviese que demostrar que era el más valiente, el más fuerte o el que tenía las ideas más claras.

Restriega el ajo con más fuerza. Como la canción, ella no es bonita ni lo quiere ser. A veces, las cosas bonitas son delicadas, y ella no piensa dejar que nada la rompa. No lo hizo la ausencia de su padre ni el vacío que dejaba su madre cuando pasaba tardes trabajando fuera de casa. No le importaba tener la ropa vieja o las perneras rotas. Camino también había elegido ser fuerte, aunque no lo hiciera de una forma tan desafiante como Manuel.

A lo mejor por eso eran los que más chocaban.

La revisión del frigorífico la convence de que tiene que ir a hacer la compra. No les quedan huevos, el último tetrabrik de leche ya está abierto y no hay mucho con lo que preparar las próximas comidas. Camino arranca una hoja del bloc de notas y escribe todo lo que hace falta. Tiene la letra torcida y sigue un orden escrupuloso, con lo más importante arriba para que no se le olvide nada.

Calcula el precio y dobla los billetes necesarios para meterlos en el monedero de las pesetas y duros que guarda con la esperanza de librarse de ellos. Sale de casa con unos vaqueros que le quedan anchos y una chaqueta más holgada aún. En un pueblo pequeño donde todos te conocen y a veces analizan cada detalle, encuentra liberador que se hayan acostumbrado a que ella sea el borrón gris, la que no encajaría ni aunque lo intentase, y tal vez por eso se le perdona que no lo haga.

Ha elegido una hora en la que hay poca gente en el supermercado. El Día de Zarzaleda es pequeño y estrecho. Camino siempre va cuando sabe que es menos probable encontrarse con alguien. Esa mañana solo coincide con Pedro. El hombre le dedica una sonrisa leve.

—¿Cómo estás, Camino?

Ella sujeta con fuerza el bote de conservas. No quiere mirarle. Es más fácil ponerse una coraza si sabe que sospechan de ella que cuando quieren creer en ella. Casi se alegra de que haya tan poca gente dispuesta a hacerlo.

—Bien. ¿Usted?

—Bien, bien. Con mucho trabajo.

Camino asiente sin levantar la cabeza. Pedro tampoco desvía la mirada de la cesta de la compra. A lo mejor se entienden porque él también es solitario, pero de una manera amable y tranquila. Nunca se ha casado, sus padres ya están muertos y solo tiene un hermano pequeño que se fue al norte y no ha querido volver al pueblo.

—Cuídate, ¿de acuerdo?

Ella asiente y se dirige hacia la caja, desde la que Susana, la encargada, no la pierde de vista. Durante años, la mujer fue la propietaria de la única tienda de ultramarinos del pueblo, pero tuvo que cerrar cuando la cadena de supermercados llegó con unos precios con los que no podía competir. Camino no recuerda si antes era más alegre. Desde que trabaja en el Día, dice el precio como si fuera una acusación o un reto.

Paga en silencio y reparte el peso de la compra en dos bolsas de plástico, intentando que las asas no se le claven en las muñecas.

De vuelta a casa, se siente tentada a desviarse y pasar a ver a Isabel, aunque le ha pedido que no lo haga. Le cuesta contenerse. Quiere estar con ella, acompañarla o distraerla, hacer más llevadera su angustia. Pero su amiga ha sido clara, así que va directa al mercado.

La ventaja es que es rápida comprando. Nadie tiene ganas de alargar la conversación con ella. Todos saben que a Camino hay que arrancarle las palabras, y hay demasiada gente con ganas de hablar para perder el tiempo con ella. Mientras sale de allí con las bolsas cargadas, la sorprende oír a su espalda:

—¿Necesitas ayuda?

El parecido de la voz de Eduardo con la de Manuel hace que algo se le revuelva bajo los pulmones. No es un fantasma, Eduardo es de carne y hueso, pero también es capaz de arrastrarla al pasado o recordarle que sus temores son demasiado reales y demasiado cercanos.

—No.

—Puedo echarte una mano de todas formas.

Camino se niega a responder. Avanza, y el chico puede darse la vuelta o seguirla, si quiere, pero no será ella la que se adapte. Eduardo le pisa los talones y mira varias veces la bolsa más cercana, tentado de cogerla, pero o no se atreve o no quiere contradecir una negación directa. En un mundo amable sería lo segundo. Camino no confía demasiado en el mundo ni cree en la amabilidad.

—¿Has pensado en algo?

«En muchas cosas», quiere contestar. Lo mira de reojo. Eduardo es más alto que ella y ya no parece más joven. A lo mejor es esa expresión indolente o la línea dura de la mandíbula. A lo mejor es que dos años de diferencia no son tantos o que ha crecido desde que ha dejado de estar a la sombra de Manuel. O ahora le ve y antes no lo hacía.

—Han vuelto a buscar en mi casa —confiesa al final con la voz lo suficientemente baja para que nadie a más de dos pasos pueda escucharle—. Esta vez han revuelto todo su escritorio. Y me hicieron muchas preguntas.

Cómo me sentía, si Manuel era mal hermano... Uno de los policías me dijo que era normal que una parte de mí se alegrase al saber que ahora heredaría yo solo la empresa de mis padres. Les dije que no me interesaba, pero no me creyeron.

—A lo mejor te hubieran creído si no hubieras empezado a usar el coche de tu hermano antes de que lo enterremos.

—¡Camino!

Lo ha dicho lo bastante alto para llamar la atención de una mujer que barre la entrada de su bloque. Una de las extremeñas que han venido en los últimos años. Camino no se detiene. Eduardo tampoco, pero guarda silencio y baja la cabeza. La chica puede que se sienta culpable, o quizá no quiera perder al único aliado que tiene, la única persona dispuesta a creer en ella, aunque ella no esté dispuesta a creer en él.

Ralentiza un poco el paso y se detiene a mirarlo.

—No es solo contigo. Creo que están desesperados.

—¿Han registrado tu casa? —pregunta, con las cejas oscuras convertidas en dos arcos.

Camino niega con la cabeza.

—La de Isabel. Supongo que no tardarán en volver a la mía. Deben estar buscando la menor pista.

—Tiene sentido —susurra Eduardo, que parece aliviado—. Nos han preguntado si se escribía cartas o notas con alguien, si tenía alguna amiga especial. Una chica por la que estuviera muy interesado.

—Le habréis hecho una lista… —interviene ella, sin cambiar el gesto.

—No tenía muchas ganas de hablar después de que me dijeran tan a las claras que pensaban que podía haber matado a mi hermano.

—Están buscando cualquier cosa. Tú lo has dicho: notas, cartas, amenazas… No creo que piensen en ti —dice—. ¿Para qué le escribirías a tu hermano?

Camino se pregunta si Eduardo ha tenido siempre los ojos tan verdes. A lo mejor parecen de un color más intenso porque está asustado.

—No lo sé. Pero está también el tema del coche…

—Querrían ponerte nervioso. —Se encoge de hombros—. Para ver cómo respondes. Supongo que hacen eso.

—¿Es lo que te ha dicho Sergio?

Camino frunce el ceño en cuanto menciona al hermano de Sagrario.

—No. No me conoce tanto como para compartir conmigo detalles confidenciales. Es solo lo que creo, que siguen sin saber qué están buscando.

Eduardo asiente. Llegan a la calle de Camino y el chico duda. Se lleva una mano a la nuca para pasarse los dedos por el pelo. Es oscuro y tiene un aspecto suave, mucho más que los rizos desordenados de la chica.

—¿Te apetece un café?

Ella tuerce el gesto. No es consciente de que puede parecer un rechazo. Solo piensa en el insoportable runrún de los murmullos y en el peso de las miradas si van a cualquier bar y los ven juntos. O en la ridícula idea de llevarlo a su casa, con su pasillo estrecho y su cocina minúscula de muebles baratos y desgastados. Niega con la cabeza.

—Tal vez otro día.

—Si no acabamos en prisión —responde Eduardo—. Aunque a lo mejor podemos tomar un café entre rejas. Suena decadente.

—No iríamos a la misma cárcel.

—Si va uno, el otro se libra. No parecemos cómplices. Podemos hacer un trato: si uno acaba condenado, el otro irá a visitarle. Un vis a vis para quejarnos un poco. ¿Te parece?

Camino nota la sombra de una sonrisa. El regusto del humor de Eduardo se parece al sabor del café oscuro entre las encías. Resulta liberador reírse de algo que la aterra. No la hace sentir más valiente, pero pierde algo de peso, como si importase menos.

—Me parece bien.

Se despide con un gesto antes de seguir hasta su casa. Se alegra de no haberlo invitado. Sería extraño, inadecuado, pero ahora piensa que su casa no es tan pequeña, y que los muebles son viejos, pero están limpios. Que a lo mejor hay algo de dignidad en las madrigueras.

Coloca la compra y abre la ventana. Como un gato callejero, la brisa húmeda del bosque aprovecha para colarse.

La tarde se le hace lenta, y el breve respiro de aire nuevo que le ha hecho sentir el encuentro con Eduardo no tarda en desvanecerse. Entra poca gente en la carnicería, y Camino se pregunta si hay algo malo, algo tenso y oscuro, por debajo del olor de la carne muerta. Santiago parece más huraño de lo habitual, y la chica se sorprende varias veces con las manos juntas y los dedos tensos mirando hacia la puerta. Espera a clientes que no llegan.

Y puede que haya un motivo que no tenga nada que ver con ella ni con la muerte. No es el primer martes, ni será el último, que se acercan pocas personas a comprar. Especialmente, después de un lunes con muchas ventas. Pero Camino nota las miradas esquivas de su jefe, que parece interesado en las paredes o los cuchillos cada vez que tiene que darle una orden. Intenta concentrarse en las noticias, nota las pausas ante el escaparate de los que pasan por delante. Cómo la miran y cómo las parejas se inclinan para cuchichearse al oído sospechas manchadas de morbo.

—Puedes irte ya —le dice Santiago antes de que acabe su turno—. No tiene pinta de que vaya a haber muchas ventas.

Camino traga saliva con el presentimiento de que no solo se trata de eso y la esperanza de que sí lo sea. De camino a casa, pasa delante de la plaza de la iglesia y ve a un grupo de mujeres vestidas de negro congregadas en la puerta.

Algunas sujetan cirios; otras, un rosario. Son de la

edad de su madre. Camino reconoce a su maestra Beatriz antes de fijarse en la mujer del centro, la que viste de un negro más lustroso y lleva recogido el pelo rubio, falso y perfecto: Anabel Villaseñor.

Parece alta, aunque no lo sea, y no es por los tacones, sino por cómo tensa la espalda, como si soportase el peso de una corona. Tiene los labios finos, siempre delineados, pero no en color rojo, como la mayoría de las mujeres, sino en un tono que recuerda al de las frambuesas. Sus ojos son de un verde oscuro, igual que los de Manuel, y también tiene una nariz parecida, muy recta y marcada, que no le queda mal, sino que aporta carácter a sus facciones. O puede que esa mujer sepa llevar sus rasgos con la misma elegancia que la ropa.

Mira en su dirección y Camino agacha la cabeza. Se asegura de mantenerse lejos al cruzar la plaza. Descubre que hay un sonido peor que el de los cuchicheos: ese silencio, implacable como la lluvia, en el que siente que la observan. Se dice que es absurdo pensar que ese grupo de mujeres que lloran a un joven muerto tenga que ver con la tensión en la tienda. Se lo dice, pero Camino nunca ha sido buena mentirosa.

Quizá le iría mejor si lo fuera.

Esa noche no ve a su madre, aunque la oye prepararse el café cuando se despierta, una hora antes de que suene la alarma. Siente un tirón en el estómago al pensar que está desayunando sola, unas tostadas con aceite en una cocina estrecha. Se sorprende al notar las ganas de levantarse y sentarse a su lado. Hablar, o dejar que ella hable. O, mejor aún, que haya un silencio cómodo entre las dos. Sentirse, durante unos instantes, parte de una de esas familias en las que se quieren.

Pero no lo hace. Se queda quieta en la cama hasta que Rebeca se prepara para irse. En una familia, para que haya amor, lo mínimo es que haya existido convivencia, no abandono. No regresar solo cuando no queda otra alternativa.

Cuando la oye cerrar la puerta y sus pasos se pierden por la escalera, Camino aparta las mantas para levantarse. El frío del otoño comienza a deslizarse por las fisuras de la casa. Se alegra de tener turno doble ese día, y de terminar tarde, porque el tiempo pasa aún más despacio que el día anterior. Es como si el sol tuviera que clavar las uñas en la maraña nublada que se empeña en mantener entre sombras la montaña. Rebeca le ha dejado café hecho, y la chica frunce el ceño, pero calienta la leche en un cazo. Unta unas galletas María con una fina capa de mantequilla y se las come despacio. De pequeña, su abuelo las guardaba así en el congelador; era su merienda favorita en verano. Ese sabor la lleva a una infancia que, a ratos, echa insoportablemente de menos.

Queda una hora para entrar en la tienda cuando la sobresalta el sonido del teléfono. Suena como el graznido de un ave de mal agüero y una parte de ella quiere enco-

gerse hasta que deje de sonar. Pero puede ser la policía.
Puede ser su madre. Puede ser Eduardo, o Isabel, o Sagrario. Puede ser importante, así que se mueve rápido para
no pensar. Sujeta el aparato con demasiada fuerza y susurra un apagado:

—¿Sí?

—Oye, Camino, no hay mucho movimiento estos
días. —De todas las personas que ha pensado que podían
llamar, Santiago no era una de ellas. Tarda un par de segundos en ubicarle y en entender el mensaje. Y dos segundos más en estar segura de que miente—. La tienda está
muy vacía. Hoy no hace falta que vengas. Te llamaré si
tienes que venir mañana.

Sabe que no lo hará; aunque la necesite, contará con
otra persona. Sabe que los rumores vuelan en un sitio tan
pequeño. Mueve la lengua y la saliva le sabe amarga.

—¿De acuerdo? —insiste Santiago.

Camino asiente antes de darse cuenta de que no puede
verla.

—De acuerdo.

—Espero que esto acabe pronto —susurra Santiago.
Ella no sabe si se refiere al tiempo que la tendrá alejada de
la tienda o al que queda para que la encierren. Como si se
arrepintiera, añade un rápido—: Buenos días, Camino.

Y cuelga sin esperar respuesta.

Despacio, deja el auricular en su sitio y vuelve a la cocina. Es incapaz de terminar el desayuno, así que envuelve las galletas en papel de aluminio y se pone a limpiar la

cocina. Empieza con la tostadora y se asegura de que no quede una sola miga. Luego coloca los platos, de vidrio marrón y grueso, con algunas burbujas atrapadas en su interior. Después abre el cajón de las servilletas. Las extiende para doblarlas una a una, asegurándose de que no haya ni una mancha sobre la tela. La mayoría del pueblo ha empezado a usar servilletas de papel, pero Camino se resiste. Le parece más agradable el roce de la tela que el del papel contra los labios. Manuel diría que está chapada a la antigua o que tiene alma de vieja.

Intenta que esos movimientos pequeños y contenidos sean suficientes para llenar su mente. Que encajen, como las piezas de un muro, una encima de otra sin dejar espacio para preguntarse qué le han dicho a Santiago, qué se comenta en el pueblo, qué rumores hay sobre ella y qué verdades adornan una mentira que se cierne sobre su cabeza como la soga de un patíbulo.

Pero no es suficiente.

Le gustaría tener una relación distinta con su madre. Una en la que fuera natural llamarla y pedirle que volviera a casa porque necesita que alguien la consuele o la proteja. Le gustaría que ese padre de manos cálidas y carácter tranquilo no se hubiera ido, que siguiera siendo un soporte en el que apoyarse. Le gustaría llamar a Isabel y que ella no tuviera dudas de si había sido capaz de matar. Aún siente como una traición esa pregunta que dejó inconclusa, pero que bastó para herirla como el filo oxidado de una navaja.

Cierra el cajón con fuerza. Necesita salir. Necesita aire frío y terreno arenoso bajo las zapatillas. Sentir el aroma de los jarales y llenarse del verde oscuro del bosque. La última persona con la que se plantea hablar antes de irse al monte es con Eduardo, pero la idea es tan ridícula que la descarta antes de que cobre forma. Ni por asomo piensa llamar a casa de los Villaseñor. Antes preferiría cruzar a nado un río de aguas bravas. ¿Y qué le diría a Eduardo? «No te preocupes, estás a salvo. De momento, sospechan de mí».

No, no quiere hablar con nadie. Quiere estar sola, por eso se pone la chaqueta verde y sale de casa como si tuviera prisa, aunque vague sin rumbo. Baja la mirada para no cruzarla con nadie y anda de forma tan acelerada que no se da cuenta de a dónde la llevan sus pasos hasta que reconoce el muro de piedra de la primera cuesta.

«El camino al castillo», como decía Sagra.

No ha sido una decisión consciente. No sabe si es porque esa senda la han recorrido juntos tantas veces que se siente de vuelta en casa, en un refugio que ya ha dejado de serlo. No sabe si es porque allí es donde su vida se ha roto. Siempre se ha sentido atraída por los abismos. Solo es consciente de que está dando unos pasos tan rápidos que, a ratos, trota más que camina.

Sabe que no es la opción más inteligente, o lo sabría si se parase a pensarlo. No lo hace. Cada parte del camino, cada giro, cada recoveco están llenos de recuerdos. Incluso puede sentir el calor del sol de verano de las tardes que pasaron por allí. Nota en el estómago el hormigueo de anticipación de la primera vez que los llevó al castillo.

Tenía nueve años y ya era lo bastante inquieta para que su abuelo se rindiera y dejara la puerta abierta para que fuera donde quisiera. Camino era como esos gatos que son de alguien, pero no tienen dueño.

El pueblo se le quedaba pequeño, así que el monte se convertía en un parque de juegos. Conocía los caminos que le había enseñado Millán y, a veces, volvía por allí con la esperanza de que él apareciera, como si siempre hubiera estado a su lado. Sabía reconocer los árboles y las huellas de los animales: las de un conejo que se aventura a cruzar el camino, las de una urraca codiciosa, las de un zorro que persigue a un ratoncillo... El rastro huidizo de las culebras que en ocasiones, como si fuera señal del mapa del tesoro, la guiaba hasta una crisálida de piel muerta.

Solo se cruza con un par de personas al inicio del sendero. El cielo sigue lleno de nubes. El aire es denso y frío; huele a la lluvia que está a punto de caer. Atraviesa el puente del arroyo. En verano se seca, pero en invierno está lo bastante crecido para ser peligroso. Trota cuando llega a la larga cuesta arenosa, esa donde Álvaro empezaba a caminar más lento, arrastrando los pies. Pasa por encima del lugar en el que la bicicleta de Verónica se encalló en la arena y por las rocas con las que se resbaló. Aún tiene en el codo la cicatriz con forma de media luna que se hizo ese día.

Acelera el paso hasta llegar a la zona de encinas, donde es fácil toparse con liebres que atraviesan las fincas. A veces ha visto zorros, que se escabullen en cuanto oyen voces. El terreno se vuelve pedregoso y su respiración más pesada cuando, al fin, distingue la cabaña.

Las zarzas que la circundan tienen un aspecto amenazante. Siempre le han recordado a los maleficios que rodean las torres donde hay princesas atrapadas. No le importa, sabe por dónde pasar para evitarlas.

Se acerca al refugio, pero se detiene antes de entrar por el marco sin puerta de la entrada. Hay una cinta amarilla y negra que la atraviesa, una especie de telaraña de plástico. Han prohibido el paso. Su fortaleza es la escena de un crimen. Pero no es eso lo que la sorprende.

La sorprende descubrir que alguien se le ha adelantado y ha cruzado la cinta antes que ella.

11

Camino atraviesa con cuidado el marco de la puerta. Como si las cintas pudieran pegarse a su piel y atraparla, convertidas en tentáculos de plástico. O delatarla, para hacer que cargue aún con más culpa. La estructura es de hierro y madera ennegrecida por el humo. Ellos nunca han hecho fuego allí dentro, pero no son los únicos que utilizan ese refugio, aunque a ella le gusta sentirlo solo suyo.

El interior tiene el suelo de cemento sobre el que se esparce una cama de arena y polvo. Hay una única ventana estrecha con barrotes, algo que a Camino siempre le ha resultado gracioso: poner barrotes en la ventana, pero dejar el marco sin puerta. También hay una escalera a medio construir sobre la que ellos colocaron tablas de madera para que sea más fácil llegar al piso superior. Recuerda la aventura que les supuso llevarlas hasta allí. Fueron haciendo turnos, gruñendo por el esfuerzo, mientras Fernando se empeñaba en cantar canciones a voz en grito para, según él, animar la marcha. Manuel dirigió la forma de colocarlos, y ella pensó que se equivocaba, pero han pasado casi diez años y los tablones siguen aguantando.

Supone que parte del rencor que le ha guardado no tenía razón de ser. Solo parte.

Se mueve con el sigilo de un lobo que ronda el gallinero o con el de una liebre que husmea junto a la madriguera. Se acerca a la escalera y oye un sollozo que viene de arriba.

El intruso está allí.

Se tensa, muy quieta. Ha sido un sonido tan sutil que a lo mejor se lo ha imaginado. ¿Y si los guardias civiles han vuelto? Se siente dividida: la curiosidad tira de ella hacia el piso de arriba, pero el sentido común le recomienda que se mantenga lejos. Entonces oye algo de nuevo. Un llanto, pero ¿quién ha ido ha ido allí a llorar a Manuel?

No puede ser la policía. Tampoco su familia. La voz es de mujer, y no se imagina a la señora Villaseñor atravesando el camino con sus tacones buenos, mucho menos trepando por unas escaleras rotas después de cruzar las zarzas.

Camino traga saliva y se arma de valor para preguntar:

—¿Quién anda ahí?

Durante dos latidos, puede que tres, solo responde el viento que acaricia las copas de los árboles y afila las espinas de las zarzas. Luego otro sollozo y, por fin, una voz que reconoce.

—¿Camino?

Verónica se asoma al hueco de las escaleras hasta quedar a la vista. Tiene la expresión perdida y unas profundas ojeras. Deja que la brisa le desordene el pelo sin intentar recolocárselo con ese gesto de fastidio tan habitual en ella. La mira como si no la reconociera, desconcertada, con los labios pálidos.

—Hola —susurra sintiéndose estúpida por no ser capaz de decir absolutamente nada que haga menos incómoda la situación.

—Hola —responde Verónica con voz queda.

Su mirada la atraviesa sin que cambie de expresión, sin intentar limpiarse los restos del llanto. Tiene un cigarro a medio consumir entre los dedos. No parece recordarlo ni que le importe derramar ceniza en la escena de un crimen. Es como si se hubiera olvidado de todo menos de la pena. Eso es lo que deben sentir los fantasmas: su transformación en un suspiro. Ya no tienen peso ni importancia, solo una sombra de tristeza.

Camino trepa por la escalera y salta el hueco con la soltura de un gesto que ha hecho miles de veces. De pequeños, todos se cayeron alguna vez, incluso Fernando se torció el tobillo y tuvieron que ayudarle a volver, cojeando, todo el camino hasta el pueblo. Su madre le gritó al verlo y le prohibió volver a ese sitio. «Os vais a matar allí», repetía. Pero no la escucharon. Fernando volvió incluso antes de poder apoyar el pie de nuevo, y los demás nunca dejaron de ir. A veces se reían imitando a su madre: su ceño fruncido, su voz afectada. «¡Os vais a matar allí! —gritaban entre risas—. ¡Nos vamos a matar!».

Camino está segura de que no volverán a imitarla.

Se acerca a Verónica, que se ha vuelto hacia el paisaje. Hacia el paisaje no, hacia el lugar donde Manuel perdió la vida. En la planta de arriba hay cuatro grandes ventanas. Por dentro, solo tiene un suelo de madera lo bastante sólida para que se muevan sin miedo y, por fuera, un metro de terraza rodea la estructura. Una terraza sin terminar y sin barandilla ni nada que se parezca a un elemento de seguridad. Verónica se sienta en el alféizar con expresión perdida.

Camino no sabe qué decir, así que, en vez de consolarla, se limita a quedarse a su lado. Se sienta al otro lado de la ventana y pierde la mirada por el paisaje; es más fácil que fijarla en ella. Verónica sorbe y, por un momento, Camino piensa que se ha olvidado de ella, si es que ha llegado a verla. Que no van a hablar de nada, solo pasarán un rato juntas. Y no le importa.

Pero entonces Verónica rompe el silencio:

—Le quería.

—Ah —masculla Camino, que no sabe qué hacer con esa confesión—. Claro. Era... nuestro amigo.

Verónica frunce el ceño y, cuando vuelve a hablar, lo hace más alto:

—No, Camino, no lo entiendes. Le quería de verdad. Mucho más de lo que quiero a Álvaro. Mucho más de lo que he querido a nadie.

Camino asiente y se esfuerza en no mirarla. La confesión la sorprende, pero de alguna forma también encaja con una sospecha que no sabía que tenía. La forma en la que Verónica siempre lo defendía, la admiración con la que lo miraba, lo mucho que sonreía a su lado... Espera a que siga hablando. Acaricia las vetas de madera con la yema de los dedos y la chica se mira las manos, abatida.

—No puedo creer que no vaya a volver a verle. No puede... no puede ser. Quiero que vuelva.

La voz se le rompe al final de ese deseo tan infantil. Tan absurdo.

A Camino le gustaría saber qué hacer. Si debería abrazarla u ofrecerle un consejo que no tiene. En vez de eso, sigue acariciando la madera sin moverse, aunque la postura se vuelve tan incómoda como esa conversación.

—Le gustaba. Sé que yo también le gustaba, pero nunca me tomaba en serio. ¡Era tan frustrante! —solloza Verónica—. Coqueteaba conmigo, pero siempre se echaba atrás en el último momento.

—Era muy amigo de Álvaro —comenta, porque no puede dejar de sentirse mal por él, aunque ella no lo haga.

Verónica deja escapar una carcajada. Parece más el croar de una rana que una risa.

—Oh, sí, claro —masculla de forma tan amarga que casi parece hiriente—. Manuel nunca haría algo como acostarse con una chica que tiene novio.

Camino ladea la cabeza y se muerde el interior de los labios. Tiene que contenerse porque Verónica la está mirando. Como si esperase una reacción a la que embestir.

Tiene los ojos enrojecidos e hinchados. Camino piensa en esos animales heridos que atacan con más rabia cuando saben que se están muriendo. Podría decirle que el dolor no desaparecerá, aunque la muerda con más veneno, pero prefiere que siga hablando.

—Una chica que tiene novio es una cosa —dice, intentando que su voz no suene acusadora, solo neutra—. Una de sus amigas que está saliendo con uno de sus amigos es una situación distinta.

Verónica entorna los ojos.

—¿Crees que Álvaro le importaba tanto?

Es una pregunta llena de ira. Camino tiene cuidado de no mover un músculo. No sabe qué responder. No se puede hablar mal de los muertos. No sabe si a Manuel le importaba tanto Álvaro. Ni siquiera sabe si alguien le importaba de verdad.

Verónica sigue vigilándola, y Camino está convencida de que no importa lo que diga. Pero tiene que responder, aunque hasta el último momento no está segura de lo que va a decir:

—Sí.

Verónica se ríe de nuevo. Al mismo tiempo se le escapa una lágrima y se pasa la mano para recogerla, ensuciándose la mejilla. Si se viera se horrorizaría, pero no lo hace. Su dolor es tan sincero que ni siquiera se preocupa por ella en este momento.

—Manuel y yo nos acostamos. El verano que Álvaro y yo rompimos.

—Entonces no estabais juntos —responde Camino.

Se pregunta por qué intenta defenderla de lo que ella misma le está confesando, por qué se esfuerza en restarle importancia.

—Y luego, cuando volvimos, siguió pasando. —Verónica cierra los ojos y se acaricia el pelo—. Solo volví con Álvaro porque Manuel no quería quedar conmigo en serio. Y pensé que, si lo ponía celoso, si se daba cuenta de que no lo necesitaba… Pero le dio igual. Y también le dio igual que estuviera de nuevo con Álvaro. Siguió liándose conmigo.

Verónica gimotea como un animal herido. Camino piensa que a lo mejor debería sentir lástima por ella; su dolor es auténtico, como el nudo de sentimientos que se le enreda a ella en el estómago. Pero le cuesta conmoverse por alguien que no lamenta haber estado usando a una persona durante años. Álvaro no es un santo, pero no merece esto. Álvaro… Aprieta los labios antes de preguntar:

—¿Álvaro lo sabe?

—Claro que no —susurra Verónica como si no tuviera importancia, pero para ella la tiene.

«Porque Álvaro no es tan idiota como para no darse cuenta de algo que pasa delante de sus narices, aunque tú no le prestes atención», piensa Camino. Otra idea hace que se remueva incómoda.

—¿Estabais juntos esa noche? —pregunta intentando que no se note la esperanza que pone en cada palabra—. La noche en que...

Verónica se tensa. Cuando se vuelve hacia ella, ya no está solo desolada. También está alerta. Ha levantado una barrera entre ambas, se examinan con precaución antes de que le dé una respuesta:

—Claro que no. Estuve con Álvaro toda la noche. Ni se te ocurra pensar que tuve algo que ver con eso. Nunca le hubiera hecho daño. Además, la última persona con la que discutió fue contigo.

Su voz suena tan afilada como el viento entre las rocas. Camino siente el golpe, aunque no llegue a romperla. Supone que se lo merece. La posición de Verónica ha cambiado de forma casi imperceptible y radical. Antes parecía derrumbada, tan vulnerable que ha contado cosas de las que seguro que se arrepiente. Ahora su quietud es tensa. Los brazos cruzados no buscan calor, sino defensa. Está tan rígida como si estuviese sentada sobre cristales.

—Deberíamos irnos de aquí —sugiere Camino—. Esto está acordonado.

Ni siquiera tendrían que haber entrado. Las hace parecer sospechosas, o más sospechosa aún en el caso de Camino. Verónica lo sabe tan bien como ella. No es tonta, ha sido la primera en arrancar las bandas de plástico. Camino se pregunta si contemplar el sitio donde murió Manuel merece la pena el riesgo. ¿O puede haber algo más? ¿Y si quería encontrar algo antes de que lo hiciera la policía? Cuando se ponen en pie, se le escapa una mirada rápida a los bolsillos de Verónica. No parecen abultados, pero lleva un cárdigan ancho y es fácil esconder algo allí. Una nota, un anillo, una navaja. Aunque supone que eso lo habría encontrado la policía.

—¿Por qué has venido? —pregunta Camino, con la voz más suave que puede poner.

Verónica sigue dividida entre estar en guardia o derrumbarse. Titubea, al borde de las escaleras, y señala con un gesto el sitio donde estaba sentada.

—La última vez que nos besamos fue aquí. Este verano. —Camino sabe que se refiere al último día que estuvieron todos juntos, la noche que se quedaron a ver las lágrimas de San Lorenzo—. Llegamos los primeros, y Manuel me abrazó por la espalda. Luego vinisteis vosotros.

Pronuncia la última palabra con fastidio, como si ellos no hubieran tenido derecho a estropear su momento. ¿Por qué Camino lo recuerda como un día bonito? Esa tarde estuvo con Álvaro mientras él cocinaba croquetas de jamón porque es el plato favorito de Verónica y quería llevárselas.

—Y supongo que Álvaro os fastidió el momento —dice incapaz de contener la rabia, con los dientes muy juntos y las cejas arqueadas.

—Álvaro no, fue Isabel —susurra el último nombre con la nariz arrugada, como si fuera una serpiente o un roedor molesto.

Camino tensa los hombros. No es justo que mencione a Isabel, no es justo que diga que estropeó ese momento traicionero entre Manuel y ella. Le parece sucio por su parte.

Verónica esboza una media sonrisa afilada. El último reflejo del sol en una luna cruel y menguante.

—Tienes razón. Deberíamos irnos. No quiero que nos encuentren aquí.

Baja la escalera con cuidado. Sus manos blancas de uñas pintadas de rojo no encajan en una escena del crimen ni en una cabaña en la que un grupo de niños jugaron a vivir en un castillo. Aparta la cinta de plástico para pasar por el hueco de la puerta. Camino lanza un último vistazo a ese lugar que durante años fue una fortaleza compartida.

Al irse, le pesa el pecho. Sabe que han perdido mucho más que a Manuel, también la amistad que, durante años, unió a ese grupo. Han perdido su refugio y se han perdido los unos a los otros.

12

Recorren el camino de vuelta en un silencio lleno de baches y de arena suelta que se cuela en sus deportivas. Verónica no habla. Ha dejado salir todo lo que necesitaba y se ha quedado vacía. Incluso ha dejado de llorar, como si la tristeza hubiera sido una carga tan pesada que ya no fuera capaz de llevarla y se hubiera derramado por la terraza de la cabaña.

Camino se plantea contarle que le han pedido que no vuelva a trabajar. Comentarle, solo por decirlo en voz alta, que cada vez son más los que piensan que ha sido ella. Que lo entiende, que a lo mejor ella también se señalaría si se viera desde fuera. Quiere decirle que la sospecha debería dolerle más, pero no lo hace. Solo cuando viene de Isabel; no le molesta que el resto del grupo piense que es culpable.

Podría hablarle de la visita de Eduardo y de esa alianza extraña que le ha tendido. No lo hace. Solo lo piensa con fuerza, con claridad, articulando mentalmente cada frase sin llegar a pronunciar ninguna. Desearía que fuera Isabel la que va a su lado, porque con ella siempre es un poco más fácil abrirse. O quizá es porque es la única que se preocupa por saber lo que piensa.

Cuando llegan a Zarzaleda, Camino nota algo tenso en el ambiente, como si el aire vibrara. Hay corrillos de vecinos que hablan junto a las puertas y todos tienen los ojos febriles. Las miran furtivos, de forma punzante y fugaz, y se inclinan los unos sobre los otros para cuchichear, como si fueran grupos de carroñeros famélicos sobre un animal moribundo. No sabe si el cuerpo que los atrae es el de Manuel o el suyo.

—Pero ¿qué pasa? —susurra Verónica, rompiendo por primera vez el silencio y la distancia con ella.

Camino se pregunta si su amiga también siente que cada mirada le atraviesa el alma. Andan juntas, con pasos pequeños, como si lo hicieran sobre cristal o sobre una fina capa de hielo. Camino espera que, en cualquier momento, alguien la señale y grite «¡Asesina!». O que le tiren piedras. O que se abalancen sobre ella con las manos como garras, los dientes afilados y miradas febriles. Traga saliva y piensa si así era como se sentían las mujeres acusadas de ser brujas, si también ellas pensaban que no merecía la pena defender su inocencia porque todos tenían ya un veredicto. Se había tomado una decisión antes de reunir las pruebas.

Pero nadie las señala. Pasan sin que les lancen nada más pesado que una mirada, sin que las agarren por la ropa o las quieran llevar a la hoguera. Los murmullos se silencian cuando ellas se acercan. Igual que en el colegio los niños se callaban cuando ella estaba por allí mientras hablaban de su ropa gastada, de su expresión hosca, de sus malas notas o de esa madre que decidió abandonarla.

Vuelve a tener siete años y ser el tema de conversación. El blanco de las bromas hasta que enseña los dientes y se convierte en la extraña a la que señalan. Está bien. Mejor ser la bestia que la doncella en apuros. Camino tiene claro que a ella nadie tiene que rescatarla. Aprieta los puños con fuerza porque si concentra la rabia en las manos puede mantener la expresión tranquila, casi indiferente.

—¿Qué pasa? —musita Verónica con voz ronca y aguda.

Que ha llegado la hora de quemar a la bruja. Camino no tiene fuerzas ni ganas de contestar. Siguen juntas, como si se hubieran convertido en dos extrañas en su propio pueblo. Se mueven como fantasmas cerca de personas que las han visto crecer y que, de pronto, no parecen ser capaces de saludarlas. Bajan la vista cuando ellas se acercan, para que no se crucen las miradas y aprietan el paso o cierran el grupo como flores de mimosa rozadas por el viento.

Pero entonces Camino distingue a un grupo de niños y los alcanza en unas zancadas silenciosas. Ellos se vuelven a mirarla. Lo bueno de los pequeños es que tienen una curiosidad más descarnada y menos retorcida. Reconoce al que el otro día hablaba de asesinatos macabros. Es el primero que responde, con voz emocionada:

—Ya saben quién ha sido. La asesina de las zarzas.

Camino piensa que no es un mal apodo. Suena a bruja de cuento, de las que secuestran princesas y encantan reinos. Esboza media sonrisa, cortante y fría. Se pregunta si los niños saldrán corriendo cuando descubran que la despiadada mujer a la que han decidido culpar es ella.

—Y cómo lo saben.

Es una pregunta, aunque el tono sea exigente. Verónica se ha acercado, pero escucha a cierta distancia. El chico no se deja intimidar por su presencia, da un paso adelante y mueve las manos al hablar:

—Han encontrado ropa con sangre en la basura. Y han venido dos policías para encerrarla.

La chica frunce el ceño. No pueden estar hablando de ella. ¿De quién entonces? Traga saliva, confusa. A lo mejor buscar información en los críos no es la idea más sensata. Está a punto de darse la vuelta cuando una niña añade algo. Es Anita, la hija mayor del panadero, que a veces ayuda a su padre a repartir el pan de casa en casa. Una chiquilla de ocho años que se comporta como si tuviera ochenta y hubiera resuelto el misterio de la vida.

—No es para encerrarla, todavía no.

—Entonces ¿por qué? —pregunta otro, y Ana le dirige una mirada seria.

—Tiene que confesar y decir dónde está el arma del crimen. ¡Como en las películas!

Camino se dirige a la niña con el ceño fruncido, sintiéndose tan confundida como si los pequeños estuvieran hablando en un idioma que no entiende.

—¿Quién? ¿De quién habláis? ¿A quién han detenido?

—Si lo sabes de sobra, ¡es tu amiga! —responde Ana, con una voz ligeramente acusadora—. Han pillado a Isabel. ¡La asesina de las zarzas!

Ira

Fecha: 15 de septiembre de 1986

Nombre de la testigo: Verónica Andrés Vela

Fecha de nacimiento: 18/07/1965

Ocupación: Desempleada

Relación con la víctima: Mantuvieron una relación sentimental.

Hechos: Tuvieron una relación a escondidas. Al principio intenta ocultarlo. Pareja sentimental de Álvaro Hernández.

Comportamiento durante la entrevista: Muy agitada. Incurre en incongruencias respecto a su relación con la víctima. Se muestra muy emocional al dar su testimonio.

Declaración de la testigo: «[…] Claro que puede haber alguien que quisiera… Perdón. Aún no sé cómo vamos a superar esto. Éramos muy cercanos. Mucho. Manuel era guapo, listo, valiente… Esto es un pueblo pequeño. Hay

envidias. La gente saca las cosas de quicio.
Sí, sé lo que pasó con María. Ella lo buscaba,
y no era la única. Esto… esto es confidencial,
¿verdad? Isabel también jugaba a ese juego. A
dejarlo con las ganas. ¡No digo que tenga nada
que ver! Digo que a veces la gente es mala,
aunque ponga cara de inocente».

Coartada: Verónica Andrés pasó la noche con
Álvaro Hernández. Los dos aseguran llegar a
casa a las 01.30, hablar un rato y dormirse sin
notar movimientos del otro ni nada que les
perturbase el sueño.

13

Camino no recuerda cómo ha llegado a casa de su mejor amiga. No sabe en qué momento se ha separado de Verónica ni si le ha respondido a Ana. No podría decir con quién se ha cruzado ni qué calles ha elegido. El trayecto se ha convertido en una mancha de tonos grises: humo en los pulmones y la visión emborronada por las nubes bajas.

Le falta el aliento, como si hubiera corrido. Puede que lo haya hecho. Siente el sudor frío que la cubre y el pulso palpitante en las sienes. Sube las escaleras con unos pies tan torpes que la hacen tropezar. Es como si sus zapatillas se hubieran vuelto demasiado grandes o demasiado pesadas. Tiene la boca seca cuando llega a la puerta de Isabel y no sabe qué decir cuando abra.

Porque todo lo que acaba de vivir ha sido un sueño. Solo un sueño. Abrirá e Isabel la mirará desconcertada, sin saber a qué viene tanta agitación.

A lo mejor necesita soltar una carcajada, de esas que

resuenan como si explotara algo entre las costillas. A lo mejor Isabel empieza a reírse con ella y terminan rodando por el suelo, sujetándose el estómago, intentando contener la risa por una situación totalmente disparatada. Es un chiste mal contado. Un error absurdo. Solo eso.

Pero nadie responde, así que Camino golpea la puerta con más insistencia.

Tienen que estar dentro. Isabel no puede haber ido a ninguna parte. Tiene que estar ahí, sentada en el salón, en esa esquina del sofá en la que el sol cae por las mañanas y donde le gusta colocarse, como si fuera un gato, para que le roce la piel y la ayude a entrar en calor. Se la imagina con la mirada perdida y los labios blancos, llorando por Manuel. Porque, a pesar de todo, le importaba. Hubiera sido incapaz de levantar un dedo contra él.

Isabel y Camino son diferentes hasta en los pequeños detalles. Cuando Camino está nerviosa, tiene que moverse y mover todo lo que la rodea. Sentir que posee algún tipo de control en el entorno. Si le pasa a Isabel, se queda quieta, como un conejo al que los faros de un coche lo pillan por sorpresa. A lo mejor por eso no es capaz de levantarse a abrir la puerta.

Camino no soporta la idea de que esté sola y paralizada por el miedo. Llama una tercera vez, en esta ocasión tan fuerte que se hace daño en los nudillos, pero no le importa. Grita su nombre en una especie de gruñido:

—¡Isabel!

—¿Qué haces aquí?

La voz que le responde se parece a la de Isabel, pero no es la suya. Inés sube por las escaleras con la mochila colgando de un hombro, la barbilla alta y la mirada de quien se prepara para enfrentarse a un depredador.

—Quiero hablar con Isabel.

—¿Eres imbécil? —responde deteniéndose junto a la puerta—. ¿O es que al bosque no llegan las noticias? Se han llevado a mi hermana.

Tiene los ojos rojos y los labios blancos. No hace ademán de sacar las llaves, y Camino está convencida de que teme que intente quitárselas. Como si ella fuera una bestia hambrienta, de esas que quieren devorar a las doncellas. O como si Inés fuera un dragón de esos a los que les gusta mantenerlas prisioneras.

—En el pueblo dicen que fue ella —susurra Camino. Incluso esas palabras suenan inadecuadas, como si soltara una blasfemia en la iglesia—. Que la tienen en el cuartel.

Espera alguna reacción por parte de Inés. Sorpresa. Tal vez una mueca de desagrado. Que sacuda la cabeza, ponga los ojos en blanco y le pregunte si es una broma. Pero lo único que hace es pestañear despacio.

—¿Y qué quieres que haga? ¿Que le tape la boca a la gente? —responde con un tono lento, casi acusatorio—. Déjame tranquila.

—No voy a dejar que se quede sola mientras el pueblo entero habla de ella.

—Isabel no está sola —contesta Inés y, de alguna forma, logra que sus palabras suenen como un insulto—. Y no necesita que vengas a remover nada.

—Soy su amiga.

«Su mejor amiga —quiere añadir—. La entiendo mejor que nadie». Pero ¿es verdad? Funciona al revés. No hay nadie que conozca a Camino mejor que Isabel. Nadie que sepa tan bien cómo piensa, qué la hace enfadar o sonreír. Siempre consigue que hablar sea fácil y que sus silencios sean cómodos. A lo mejor ella no conoce tanto a Isabel. A lo mejor Camino no es tan importante para ella.

No es Camino la que facilita las conversaciones, ni sabe cómo consolarla o hacer que cuente lo que la preocupa. Considera que escucha bien, pero es Isabel la que siempre se atreve a sacar un tema nuevo. Es Isabel la que se esfuerza todo el tiempo para que ella se sienta cómoda.

—Deberías irte donde no molestes.

Camino da un paso atrás, desconcertada. Inés se lo toma como una victoria. Saca las llaves del bolsillo y logra encajar una en la cerradura sin dejar de mirarla. Antes de que a Camino se le ocurra qué decir, qué pensar o cómo sentirse, vuelve a estar frente a una puerta cerrada. Solo que esta vez ya sabe que no la quieren allí.

Baja los escalones con pasos tambaleantes. Se sienta en la acera. Le parece notar la mirada de Rosa en la nuca, pero le da lo mismo. Esperará a que vuelva Isabel como un perro aguarda que regrese su dueño tras un largo día de trabajo. Podría ir a comisaría, pero está convencida de que la echarán si se queda en la puerta, o peor aún, puede que lo usen contra su amiga. Así que se sienta allí, sobre el bordillo húmedo, apretando los dientes cuando el frío la estremece. No dedica una sola mirada a las personas que pasan delante de ella, ni siquiera cuando la observan, murmuran o se ríen de ella. Se queda inmóvil.

Es un pueblo pequeño, no le sorprendería ganarse un apodo por lo que hace. No le importa.

Isabel tarda una hora más en volver. Lleva el pelo suelto y tiene los ojos hinchados y la punta de la nariz roja. Se dirige hacia allí como si no tuviera fuerzas para seguir dando un paso detrás del otro. Sergio, el hermano de Sagrario, la acompaña. Camino cierra los puños y trata de controlar la rabia. Parece un centinela.

—Isabel.

Su amiga no levanta la mirada hasta que la llama. No la ha visto, es como si no supiera por dónde va. Intenta sonreír y solloza. Camino se levanta de un salto y corre a abrazarla.

—Acabo de saberlo… ¿Estás bien? No pueden tener nada contra ti. He hablado con tu hermana, pero no me ha dicho ni pío.

Isabel se deja abrazar durante unos instantes, pero luego la aparta con una frialdad que descoloca a Camino.

—Vete a casa.

—¿Isabel?

—Necesito… necesito estar sola. Vuelve a casa.

—Pero...

—Adiós, Camino —susurra, y baja la cabeza para pasar a su lado sin mirarla.

El frío se intensifica. Camino se da la vuelta tan despacio como una tortuga que acaba de salir de la hibernación. Se marcha con un peso nuevo en la boca del estómago y la sensación de que, a cada paso, algo se desgarra.

No es la primera vez que siente que no la quieren en un sitio. No la querían en su clase, o la mayoría de los niños no lo hacían. Está convencida de que su madre desea con fuerza que encuentre un novio con el que irse de casa y dejarla sola y tranquila. Su familia fue una receta con los ingredientes equivocados y ya no hay forma de arreglarla.

Avanza a pasos cada vez más rápidos. Cada vez más furiosos. Le gustaría tener un lugar al que querer llegar... Ha puesto rumbo a casa porque es el único sitio donde puede refugiarse de las miradas y de los murmullos, tan molestos como los enjambres de insectos.

No espera encontrárselo cuando llega a su calle. En realidad, no espera encontrarse con nadie, pero menos con él. Eduardo espera apoyado en el Mercedes de Manuel, con los brazos cruzados y la mirada fija en unas deportivas muy blancas. El pelo, negro, le cae ordenadamente hacia el lado izquierdo y tiene una expresión vacía. A Camino le recuerda a la de los ángeles de piedra que guardan los cementerios.

Alza la vista y el sol lo deslumbra. Sus ojos no parecen

humanos. Camino se detiene y espera que se ría de Isabel, que diga que ya está todo resuelto o que quiera unirse a la locura del pueblo. Se siente capaz de golpearle. Pero Eduardo solo la mira en un silencio confundido, como si él tampoco estuviera seguro de qué hacer en esa situación.

Y la desarma con dos palabras.

—¿Estás bien?

14

Esta vez ha sido Camino la que se ha subido a su coche y Eduardo el que la ha seguido con cierta reticencia. Como si fuera peligrosa. Puede que lo sea. Le gustaría serlo. Peligrosa como un enjambre de avispas, que no necesitan ser grandes para hacer huir a otros depredadores. O como una víbora, que se mueve sigilosa, entre las rocas, los arbustos y las sombras, casi invisible. O como una de esas ranas con suficiente veneno para matar a todo el que intente tocarla.

—¿Vamos a algún lado? —pregunta Eduardo.

—Lejos —responde Camino, y suena a exigencia.

Una parte de ella espera hacer enfadar a Eduardo. Que le pregunte quién se cree que es y le diga que se baje de su coche y se pierda. En el fondo, se parece a Manuel. Pero ese parecido no cala por debajo de la piel, porque Eduardo enciende el motor del Mercedes sin protestar.

Camino se hunde un poco en el asiento. Ve pasar el pueblo. Las calles estrechas, las curvas en unas cuestas tan cerradas que es evidente que, cuando se hicieron, no pensaban en coches ni en lo complicado que sería conducir por ellas. Los muros de piedra en los que el musgo y las malas hierbas se empeñan en crecer. La torre de la iglesia, que señala a Dios con el hierro negro del campanario de una forma que casi parece desafiante. Eduardo conduce hasta que el pueblo empieza a empequeñecerse en la carretera que dejan atrás y se esconde de su vista en cuanto giran para adentrarse en el bosque.

Camino abre la ventanilla. Cierra los ojos y dejar que el aire la despeine, que ese aroma a tierra húmeda y a verde se lleve sus pensamientos hasta no pensar en nada. Quiere tener la mente vacía, al menos un segundo, dos, tres… Al cuarto abre los ojos porque Eduardo está aminorando.

Ese camino llega a Colmenar, un pueblo cercano más pequeño que el suyo, pero el chico reduce y se desvía por un sendero de tierra. Detiene el coche en un claro y juega con las llaves del Mercedes después de quitarlas del contacto. El paisaje verde se salpica con el naranja del castañar que rodea esa ladera. Tiene un tono entre el fuego y el oro, mezclado con el verde, unos colores tan intensos que a veces le cuesta asimilar su belleza.

La tierra está húmeda, el verano ha sido caluroso. Será un buen año para recoger castañas. Su abuelo repetía una frase: «Las castañas quieren en agosto arder y en septiembre beber». Cuando el otoño estaba un poco más avanzado, el abuelo Millán la llevaba a recoger castañas.

Cogían tantas como podían y las congelaban para guardarlas durante el invierno. El olor al asarlas y ese sabor dulzón al morderlas siempre la llevan a los días más cortos del otoño de su infancia. Camino estira los brazos para que los rayos del sol le acaricien la piel. Le gustaría sentir calor, pero solo nota un cosquilleo desagradable y ganas de salir corriendo, de gritar y golpear algo que sangre.

No se mueve porque no sabe si podrá detenerse si sale del coche. Sigue muy quieta, con la mirada al frente y los labios apretados. Sabe que está haciendo incómoda una situación de la que Eduardo no tiene la culpa. Si fuera Fernando, se le ocurriría una broma con la que relajarla: «¿Es aquí donde vienes a dar un voltio con tus chicas antes de asesinarlas?». Pero no lo es, la broma no es divertida y ella sería incapaz de contarla con gracia ni aunque la tuviera.

Es Eduardo el que habla:

—Pensé que te sentirías aliviada.

«Aliviada». Es una idea tan ridícula que tiene que sacudir la cabeza.

—Isabel no ha sido. Es incapaz. Es absurdo. Y no deberían hacerla pasar por eso. Nadie debería estar diciendo gilipolleces solo para llenarse la boca.

Camino imagina que las raíces de tejo tienen un sabor parecido al de su saliva en esos momentos. Sabe que no es culpa de Eduardo, y que no es justo pagar con un desconocido amable una frustración que no tiene nada que ver con él. Lo sabe, pero no le importa. Nadie mide sus modales en medio de un monte en llamas.

—Entonces se darán cuenta. Ni siquiera sabemos qué tienen en su contra. A lo mejor es una acusación absurda.

Ella frunce el ceño porque le parece imposible que alguien pueda tener algo contra Isabel. Nunca ha hecho daño a nadie, ni siquiera cuando eran niñas y Camino tenía malas ideas y poca paciencia. Si alguien la frenaba, era Isabel.

Pero también había gente que le tenía rabia. Una rabia absurda porque era extremeña y porque había quien prefería que Zarzaleda siguiera siendo tan pequeña como una ratonera. O una rabia cercana a la envidia porque Isabel era guapa y amable por naturaleza, le salía de forma tan natural como la risa o el aroma de su piel. Era fácil quererla, mientras que otras tenían que esforzarse para resultar la mitad de bonitas o la mitad de simpáticas. Como Verónica.

—Verónica no se llevaba muy bien con ella. Y tenía… estaba enamorada de tu hermano —se corrige, porque aún no ha decidido cuánto se fía de Eduardo. Lo suficiente para estar a solas con él en un rincón perdido del bosque. No lo bastante para contarle toda la verdad—. Ha estado conmigo esta mañana. Me la encontré en la cabaña.

Eduardo arquea las cejas y pestañea despacio.

—¿En el sitio donde lo mataron? ¿No es eso lo que hacen los asesinos? —Antes de que Camino pueda negarlo, añade—: No creo que la policía vaya directa a por alguien solo por escuchar una pista. Supongo que lo analizan, y eso lleva tiempo.

—Isabel no pudo hacerlo.

—Ya lo has dicho, pero ¿crees que Verónica sí? ¿O que ha querido incriminarla?

El mundo se sacude, o a lo mejor es ella la que tiembla. Por eso tiene que echar a andar, aunque sea en círculos. Camino descubre que podría perdonar a Verónica que empujase a Manuel, incluso que lo matase a sangre fría, pero no que trate de cargarle el crimen a Isabel. También se da cuenta de que la cree capaz de hacer ambas cosas. Aunque la forma en la que la ha mirado no encaja. Tampoco la frialdad de sus palabras cuando le ha dicho que no tenía nada que ver. Aunque, al contrario que ella, Verónica siempre ha sido hábil con las mentiras. Con las pequeñas, como las fiestas sorpresa, los amigos invisibles o los juegos de cartas. También con las grandes, como esconder una aventura al chico del que finge estar enamorada.

—Podría ser.

—Si hay pruebas falsas, pueden desmontarse —dice Eduardo, como si hablara de un puzle—. Y más si sabes quién las está creando. Y para qué. A lo mejor basta con que te enfrentes a ella.

Camino afirma sin ser muy consciente antes de ladear la cabeza y mirar al chico que la ha llevado a ese bosque en el que podría gritar hasta quedarse afónica y no habría nadie que la oyera. El hermano del chico que ha muerto. El desconocido que le ha tendido la mano, el mismo en el que no quiere confiar, sin embargo…

—Antes decías que me ayudabas porque éramos los que teníamos más papeletas para ser los culpables. Pero a ti te da igual que sea Isabel o Verónica. Como si es un desconocido. Lo único que quieres es que te tachen de la lista de sospechosos.

Camino lo dice con tono duro, de acusación. Eduardo la mira con calma antes de sonreír a medias.

—Claro.

La chica frunce el ceño. Estaba preparada para una mentira o una verdad lo bastante retorcida para esconder sus intenciones reales. No para una respuesta tan calmada que roza la indiferencia.

—Entonces ¿qué más te da?

—Me da lo mismo. No conozco mucho a Isabel. Creo que es un poco sosa y un poco tonta. Verónica siempre me ha parecido una víbora. No sé si son capaces de matar o si lo han hecho, pero me vale cualquier cosa que me aleje de las sospechas.

Camino no ha relajado un solo músculo de la frente, de los hombros ni de los brazos. Eduardo, en cambio, no podría estar más tranquilo. Al menos en apariencia.

—Pero me gustaría saber qué ha pasado. No dejo de estar implicado. Y a ti te pasa lo mismo. No me importan tus amigas. Se trata de supervivencia. Es algo que creo que a ti también se te da bien.

Camino no dice nada. La cabeza le da vueltas y no puede dejar de pensar que no debería estar ahí. No debería estar con él. Tendría que estar con Isabel y prometerle que todo saldrá bien.

Pero no puede estar con ella. Ayudarla, aunque sea sin verla, es la segunda mejor cosa que puede hacer.

—Ven. —Eduardo se vuelve sin esperar a ver si ella accede o se niega—. Quiero enseñarte este sitio. Las vistas son muy buenas.

La chica espera cinco pasos antes de seguirle. Le molesta no reconocer ese sendero entre las jaras, cubierto de hojas anaranjadas y de un ocre marchito. Tiene los ojos entornados para evitar que se le escapen los detalles, y no avisa a Eduardo cuando ve un trepador azul revoloteando entre las ramas cercanas.

Avanzan y llegan a un camino más grande que se retuerce en una curva cerrada. Camino oculta una sonrisa cuando por fin sabe dónde está. El lugar por donde andan encaja con otro que conoce; sus pasos no se vuelven más rápidos, pero sí más seguros. Sigue a poca distancia de Eduardo. El chico no va vestido para la montaña, pero no se mueve con torpeza. Sus zapatillas son muy blancas y demasiado nuevas, y si hubiera piedras lisas podría resbalarse. Su ropa no es cómoda, y Eduardo no se mueve con el mismo sigilo que ella, capaz de hacerlo sin dejar rastro. A Camino le recuerda a un ciervo que no se preocupa por las ramas que puede quebrar con sus astas.

La respiración de Eduardo se vuelve pesada cuando el

terreno se empina. No baja el ritmo ni se vuelve a mirarla. Camino agradece que no lo haga. Le hace sentir que confía en ella, aunque no sea cierto. Le ofrece la espalda en una pendiente salvaje, y ella puede examinar cada paso, cada gesto, la forma en que arrastra el aire entre los dientes y se pasa el puño de la sudadera por la frente.

Se detiene cuando llegan al mirador, y Camino no se sorprende con las vistas. Ya las conoce. Aun así, las aprecia. Desde ese recodo no se distingue Zarzaleda. Podría haber sido devorado por el bosque. Solo se ve una carretera serpenteante y vacía, el pantano atrapado entre los montes y colinas de árboles verdes que, al alejarse, se vuelven de un azul oscuro.

El mirador de la Dama de Piedra. Camino ha oído la historia muchas veces, siempre con pequeños cambios, los que se añaden para que la leyenda quede más real o más inverosímil. Para que sea un cuento trágico o se parezca más a un chiste. En su versión preferida, la joven era una campesina que trabajaba en los campos y en la posada que, según cuentan, una vez hubo en el pueblo. Allí la conoció un caballero que se enamoró de ella y quiso convertirla en su esposa, aunque, si hay algo de verdad en esa historia, Camino se inclina por las versiones que dicen que quiso convertirla en su amante. La joven se negó hasta que el caballero ofreció a sus padres una buena suma de dinero.

La vendieron, aunque la leyenda lo dice con palabras más dulces. Cuando Verónica contaba la historia, la joven era una niña tonta que despreciaba las atenciones del caballero, igual que sus sentimientos. Como si ella hubiera elegido enamorarlo. Como si jugara con él por no corresponderle.

En todas las versiones, la noche antes de la boda —o de su cita, o de que él se la llevara—, la chica se escapaba al bosque. Se arrodillaba para rezar en esa misma piedra en la que ahora se apoya Eduardo y rogaba a Dios, o a los montes, que no permitiera que se la llevara. Que la dejara estar para siempre en ese bosque.

Y alguien oyó sus suplicas. Da igual si un ángel la castigó, como cuenta Verónica, o si el bosque quiso protegerla, como le gusta pensar a Camino. La leyenda acaba igual: con la mujer durmiendo convertida en piedra y su caballero llorando por no poder llevársela.

Eduardo se sienta cerca del precipicio. A Camino le hace cierta gracia pensar en lo fácil que sería empujarlo y repetir el crimen que ha acabado con la vida de su hermano. Si el pueblo ya está sacudido por la pérdida de Manuel, que el segundo hijo de los Villaseñor muriese de la misma forma sería como hacer arder las calles, como sacudir Zarzaleda hasta que no quedase piedra sobre piedra. Le gusta pensar en lo fácil que sería matarlo, aunque no desee hacerlo. La hace sentir poderosa. Un pequeño empujón, un grito que solo escucharía ella y luego la paz del bosque, el trinar de las aves que vuelven a casa.

Se sienta a su lado, a una distancia cómoda, y mira hacia el horizonte. El paisaje es impresionante, y se da cuenta de que la Dama de Piedra eligió un buen lugar para quedarse, aunque le dé rabia pensar que, en la mayoría de las historias, lo que importa es el dolor del héroe, incluso cuando son ellas las que fallecen. La muerte de una mujer puede ser trágica y bella, no mucho más trascendental que una flor arrancada de un rosal o que una fortuna perdida. Camino cree que Zarzaleda también lloraría por esas mujeres, puede que no tanto por ella, pero sí por Isabel, por Verónica o por otras chicas muertas. Pero sería un llanto resignado, como una lluvia que, de alguna forma, se espera. Las chicas mueren. Los chicos las lloran, y es a ellos a los que se recuerda.

—Me gusta venir aquí. Lo descubrí cuando Manuel me dejó coger su moto —dice Eduardo, sacándola de sus pensamientos.

—Luego dices que os llevabais mal...

—Lo hizo porque nuestro padre le compró el coche. —Se encoge de hombros—. No perdía nada dejándomela.

—¿Y la usabas para venir aquí?

—Nunca hay nadie que te moleste. Se cuenta una leyenda. ¿La conoces?

Está tentada de decirle que no, para saber cómo la cuenta. Si en su historia la chica es cruel y caprichosa, o si, tal vez, el caballero es un prepotente. Si le parece divertido o justo, o si está de parte del bosque. Pero asiente, y Eduardo responde con una sonrisa calmada, casi agradable.

—Pues claro que la conoces. Te pasas más tiempo en el campo que en tu casa.

—Eso dicen —responde Camino con indiferencia—. Y de ti, que no te gusta pisar la calle.

—No me gusta el pueblo —confiesa desviando la mirada—. No me gusta sentirme vigilado. Sé que no soy el centro de la vida de nadie, pero aun así...

No termina la frase. No hace falta que lo haga, le entiende. A ella también le falta el aire cuando piensa en los vecinos que controlan cada movimiento, que hablan de los demás como si su vida consistiera en vigilarlos, que inventan rumores basados en detalles minúsculos cuando no tienen nada interesante que contar.

—De pequeño, ibas siempre detrás de tu hermano —recuerda Camino.

Cuando ella tenía ocho años, Eduardo era muchísimo más niño. Tenía seis, lo que en ese momento le parecía una distancia inabarcable.

—Hubo un tiempo en el que lo admiraba. No sé por qué. A lo mejor porque todo el mundo lo hacía o porque mis padres estaban orgullosos de él. O porque quería ser como Manuel, aunque me apartase. En realidad, nunca me sentía bien con él. Cuando estábamos juntos, yo tenía que ser su sombra o la broma.

Ella no dice nada porque le entiende. Manuel tenía el magnetismo del fuego y no le importaba que lo que tocase se volviera cenizas. Camino odiaba cuando todos terminaban haciendo el plan que a él le apetecía, aunque fuera más caro, aunque no tuviesen ganas. Tenía esa fuerza de quien suele conseguir lo que quiere con una sonrisa.

Ir a la discoteca que elegía. Tener una carrera. Heredar una empresa. Conseguir a cualquier chica.

Casi a cualquier chica.

Camino se inclina hacia delante con los codos apoyados en las piernas. Tiene un secreto sobre la lengua y se pregunta si debería compartirlo con Eduardo. No lo conoce tanto, pero no va a usarlo contra ella, ¿verdad? «De todas formas, se sabrá», piensa. Lo mira de reojo y se muerde el interior de la mejilla. Es tentador confiar en alguien y dejar de sentirse tan sola. Es tentador compartir el peso.

Pero no lo hace.

Aún no.

En vez de eso, piensa en las plantas que extienden sus raíces bajo la tierra hasta asfixiar a cualquier otra que intente crecer cerca. En las que despliegan con avidez, con hojas grandes y finas, para quitar la luz del sol a sus compañeras. En la naturaleza hay especies que conviven y especies que matan, y no es tan sorprendente que una parte de Eduardo parezca aliviada de haber perdido a su hermano.

Ella también sentiría alivio si la muerte de Manuel no la salpicara.

—Y si es Verónica, ¿qué? —pregunta el chico de pronto—. También es tu amiga.

—No tanto —responde, y añade—: No es Isabel.

Y está dispuesta a sacrificar a mucha gente por ella. Frunce el ceño antes de preguntar:

—¿Quieres tanto a alguien que serías capaz de hacer lo que fuera por él o por ella?

No es una pregunta acusadora, solo curiosa. Sincera. A lo mejor por eso Eduardo no se lo toma mal, a lo mejor no le importa. El chico piensa antes de negar con la cabeza y responder un tranquilo:

—No.

Y ella no lo juzga. Puede entenderlo. Ella tampoco querría a nadie de ese modo de no haber encontrado a Isabel. Le agrada su sinceridad, tan fresca como la brisa. Eduardo vacila, antes de añadir, con voz titubeante:

—Pero si puedo ayudarte lo haré. A que no acusen a Isabel. De todas formas, no dejarás que pase, ¿verdad?

Camino niega con la cabeza.

—¿Tienes miedo de que saque tus trapos sucios a la luz con tal de salvarla?

—Serías capaz —responde. No es una acusación, solo la constatación de un hecho—. Creo que yo también lo haría por alguien a quien quisiera.

El silencio entre ellos dos y la Dama de Piedra se vuelve tan cómodo como si fueran amigos desde hace tiempo. Camino piensa que tiene cierta gracia que, de todo lo que podría haberlos unido, la muerte haya sido la razón para que pasen juntos esa tarde.

«A lo mejor hay más tardes», piensa Camino al tiem-

po que permite que los músculos de sus hombros se rela-
jen. Solo un poco. Es un voto de confianza invisible hacia
ese chico que dice no haber querido nunca a nadie más
que a él mismo. Hacia esa sinceridad tan descarnada que
le resulta agradable.

Se permite relajarse un poco. «Saldrá bien. Tiene que
salir bien —piensa—. La idea de Isabel matando a alguien es tan absurda que los policías se darán cuenta y
tendrán que buscar en otra dirección». Pero, por si acaso,
ella piensa allanarles el camino.

15

Santiago no le ha pedido que vuelva a la carnicería. Camino no sabe si tiene que empezar a buscarse otro trabajo. No cree que sea algo temporal, pero puede permitirse esperar unas semanas para ver qué rumbo toma todo. Agradece el tiempo libre porque necesita averiguar todo lo que dicen de Isabel, todo lo que se sabe de la investigación y anotar todo lo que recuerda de Verónica, de su conversación, de esos momentos que en su día le parecieron extraños y que ahora cobran sentido. Como ese silencio cómplice con el que se miraron Manuel y ella tras un chiste sin mucha gracia de Fernando.

Cuenta el dinero suelto de la cartera, junta las pesetas de los bolsillos y los billetes que tiene guardados en el cajón. Puede pasar una, tal vez dos semanas, antes de que tenga que decirle a su madre que ha perdido el trabajo. Queda poco para el día de cobro. Le gustaría no tener que ir a la carnicería para exigirle a Santiago el dinero que ha ganado hasta ese momento, pero no está convencida de que el dueño tenga prisa por pagarle. La dignidad no debería estar reñida con la pobreza. Camino frunce el ceño y busca en el cajón de las verduras las que se pondrán malas primero para preparar la comida.

Pela y trocea las zanahorias mientras piensa en varias maneras de acercarse a Verónica sin que quede raro. La última vez que se vieron hubo confesiones de las que cree que su amiga se arrepiente, y luego un camino largo y tirante en el que cada paso que daban juntas las alejaba un poco más. Es verdad que terminó con la conmoción en el pueblo, con el interrogatorio a Isabel. Todavía le resulta inverosímil que la hayan interrogado. A lo mejor puede volver a hablar con ella con esa excusa. Parte el trozo de zanahoria con demasiada fuerza y desea ser un poco más amable y un poco más social, lo justo para hablar con Verónica con total normalidad.

Aparta los trocitos pelados y pasa la yema del dedo por la muesca que acaba de hacer en la tabla. A Camino le gusta cocinar. Le gusta romper cosas, triturarlas, remover agua hirviendo o dejar caer comida en una sartén de aceite chisporroteante. Convertir su enfado en algo con lo que alimentarse. Su madre no ha sido nunca muy buena cocinera, y Millán solo preparaba platos básicos, así que ha tenido que aprender de los libros o espiando los movimientos de la madre de Fernando cuando pasaban la tarde en su casa. Fijándose en el hermano de Sagrario, que, a veces, se ofrecía a prepararles la cena. Experimentando con Isabel. Y equivocándose. Se ha equivocado en tantas ocasiones que ha perdido la cuenta de cuántas veces ha cenado un revuelto de verduras amargas, ha tenido que rellenarse el vaso de agua de forma repetida porque el guiso le ha quedado salado o ha dejado la pasta blanda o la carne quemada.

Tener las manos ocupadas y la mente concentrada en el siguiente paso la ayuda a apagar el ruido que retumba en su cabeza. Logra apartar la maraña de pensamientos inconexos y concentrarse en los que de verdad son importantes. Tiene que asegurarse de que Isabel no sea condenada por algo que no ha hecho. A lo mejor no debería preocuparse, pero la muerte de Manuel ha dado mucho que hablar en el pueblo: la gente quiere que su cuerpo esté bajo tierra y el criminal, entre rejas. No importa demasiado si es realmente quien lo ha matado.

Camino ha oído historias en las que no han encerrado al verdadero asesino, sino a un pobre inocente con algo de relación y mala suerte. A veces hay demasiadas prisas por cerrar un caso y no se permiten dar un paso atrás en una investigación empezada. Algún periodista estuvo durante las batidas y otros han seguido yendo al pueblo ahora que hay cuerpo, pero no respuestas. Continuarán acudiendo, como los insectos revolotean sobre los cadáveres, hasta que tengan el caso cerrado y no haya más noticias que merezca la pena contar en Zarzaleda. Así que Camino no piensa dejar que el tiempo juegue en contra de Isabel, no permitirá que se cierna sobre ella como una soga que se cierra sobre la carne blanda del cuello.

Tiene que hablar con Verónica. ¿Y si prueba antes con Álvaro? No le ha contado su aventura con Manuel, no es tan cruel ni tan estúpida, pero su novio no es imbécil. Ha tenido que darse cuenta, incluso aunque se hubiera esforzado al máximo por no verlo. Se llena la boca de agua para trocear una cebolla sin derramar una sola lágrima, otro truco que aprendió de su abuelo. La sofríe despacio, con movimientos lentos de la cuchara de madera. Álvaro quizá lo sepa y a lo mejor puede convencerlo para que hable. Porque está segura de que, si Álvaro sabe algo, una parte de él querrá contarlo, soltar todo lo que aguanta, dejar escapar ese humo que, por dentro, le quema.

«Puede que no, pero merece la pena intentarlo», piensa mientras añade el resto de las verduras. Da vueltas al sofrito con una calma que no siente. Y, como si fuera una pócima de bruja, remover las verduras le tranquiliza la mente. Puede hablar con Álvaro. Más sencillo aún, con Sagra. No cree que Verónica le haya contado nada, pero Sagrario es atenta y callada. Habla poco y observa el entorno como si cada vez lo viera con ojos nuevos.

Se pregunta si Sagra sabrá la verdad. Si alguien puede tener todas las pistas escondidas en los detalles es ella. Se pregunta también qué hará cuando lo sepa. Si lo registrará y se lo guardará. Si lo acariciará como si fuera una piedra que llevara en el bolsillo para lanzarla cuando llegase el momento. Si lo protegerá como si fuera una moneda con la que pudiera pagar una promesa o una deuda. Camino remueve el guiso. Vierte caldo de pollo, laurel y arroz. Espera a que rompa a hervir y entonces baja el fuego, hasta que se oye un chapoteo apagado. «Como el agua del mar cuando la absorbe la arena», decía Millán, que nunca había visto el mar, pero estaba muy seguro de su sonido.

Camino echa de menos sus imágenes absurdamente precisas y concretas. Echa de menos esa voz cascada y firme; y sus manos cálidas y fuertes, a pesar de que el tiempo convirtiese su piel en un mapa lleno de carreteras. Echa de menos su olor a madera y crema de manos, a cuero acre y pan tostado. Echa de menos el tiempo que pudo tenerlo, que le parece cruelmente breve. Por lo menos duró lo suficiente para ofrecerle el hogar que no le había dado su madre. Perdió a su familia en dos golpes, aunque el primero no lo recordara. Siempre ha sabido caer de pie, pero eso no significa que la caída no duela.

Termina de cocinar con la mente un poco más clara, las manos más calmadas y algo parecido a un plan en la cabeza. Hablará primero con Sagra, porque es más fácil y porque puede hacerlo esa misma tarde. Después intentará hacerlo con Álvaro. Y reunirá toda la información que pueda para alejar las sospechas que se ciernen sobre Isabel.

Camino sale esa tarde justo cuando Sagrario suele llegar a casa. Llama a la puerta esperando que no le abra su hermano Sergio, sino su amiga. Y la suerte decide sonreírle: es ella quien lo hace y arquea las cejas sorprendida.

—Camino… pasa, ¿necesitas algo?

—He venido a verte —contesta ella.

Sagrario la deja pasar con gestos torpes y expresión desconcertada. Trabaja como cajera en el Pryca de un pueblo cercano. Suele llegar cansada, con un agotamiento que no es solo físico. Tiene que salir de casa una hora antes para asegurarse de que coge a tiempo al autobús. La parada está a un rato caminando. Cuando termina su turno, hay días en que pasa casi una hora esperando el bus de vuelta. Después de una jornada atendiendo a todo tipo de gente y solucionando problemas —que van desde una devolución por algo roto por el uso hasta el enfado de una persona que no encuentra lo que busca—, Sagrario suele llegar agotada. Esa tarde se le nota en la mirada, que tarda unos segundos en centrarse, y en una sonrisa que parece pesarle en los labios. Aún lleva el uniforme y unos tacones con los que no sabe caminar del todo. Es como una segunda piel que Sagra se pone para convertirse en la mujer que tiene que ser en su puesto de trabajo.

O un disfraz. Siempre se le ha dado bien esconderse.

—Vale, quieres… ¿un café?

Camino asiente y la sigue a la cocina. Sagrario parece

confundida en su propia casa. La cocina es pequeña, y el desorden le parece acogedor. La lata metálica de Cola-Cao está junto a una cacerola de porcelana oscura. Los muebles son viejos. Sagrario pintó el contrachapado con un azul demasiado alegre que contrasta con el suelo oscuro y los azulejos de flores marrones. Pone café molido en una cafetera italiana y enciende el fuego. El butano sisea mientras ella se debate entre la sinceridad abierta o un intento sibilino de sonsacarle información. Le da miedo que lo primero no funcione y no ser lo suficientemente hábil para lo segundo.

—¿Te importa que vaya a cambiarme?

Camino niega con la cabeza y Sagrario fuerza una sonrisa sobre el cansancio. Le asegura que tardará poco en volver y se aleja con un sonido de tacones que no encaja con ella. En un mundo más justo, Sagra tendría una casa solo para ella, una pequeña, con patio y una habitación para guardar sus libros y los cuadernos que transforma en poesía. En un mundo más amable no tendría que esconder su sensibilidad de la forma esquiva en la que las corzas evitan ponerse a la vista: con ojos vigilantes y pasos precavidos.

Se sienta en un taburete. Hay un libro viejo y gastado en la mesa. Espera que sea de Miguel Hernández. Su amiga se sabe de memoria todos sus poemas y, aun así, vuelve a leerlos, como si en vez de rimas fueran un mensaje en clave que le hablara directamente a ella.

El libro de la mesa es blanco, con la cubierta forrada

con papel de periódico. Sagrario tiene esa costumbre, dice que es para protegerlos. Verónica se burla y contesta que es para que el resto no sepan lo que lee. Camino abre la página en la que un sobre vacío del banco Banesto hace de punto de lectura. Es un poema en el que su amiga ha subrayado uno de los párrafos con un lapicero verde:

Miro mi pensamiento
llegarme lento como un agua,
no sé desde qué lluvia o lago
o profundas arenas
de fuentes que palpitan
bajo mi corazón ya sostenido por la roca del monte.

Lo cierra con cuidado y se pregunta qué significarán esas palabras para Sagrario. A Camino solo le dejan un regusto solemne y amargo.

Sagra y Sergio viven en una casa larga y oscura que se les queda grande y está llena de goteras. Necesita una reforma, pero la van posponiendo porque no pueden permitírsela. Era de un abuelo que murió hace años. Sergio se fue a vivir con él la última vez que su padre llegó a casa dando tumbos y voces. En cuanto se instaló y supo que podría mantenerse con su sueldo, fue a buscar a Sagra para que se mudara con él.

Desde hace un tiempo, solo se ven con sus padres lo justo y necesario. Saludos rápidos y una tarde juntos en los cumpleaños. Al menos hasta que su padre vuelve a coger la botella.

Que Camino sepa, nunca han hablado de ese problema. Sagra sigue ayudando a su madre cuando la necesita y Sergio también le echa una mano, pero los hermanos se han distanciado de sus padres. A Camino le parece que, desde que Sagra se fue a vivir con su hermano, mira de forma distinta a su madre. No hay odio, no es despecho. Es una mirada que a Camino le parece anhelante, como un brote verde que busca el sol. Sabe que hay madres que no son lo bastante fuertes para proteger a sus hijos. La maternidad no es un poder mágico ni se parece a la santidad. Las madres tampoco pueden hacer milagros; solo amar, y solo a veces. Siguen siendo mujeres. Siguen siendo humanas. Nadie elige que el miedo le paralice o que la torpeza le haga cometer errores. Nadie está obligado a ser fuerte, y a lo mejor Sergio nunca podrá perdonarla. Y a lo mejor Sagrario lo hace.

Su amiga tarda poco en volver. Lleva el pelo largo recogido en una coleta baja y algo desordenada. Parece más ella con esos pantalones de chándal negros y una sudadera que le queda algo corta y bastante ancha.

Sagra la mira con esos ojos negros que tienen un brillo demasiado inteligente para ser tan dulces.

—Me extraña que vengas a verme. —El tono es casi alegre, calculadoramente cálido.

Es una invitación para que Camino se explique. Sagra abre la nevera para sacar un brik de leche.

—¿Te has enterado de que han interrogado a Isabel?

Los hombros de su amiga primero se tensan, luego se hunden. A Camino le parece que se esfuerza en no mirarla y que elige las tazas con demasiado cuidado. Asiente y titubea. Cuando responde, suena derrotada:

—Sí.

—No ha podido ser ella.

—Supongo que no —responde lacónica, con las palabras pegadas al paladar.

Y esa falta de convicción hace que a Camino le dé un vuelco el estómago.

—No. Claro que no. No podría… Isabel nunca le haría daño a nadie.

Camino es consciente de lo dura que suena su voz, y de que Sagrario se inclina hacia delante, como si quisiera protegerse de su ira. Asiente de nuevo, otro cabeceo desganado. Otra mentira sin intención de sonar creíble, solo de seguirle la corriente.

Camino abre mucho los ojos y la boca, pero no dice nada. Sagra le pone la taza en la mano y, cuando sus dedos se rozan, se atreve al fin a sostenerle la mirada.

—Isabel no ha podido hacerlo. Lo sabes, ¿verdad?

La última palabra se le quiebra entre los dientes, y a lo mejor eso es lo que hace que Sagrario reúna el valor que necesita. Se pasa la lengua por los labios. Camino la conoce lo suficiente para saber que quiere asentir de nuevo, que quiere evitar esa discusión y limitarse a descansar después de llegar a casa con la cabeza embotada tras una larga jornada de trabajo. Piensa que debe de quererla muchísimo para atreverse a llevarle la contraria. Porque es más fácil apoyar a los amigos y tener fe ciega en ellos. Es más sencillo dar palmaditas en la espalda que frenarlos. Es más fácil decirles lo que quieren oír a que están equivocados.

Y aun así desearía que no lo hiciera, no con eso, no cuando es Isabel lo que está en juego.

—Encontraron restos de lana granate entre las zarzas, cerca de Manuel. Del color del jersey que llevaba esa noche. —Sagrario intenta mantener la voz neutra con el mismo cuidado con el que un trapecista se asoma al vacío—. Lo buscaron en su armario, pero no estaba. Isabel solo dijo que no sabía dónde lo había puesto. Terminaron encontrándolo en el contenedor de su calle. Hay partes deshilachadas.

—Es lo que han dicho los niños —mascula Camino—. Que estaba ensangrentado.

—Estaba roto y manchado, pero, hasta donde sé, aún no se ha determinado de qué son las manchas.

—Puede ser cualquier cosa —musita Camino.

Sagrario la mira en silencio antes de encogerse de hombros.

—La conoces. ¡La conoces como yo! —insiste Camino intentando mantener el pánico debajo de la lengua—. Isabel es buena.

—No creo que nadie sea totalmente bueno ni totalmente malo. Creo que todos tenemos un límite. —Sagra habla tan bajo que, si no estuvieran cerca, no lograría oírla—. Y, cuando no aguantamos más... Creo que no hay forma de saber lo que haríamos en una situación desesperada hasta que no nos encontramos en ella.

Camino abre la boca para escupir veneno o negaciones. No lo sabe. A lo mejor solo quiere gritar, pero no encuentra su voz, y por eso Sagrario es capaz de adelantársele:

—Claro que conozco a Isabel. Sé que no es una psicópata, que no le haría daño sin motivo. Pero incluso las buenas personas pueden hacer cosas malas para salvarse. El hermano de María también era un buen chico, seguro.

—No es lo mismo —gruñe Camino.

—No, porque Isabel se acercaba a Manuel cuando quería. Pero ella tenía claro hasta dónde quería llegar y él siempre intentaba cruzar su límite.

Camino nota la boca seca. No puede creer que Sagrario piense que Isabel sea capaz de cometer un crimen. Es inocente, Sagra lo sabe. O debería saberlo, porque la conoce casi tan bien como ella.

—Camino... —Sagrario intenta detenerla con el mismo entusiasmo con el que antes ha fingido creerla: un esfuerzo mínimo y amargo.

Y sabe que no debería enfadarse con ella, pero la rabia le arde en los pulmones, y hay incendios que no pueden controlarse. Deja el café intacto en la mesa con estrépito, tan cerca del libro que unas gotas salpican el papel de periódico que oculta la portada. Le gustaría haberlo derramado entero, dejar ilegible cada poema. Sale de allí sin decir una sola palabra, porque de cualquiera de ellas se arrepentiría luego.

—Lo siento —se lamenta Sagra cuando llega a la puerta.

Es sincero, pero no le sirve.

—Isabel es inocente —responde, y cierra al salir.

13 de septiembre · 1.54 h

Reconoce su forma de andar, tan segura y firme. Siempre le ha recordado a la de un oso, un animal grande e imponente. Sabe que ha bebido porque sus pasos son un poco más lentos, pero aun así ha llegado. Sabía que lo haría. Se ha asegurado de ello.

El haz de su linterna alumbra el camino; de vez en cuando se dirige a la estructura en la que le espera. Lo ve aparecer y siente un tirón doloroso en el estómago. Manuel camina sin miedo, con pasos largos y la espalda recta. Es fornido pero elegante. Puede que esa seguridad sea lo que le aporte magnetismo. Esa forma de moverse como si el mundo le perteneciera hace que desee caminar a su lado. Pero a Manuel se le da mal compartir, es más de coger lo que quiere y no preocuparse por nada más. A lo mejor es el momento de que le enseñen a hacerlo.

Respira hondo. No tenía tan claro que llegara hasta allí. ¿Ahora qué? Presiona las palmas contra la lana granate del jersey para limpiarse el sudor de las manos. Le gustaría tener la mitad de la seguridad que le sobra a Manuel. No son tan distintos, pero le cuesta mantener la frente alta cuando está con él.

Ojalá no tuviera que llevar eso puesto.

Suelta el aire aún más despacio. «Irá bien, tiene que ir bien», piensa. Se deja ver cuando el foco de la linterna apunta hacia la estructura. Está lo bastante lejos para que Manuel no pueda distinguir quién le saluda. Baja la linterna y sigue avanzando. Lo observa desde las alturas. Parece animado, casi alegre, y de repente eso le da rabia, pero se esfuerza en controlarla. Suelta el aire y se repite que está haciendo lo correcto.

Las estrellas brillan. La noche es bonita, el bosque está en calma. Manuel tendrá que escuchar. Tendrá que pedirle disculpas. Le perdonará cuando lo haga. Tal vez ese chico sienta inseguridades, a lo mejor también tiene miedo. Se arreglarán, se entienden. Son mejores que el resto.

Respira otra vez y mantiene el aire en los pulmones hasta que le quema. Levanta la cabeza.

Todo saldrá bien.

Suelta el aire con la vista fija en las estrellas y espera.

16

Después de una semana bajo un manto gris plomizo e irregular que ha derramado lluvias pesadas y cortas de forma intermitente, las nubes deciden retirarse el día del funeral de Manuel.

Camino frunce el ceño ante ese cielo raso, de un azul intenso. No termina de decidir si parece una burla o un homenaje. Indiferencia, no es más que la indiferencia de un mundo al que le dan igual que los héroes mueran y que las doncellas se conviertan en sus verdugos, al que le importa poco la justicia de los hombres y menos aún sus injusticias.

Se ha planteado no ir al entierro. No quiere hacerlo, pero sabe que será peor si no se presenta. Está convencida de que las consecuencias serán nefastas, aunque no las comprenda del todo. No sabe si la gente va elegante a las exequias. El entierro que recuerda mejor es el de su abuelo. Su madre le llevó un vestido negro y usado que le quedaba demasiado ancho y tuvo que sujetarlo con un cinturón que se le clavaba en el costado durante la misa.

No tiene vestidos. Ha encontrado uno en el armario de Rebeca. Se lo pone delante del cuerpo, sosteniendo la percha, y frunce el ceño al ver su reflejo. Eso ya lo ha vivido. Ya ha llevado un vestido negro de segunda mano que le vuelve a ir grande. Se pregunta si durante el luto se espera que uno vaya vestido con ropa que le resulta extraña y desagradable. Acaricia la tela rígida de la falda y frunce la nariz. Huele a cerrado y a naftalina, y también al perfume de jazmín barato que suele ponerse su madre. De pronto se tensa al darse cuenta de que lo que le gustaría es que estuviera ella, no ese vestido negro. Pestañea. No quiere reconocerse que le encantaría tenerla a su lado, que la acompañase hasta la iglesia.

Cierra la puerta del cuarto de Rebeca y vuelve a su habitación con una sensación extraña en la punta de los dedos y en la boca del estómago. Le da la impresión de que ha estado hurgando en la intimidad de su madre y siente la necesidad de ir al baño para lavarse bien las manos. No le ha hecho falta en todos esos años y no quiere necesitarla ahora. Por eso elige sus vaqueros más nuevos, una camisa blanca que guarda con la esperanza de usarla en una entrevista de trabajo y un jersey negro ancho que tiene un hilo suelto cerca de la manga.

No deja de preguntarse qué estará haciendo Isabel. ¿Irá al entierro? No lo tiene claro, aunque espera que asista. Sabe que le gustaría estar y despedirse de Manuel. Su amiga siempre ha sabido perdonar, incluso cuando hacerlo no era lo más inteligente. También acompañar hasta el último momento. Camino ha dado muchas vueltas a su conversación con Sagra. Sí, tiene razón cuando dice que no hay nadie totalmente bueno, ni siquiera Isabel. Puede que fuera capaz de matar si se sintiera atrapada y no viera otra salida. Pero eso no explica la sorpresa en los ojos de su amiga cuando encontraron el cuerpo. Si lo mató, quizá el llanto fuera fingido. Y sería capaz de engañar al resto, pero a ella no. Isabel lloró de verdad por Manuel. No esperaba toparse con su cadáver.

Tarda muy poco en llegar a la iglesia. Se queda a cierta distancia, al otro lado de la plaza, para evitar ser de las primeras en entrar o tener que hablar con los grupos que se agolpan en la puerta. Distingue a Verónica sujeta del brazo de Álvaro y el estómago se le retuerce. Echa de menos los bolsillos de su chaqueta de diario, llenos de piedras y horquillas con las que juguetear cuando se pone nerviosa.

Un coche negro, distinguido, atraviesa la zona peatonal y se detiene justo delante de las puertas de la iglesia. Sabría que es el de los Villaseñor aunque no lo conociera. Primero sale el padre. Raúl es un hombre alto de hombros grandes, muy parecido a su hijo, pero algo más ancho de espaldas, más encorvado, con menos pelo y unas cejas demasiado pobladas. Camina con un bamboleo lento, ocupando todo el espacio que es capaz de abarcar. La gente retrocede un par de pasos respetuosos para abrirle paso. La mayoría inclina un poco la cabeza, como si saludase a un conde o a un sacerdote.

El hombre se agacha para abrir la puerta trasera y la madre de Manuel sale del coche con un vestido de un negro suave como las alas de un cuervo y los ojos escondidos tras unas gafas de sol. Frunce los labios de ese tono frambuesa. Camino tiene la sensación de que mira a la gente como haciendo recuento, igual que la maestra se asegura de que no falte nadie a clase.

Eduardo, vestido de traje, sale del asiento del copiloto. Se pone al lado de su madre a una distancia más adecuada para un guardaespaldas que para un hijo. El parecido con Manuel le sigue resultando extraño, más aún al verlo trajeado, tan solemne y elegante.

El chico pasea la mirada por los asistentes, pero de una forma menos inquisitiva que su progenitora. En vez de revisar, parece buscar a alguien; Camino se pregunta si será a ella.

—Ey, Camino.

La voz hace que dé un respingo antes de volverse. Se siente como si la hubieran pillado espiando por una mirilla. Es Fernando. Tiene los ojos muy abiertos, la cabeza ladeada y una sonrisa vacilante, a punto de romperse.

—¿Esperas a alguien?

«A Isabel», piensa, pero no se atreve a pronunciar su nombre. ¿En qué momento se ha convertido en un arma? Le parece horrible, injusto, pero Fernando también está roto y no quiere hacerle daño.

—No me apetecía entrar sola —responde, y la sonrisa de Fernando se afianza un poco.

—A mí tampoco.

No le sorprende. No se le da bien estar solo. Supone que por eso intentaba hacer las mismas bromas que Manuel, seguirle a todas partes y sustituirle cuando él no estaba.

Cruzan la plaza en cuanto los tres Villaseñor entran en la iglesia. Los que esperaban delante de la puerta pasan detrás de ellos, así que a Fernando y a Camino les resulta más fácil moverse sin llamar la atención. La chica se dirige a uno de los bancos del fondo, aunque Fernando titubea.

—A lo mejor deberíamos ponernos delante. Era nuestro amigo.

«Qué más da», piensa Camino. Manuel no está allí para verlos. Pero Fernando sí, y para él es importante. Así que asiente con un leve encogimiento de hombros y le sigue por uno de los laterales de la iglesia.

No se ve a Isabel por ninguna parte.

En los primeros bancos hay un grupo de chicos que no conoce. Llevan trajes buenos y tienen una expresión seria y curiosa, de ese tipo de miradas que se fijan en lo que los rodea porque es nuevo. Deben de ser de la universidad, de ese grupo de amigos de élite a los que no llegaron a conocer. Verónica y Álvaro están detrás, y a Camino le parece injusto, pero no dice nada. Puede que su amistad sea más antigua, pero ya había empezado a pudrirse.

Álvaro les dirige una sonrisa cansada y palmea la espalda de Fernando, que se sienta a su lado. Verónica lanza a la chica una mirada fría y afilada como la hoja de una navaja. Es una advertencia innecesaria. Camino suele ser torpe en grupo, pero incluso ella sabe que un funeral no es el lugar adecuado para hablar de infidelidades. Aunque una investigación policial tal vez sí lo sea.

—Hola —susurra una voz queda a su lado.

La chica nota que la sangre se le agolpa en las mejillas cuando Sagra se sienta a su lado con sonrisa triste y expresión precavida, como si Camino fuera un animal al que intenta domesticar, pero que puede atacarla en cualquier momento. Sacude la cabeza en un asentimiento mudo que espera que entienda como una ofrenda de paz, incluso como una disculpa que no piensa decir en voz alta. Al lado de Sagra está Sergio, alto y esbelto, que le sonríe casi con dulzura.

—¿Os importa que me siente aquí?

«Sí —piensa Camino—. Ese es el sitio de Manuel, que está muerto. O el de Isabel, la que queréis que sea culpable». Es el hueco de un miembro de ese grupo que ya está tan roto que resulta irreconocible. Pero Fernando asegura que no hay ningún problema, y Camino se siente mareada por la oscuridad de la iglesia, por el profundo y denso olor del incienso o por esos murmullos tan bajos y solemnes que parecen rezos, aunque no lo sean.

El sacerdote se acerca al altar y todos se levantan. En misa, Camino a veces siente que los límites entre unos y otros se desdibujan, pasan a convertirse en una sola cosa, como las hormigas que se mueven como un único animal, incapaces de sobrevivir solas.

Conoce las oraciones. También las frases de respuesta que dicen al unísono, en tono neutro, con palabras desdibujadas y un sentimiento hondo en el pecho que a lo mejor es fe. O la necesidad de pertenecer a algo más grande. A una manada. A un enjambre. A un pueblo.

—No puedo creer que haya venido —susurra alguien a destiempo, y entonces Camino se da cuenta de que hay murmullos desacordes, un enfado que tensa el aire y le tira del pecho.

Mira hacia la puerta, esperando distinguir el rostro pálido de Isabel entre ese mar de ropa negra. Por un momento la ve, pero pestañea y la ilusión se desvanece. No es ella. Claro que no es ella.

Inés tiene la barbilla levantada y los labios apretados, e intenta parecer valiente. Aun así, la hostilidad la golpea con tanta fuerza que Camino se da cuenta de que le tiemblan los brazos, por mucho que intente mantenerlos pegados a los costados. La chica nunca le ha parecido tan vulnerable ni tan valiente, y se pregunta si es así como la ve Isabel: frágil y temeraria. A lo mejor por eso se empeña en protegerla con todas sus fuerzas.

Titubea en la puerta. Por un instante, Camino está convencida de que se dará la vuelta y se irá. No lo hace, y ella sonríe. Inés, pequeña y decidida, avanza hacia uno de los bancos de la última fila y se sienta sola.

Todo el pueblo está allí. A nadie le extraña que hayan acudido las familias que solo pasan allí los fines de semana o el verano, pero ¿les inquieta la presencia de Inés? A Camino le parece tan irónico que le cuesta tragarse la rabia.

Los rumores no ayudan.

—¿Crees que ya lo sabía?

—Seguro que su hermana le contó lo que hizo.

—A mí se me caería la cara de vergüenza.

Camino oye todas las frases a medias y se esfuerza en no escuchar ninguna. No deja de mirar a Inés, que sigue en su banco con las manos en el regazo y los hombros tensos. Sola. No sabe qué va a hacer hasta que Sagrario la coge por la muñeca con delicadeza. Una caricia torpe y dulce que no basta para detenerla.

Se pone de pie antes de que Fernando acierte a decir nada. Antes de que Sagrario se atreva a sujetarla más fuerte. Siente las miradas que se clavan en ella como una lluvia fría, y el sonido de sus pasos parece reverberar en la iglesia con demasiada fuerza. El silencio palpita en sus oídos cuando se sienta en el banco con Inés. A distancia, para no intimidarla pero también para no dejarla sola.

—No hace falta que vengas —sisea la chica.

—No lo hago por ti —responde Camino en el mismo tono bajo, apenas audible.

Sabe que ese gesto no la ayudará a recuperar el trabajo ni a que dejen de hablar de ella. No es la mejor idea para librarse de las sospechas que puedan quedar. Pero le

da igual. Esta vez Isabel no está para proteger a su hermana, y sentarse cerca es lo único que puede hacer por ella.

Hay lágrimas sobrias y discretas. Hay oraciones largas y vacías. Hay un discurso quedo sobre planos divinos
y promesas de vida eterna. Inés aprieta los labios y los
puños. A ratos parece a punto de llorar, pero no lo hace.
Camino reconoce esa rabia que disfraza de tristeza. Ella
también odia cada instante desde que Manuel murió. No,
desde que encontraron su cadáver.

Siente que el frío de la iglesia se le cuela por debajo de
la ropa. Las palabras de don Diego se le atragantan.
Quiere preguntar qué clase de Dios deja a sus hijos sin
respuesta cuando sufren. Qué padre deja que se maten,
que se destrocen, con la promesa de una vida mejor, una
idea en la que tienen que creer sin pruebas, solo por la
palabra escrita en libros viejos e incomprensibles.

Pero Camino sabe que hay padres que abandonan. Incluso los hay que regresan cuando nadie los espera. A lo
mejor Dios no es cruel, solo es humano, y se ha cansado
de las peleas de sus millones de hijos desobedientes.

Inés se levanta en cuanto termina la misa. No lanza una
sola mirada a Camino, ni de agradecimiento ni de rencor.
Se escabulle entre los que salen a fumar. Ella se queda sola
en el banco y observa a los asistentes mientras se abrazan
y se secan las lágrimas. Abren heridas para sanarlas.

Su grupo se acerca, y no sabe si sus amigos le dirigirán
la palabra o la castigarán hasta que llegan a su lado. Sagrario se detiene y Fernando le sonríe.

—¿Esperamos fuera? Me he ofrecido a llevar el ataúd, pero...

Pero no son lo suficientemente importantes. Al parecer no importa que sus compañeros de la universidad le conocieran menos, ellos sí que están a la altura de los Villaseñor. Camino asiente y sale con ellos. La oscura frialdad de la iglesia da paso a un cielo de un azul radiante. Busca con la mirada la silueta de las montañas, como si necesitase recordarse que siguen ahí, que el mundo sigue, sólido, rodeándola. No queda el menor rastro de Inés, que ha desaparecido por las calles que la llevan a casa.

Recorren el camino juntos, detrás del ataúd, hasta el cementerio viejo, que se está quedando pequeño. Hablan de construir otro en las afueras, más allá del parque del Caño. Está a unos kilómetros y tiene una cuesta tan empinada que Camino supone que no podrán llevar el féretro en brazos. Se le pasa por la cabeza qué sucederá con ella el día que la entierren. Nunca le ha dado importancia, su muerte le parece algo lejano e insustancial. No la acompañará tanta gente, de eso está segura. Solo le gustaría que Isabel fuera con ella. También Fernando y Sagra. Y Álvaro y Verónica, pero no le sorprendería que, con el paso de los años, los hilos que los unen ya estuvieran rotos y desgastados, como una goma vieja.

A Camino le gustaría que, una vez muerta, lanzaran

su cuerpo al bosque y se lo comieran los cuervos. Que los insectos lo convirtieran en una casa de carne, cada vez más dura y cada vez más seca. Que sus huesos se quedaran en la montaña, el único sitio al que pertenece, y que a su alrededor crecieran zarzas o amapolas. No quiere un entierro señorial con un ataúd de madera oscura que —está segura— vale más que todos los muebles de su casa. Y se alegraría de que no hubiera la posibilidad de que una multitud de desconocidos con gesto grave la acompañaran e hicieran que su funeral pareciese un espectáculo más que una despedida.

Ha ido a más entierros. No recuerda el de su abuelo porque tenía los ojos y los pensamientos emborronados por la sal de las lágrimas, y una sensación pesada y palpitante entre las costillas. Pero en otros el ambiente pesado del duelo se interrumpía con una broma llena de cariño, una charla espontánea, un momento dulce del difunto que se compartía para aliviar la pesadez del duelo. No hay nada parecido en ese. Zarzaleda está sumergido en un duelo que no es capaz de sacudirse. Los cuentos acaban cuando la bruja muere, cuando el monstruo pierde el corazón, pero no cuando el cuerpo del héroe aparece roto en el bosque.

Solía pensar en la muerte como en un golpe corto, doloroso y sangrante: el sonido de huesos rotos, el sabor del óxido, un dolor aullante. Pero la muerte arrastra algo más denso y pesado. El duelo es un dolor distinto de la textura del lodo que se le pega a la suela de los zapatos.

Es un humo negro y denso que hace que los ojos lagrimeen y que se cierra en la garganta. Es la cicatriz que queda cuando la herida se cierra y el dolor palpitante que siempre aparece por sorpresa.

El cielo sigue de un azul claro y distante cuando llegan al cementerio. La familia de Manuel se coloca a las puertas para que todo el mundo pueda darle el pésame. El padre parece ocupar todo el espacio, desafiante, y su mujer mantiene los labios tensos a su lado. Adela espera a unos metros, con la espalda encorvada y la vista fija en los asistentes, como si pasara lista. Tal vez lo esté haciendo.

Eduardo se ha colocado un paso por detrás de sus padres. Intenta mantenerse firme, pero Camino adivina en la tensión de sus hombros sus ganas de desaparecer, de alejarse de allí o de hacerse invisible. Comprende que no es la única que lo compara con su hermano y se pregunta cuánta gente desearía que fuera al revés, que fuera Manuel, el hijo bueno, el que estuviera allí en vez de su hermano.

Raúl frunce el ceño al mirarla y, por un momento, se pregunta si va a echarla de allí a empujones. No lo hace. La chica susurra un pésame y él le da un apretón seco antes de volverse hacia Fernando. La madre de Manuel se esfuerza para no mirarla. Los ojos de Eduardo, en cambio, se iluminan un instante al verla. En ese momento, a Camino le gustaría capturar el verde de sus iris. Es el color de los fuegos fatuos y de las hojas del muérdago.

—Lo siento —musita ella, aunque no se refiere a la muerte de su hermano.

—Gracias —responde él con la sombra de una sonrisa.

La mano de Eduardo es suave y fría, estrecha la suya tres segundos más que la del resto.

Una vez frente a la tumba, el silencio es tan profundo que Camino nota su peso, y el jadeo de los empleados de la funeraria al dejar el ataúd en la fosa resuena con más fuerza. Incluso don Diego carraspea, intimidado por el silencio, para aclararse la voz y darle la última despedida. Camino no lo escucha. No ve el féretro. Se queda en las filas de atrás, esforzándose en no cruzar los brazos sobre el pecho.

Le gustaría sentir algo. Que los sentimientos fueran claros y sin recovecos. Una parte de ella, una grande, piensa que Manuel está mejor muerto. Sin embargo, al instante la culpa se le pega al paladar.

El alivio se junta con la tristeza por los momentos buenos en los que se quisieron. Las situaciones en que Manuel se reía de ella se mezclan con aquella ocasión en que le confesó que, a veces, la envidiaba, que le gustaría ser tan valiente como ella.

Aprieta los labios. Se siente mal por no estar triste, también por estarlo. Le gustaría que las personas fueran más sencillas, más lisas. Concentrarse en las cosas terribles que hizo Manuel, en todas las burlas, las bromas, las veces que hizo que Isabel se sintiera asustada; Sagrario, ridícula; Álvaro, pequeño. Sería un alivio saber que era mala persona y que está mejor muerto.

Le gustaría recordar las tardes que compartieron y las veces que se rieron juntos. Cómo defendía a Fernando cuando alguien se burlaba de su ropa vieja o de lo pequeña que era la casa en la que vivía con demasiados hermanos. Quedarse con lo bueno, como parecen hacer los demás, y perdonarle cualquier defecto, porque a los muertos se les perdona todo. No, no se les perdona, se les borra. Se les convierten en infantes libres de pecado, en santos que han superado todas las pruebas del infierno. Se les ensalza y se tallan sus recuerdos para dejarlos cada vez más limpios. Cada vez más brillantes. Cada vez más perfectos.

Adela está junto a la familia Villaseñor. Siempre cerca y siempre detrás, con la espalda encorvada, como si no tuviera motivos para mantenerse erguida. Se aleja hacia el final y pasa cerca de Camino sin mirarla. Llega hasta el elegante coche que la chica no sabe quiénes ni cuándo lo han acercado, y se permite un momento para maravillarse de que siempre haya una persona pensando en los detalles. Capaz de organizar la vida, el caos, el amor y la muerte.

La interna saca del vehículo un cesto de rosas y lo coloca a los pies de la tumba. El señor Villaseñor es el primero en coger una. Camino se da cuenta de que se le ponen los nudillos blancos por la fuerza con la que la sujeta antes de dejarla caer sobre el féretro de madera.

Su mujer, al contrario, coge una rosa con unos dedos tan débiles que la brisa podría arrancársela. Se pasa los pétalos por los labios; una lágrima se balancea en sus pestañas antes de recorrerle la mejilla. Camino se pregunta cómo puede ser que incluso las lágrimas la hagan parecer elegante.

No se le escapa que la flor que coge Eduardo es pequeña, con pétalos de color violeta oscuro, un tono marchito que, en esa circunstancia, le parece más adecuado. El chico deja caer la rosa con un gesto que puede parecer indiferente o contenido. Cuando acaba, la familia se aparta y deja paso a los siguientes.

Cuando Camino llega a la tumba, el féretro está cubierto de pétalos y espinas salpicados con desorden. Verónica ha roto a llorar y Álvaro la sostiene como si ese llanto no le retorciera las tripas. A lo mejor no lo hace, a lo mejor ya está acostumbrado. A lo mejor está tranquilo porque nadie sospecha que él haya podido matar al amigo al que le tira una rosa con cariño.

Camino duda y coge dos rosas. Una de su parte. La otra de parte de Isabel, que no ha ido y querría estar. Las dos caen enredadas en un abrazo del que solo se separan cuando chocan con la madera. Le gustaría bajar y volver a juntarlas. Si entierran su amistad, que sea de la mano.

El *flash* de una cámara la hace levantar la cabeza con el ceño fruncido y la mandíbula tensa. Uno de los periodistas de los diarios de la zona aún revolotea por el pueblo. Es de esos que hacen que la muerte de Manuel sea algo alarmante y urgente. Acaba de sacarle una foto justo cuando estaba inclinada sobre la tumba.

Aprieta los dientes porque es mejor contener la rabia que cruzar la distancia que los separa y lanzar la cámara contra el ataúd. Sagrario le pone una mano en el brazo y tira de ella con suavidad. Es difícil seguir enfadada con ella cuando se preocupa tanto.

—¿Nos vamos? —pregunta Álvaro.

—¿A dónde? —responde Fernando.

Camino lo entiende. Ir a casa de alguno sería extraño. A uno de los bares parecería frívolo. Ninguno tiene ganas de quedarse en el pueblo y ser el centro de las miradas, de los cotilleos y, con un poco de mala suerte, protagonista de otra foto que venda el duelo a unos desconocidos que solo quieren que caiga un culpable.

Verónica habla, decidida:

—Al castillo.

Es una pésima idea. Lo peor que podían hacer. Una forma de meterse en problemas, pero ninguno se opone.

Y en silencio, como siempre, Camino abre la marcha.

17

No siempre han ido todos juntos. Cuando un grupo de amigos se amplía, sus miembros se acostumbran a las ausencias, en especial con el paso de los años y el peso de las responsabilidades. Sin embargo, las ausencias nunca han resultado tan extrañas como en ese momento. Manuel, que no volverá. Isabel, a la que todo el mundo señala. Camino ya no sabe si siguen siendo un grupo o parte de algo mutilado. Tampoco por qué va con ellos. Tal vez porque no hay nada que parezca apropiado.

Álvaro se aparta tras darle un beso a Verónica y les dice que los alcanzará enseguida. Ella no tarda en encenderse un cigarro y darle una calada larga. Camino sigue adelante, como los muertos vivientes de las películas, que no sienten tristeza ni cansancio. Solo el hambre los mantiene activos. Pero ella tampoco tiene hambre; solo, a veces, un grito entre las costillas. No habla para que no se le escape. Es fácil, porque todos están callados. Tampoco se miran y, por suerte, Verónica no llora. «¿Fuiste tú?

—quiere preguntarle Camino—. ¿O fue tu novio?». Recuerda sus palabras: «Ni se te ocurra pensar que tuve algo que ver con eso». Pero sí que se le ocurre. Porque antes, al menos, era creíble que la sospechosa fuera ella. Ahora nada tiene sentido, y Verónica no lo comenta. No quiere hacerlo.

A lo lejos, un graznido suena a la acusación que no llega a hacer. Camino está convencida de que es un arrendajo y busca con la mirada entre las ramas de los árboles que los rodean. No distingue ninguna pequeña silueta parduzca con las alas moteadas de azul. Con los arrendajos nunca se puede estar seguro, sabe que con capaces de imitar el canto de otros pájaros. Si estuviera Isabel, lo comentaría. Si estuviera Isabel, la escucharía con una sonrisa, aunque le hubiera dado el mismo dato en otras ocasiones.

Pero Isabel no está; los que quedan caminan en silencio.

Álvaro los alcanza cuando están a punto de subir por la cuesta de tierra. Del manillar de la bicicleta cuelga una bolsa de plástico con el logo verde y rojo de Pryca que tintinea cuando se mueven las botellas en su interior.

Al llegar a la que ha sido su fortaleza siente la sensación de estar en un entorno que debería ser familiar y que ahora se ha hecho pedazos. A Camino le recuerda a lo que sintió el año pasado cuando se le cayó al suelo la taza que le había regalado su abuelo las últimas Navidades que estuvo con ella. Camino recogió los trozos tan centrada en unirlos que no se dio cuenta de que estaba llorando hasta que las lágrimas rodaron sobre la mesa. Era una taza horrible, con un pájaro alegre que saludaba entre las flores con los ojos desiguales y el pico torcido. Ni siquiera le había gustado cuando se la regaló, pero al romperla perdió un recuerdo de su abuelo. Y ya no habría otros, ya no podría reemplazarlo con uno nuevo. Así que se esforzó en colocar cada pieza y guardó la taza rota, fea e inservible en una de las estanterías de su dormitorio.

Camino ve con ojos de adulto esas ruinas que, durante su infancia, fueron un castillo: descubre grietas, moho en las paredes, la pasarela de madera en un equilibrio precario y todos los rincones mortales que convierten esa casa en una trampa. Por primera vez, le parece lógico que los padres de Verónica quisieran evitar que pasara tardes allí, y que el de Isabel le prohibiera que Inés los acompañara.

Siguen en silencio cuando Álvaro apoya la bicicleta en la pared de la entrada, de forma que quede oculta por las zarzas, como han hecho tantas veces; les resulta natural, un gesto mecánico. Camino cruza la puerta de la que cuelgan las tiras de plástico medio arrancadas. Mira al suelo con urgencia, con la necesidad de peinar el polvo y la arena hasta encontrar algo, lo que sea, una señal que apunte en cualquier dirección que pueda seguir.

Pero la zona ya está registrada; si puede encontrar algo, no será en el suelo. A lo mejor ese es el auténtico motivo por el que ha ido: quiere estar con lo que queda de su grupo de amigos para encontrar una frase errónea, una palabra que no encaje, una grieta en la fachada que le indique quién es el culpable.

Sube a la plataforma que hace de terraza y deja que el resto la siga. Verónica elige el sitio, el punto desde el que cayó Manuel. El lugar donde alguien lo empujó. Camino lo encuentra morboso, pero nadie protesta, así que se sientan en semicírculo, como si estuvieran en una misa privada, con vistas al corazón del bosque. Álvaro saca tres litronas y Fernando abre la primera, pero duda antes de llevársela a los labios. La diferencia entre un sacrilegio y un homenaje no está clara.

La primera en dar un trago es Verónica. Fernando la sigue y después todos se pasan la botella, como si intentasen crear un vínculo entre ellos o quemarlo. La chica se enciende un cigarro y las manos le tiemblan, aunque mantiene el rostro tranquilo.

—Nada será lo mismo sin él.

Verónica habla con una voz suave y ronca. Quizá lo ha hecho para sí misma, no parece esperar respuesta ni que le importe la reacción del grupo. Pero a Camino le importa. Se fija en que las comisuras de los labios de Fernando tiran hacia abajo, la boca de Sagra se paraliza y la mandíbula de Álvaro se tensa.

—Nosotros seguimos —se atreve a susurrar Fernando con una voz tan débil que hace que su frase se confunda con una pregunta.

Verónica arrastra una carcajada triste. Álvaro tiene la

postura muy recta y se vuelve a mirarla, repitiendo con una amabilidad teñida de rabia las palabras de Fernando:

—Nosotros seguimos.

—De momento —responde ella desafiante—. Manuel nos unía.

—Eso no es verdad. —Camino se sorprende al oírse tan tranquila y tan segura. Casi se siente orgullosa de sí misma—. Si alguien nos une es Isabel, y van a tener que soltarla. Ella no ha hecho nada.

Hay una advertencia triste en los ojos negros de Sagra, que se mueve para rozarle la mano. Camino quiere apartarse con un gesto brusco. También entrelazar sus dedos con los de ella para sentir el calor y la suavidad de su tacto. No hace ninguna de las dos cosas, solo aguanta otra carcajada con sabor a veneno de Verónica, que echa la cabeza hacia atrás y mira hacia el techo con un gesto dramático.

—La dulce Isabel. Es cierto lo que dicen, las mosquitas muertas son las peores. —Intenta mantener la sonrisa, aunque tiembla de rabia al coger la botella y dar un trago demasiado largo. Tose y se lame los labios antes de seguir—: Tiene gracia, pensé que habías sido tú. Siempre se te ha dado bien lo de arrastrarte por tu amiguita.

Hay algo más maligno que el veneno en esa frase, en cómo pronuncia «amiguita», poniendo el peso en cada sílaba, como si quisiera avergonzar a Camino. Como si su amistad estuviera torcida y encontrase un oscuro placer al señalarlo.

—Isabel no es una mosquita muerta —responde esta con los puños cerrados—. Solo demasiado buena y con demasiado aguante.

—Aguantaba para que Manuel le diera lo que quería y la paciencia se le debió de terminar la semana pasada. —Verónica es rápida como una víbora.

Camino solo se contiene porque la mano de Sagra sigue apoyada en la suya. Se vuelve hacia ella, que traga saliva y desearía estar en cualquier otra parte.

—¿De verdad creéis eso? ¿De verdad creéis que Isabel es capaz de matar?

—Encontraron lana de su jersey entre las zarzas.

—Menuda gilipollez —resopla Camino—. Hay miles de jerséis parecidos.

—¿No te lo ha contado Sagra? —Fernando la mira casi con pena—. Encontraron su jersey roto en la basura. Con sangre de Manuel.

—No saben si es sangre.

—Es sangre —susurra Sagrario, reticente—. Y es de Manuel. Lo buscaron porque esa noche hubo un testigo.

—¿Un testigo? —pregunta Álvaro interesado.

—Una vecina, supongo que Rosa, se despertó de madrugada. Vio a Isabel volver sola a casa y dijo que parecía asustada.

Camino se inquieta. Una prenda de ropa rota no es un cuchillo, no es un arma ni una piedra marcada con la sangre de un crimen y las huellas del asesino. Lo que cuente una vecina cotilla tampoco prueba nada. Le parece insuficiente, aunque tiene que esforzarse para mantenerse firme. No esperaba que hubiera algo que relacionara directamente a su amiga con el lugar del crimen.

—Era el jersey que llevaba esa noche —musita Álvaro.

Camino quiere odiarlo, aunque sea una sola frase sin entonación ni malicia.

Es simple y cierta, Camino también lo recuerda.

—Lo ha llevado cientos de veces —replica—. Lo ha traído aquí muchas noches. Las hebras de lana pueden habérsele caído en cualquier otro momento.

Es consciente de que Sagrario no quiere responder porque odia el enfrentamiento y no pretende volver a llevarle la contraria. También porque quiere a Isabel y porque sabe que cada palabra que diga hará que las dudas crezcan y desgarren la confianza que tienen en su amiga. Pero cede al peso del silencio expectante del grupo:

—La lana que han encontrado estaba entre las zarzas, cerca de... del cuerpo. Y coincide con la del jersey de Isabel. No es que sean todos iguales: mi hermano dice que el detergente cambia la ropa. El roce, el uso, el perfume, el paso del tiempo... Sabrían si es de un jersey hecho con la misma lana o del de Isabel, y dicen que no hay ninguna duda. Que...

—Pues tiene que haberla —interrumpe Camino—. Porque no ha sido ella.

—¿Tienes algo que confesar?

En otro momento, la broma de Verónica se hubiera quedado en eso, en una broma de mal gusto. Camino le enseña los dientes. Sagrario aumenta la presión de la mano alrededor de la muñeca de su amiga, intentando calmar a la fiera antes de que muerda.

—Mi hermano dice que deben encontrar algo más o esperar a que confiese —continúa Sagrario—. Esto es una prueba, pero no la condenaría. Y han encontrado la piedra con la que lo mataron, pero las huellas no sirven. Las ha borrado la lluvia y no están claras.

Camino niega con la cabeza despacio.

—¿De verdad os imagináis a Isabel cogiendo una piedra y rematando a alguien a sangre fría?

Nadie responde. Porque no son capaces. Porque, aunque hubiera más pruebas y todas la señalaran, la realidad es que ninguno puede imaginar a Isabel haciendo algo tan frío. Si hubiera habido un forcejeo y Manuel hubiera muerto por el impacto, a lo mejor Camino no podría convencerles. Pero ¿bajar por esa rampa de guijarros y zarzas, buscar una piedra lo suficientemente grande y golpear a un Manuel herido e indefenso con ella?

—Si estás tan segura, no sé por qué te preocupas —dice Verónica—. Encontrarán a quien lo ha hecho.

—O tendrán demasiadas ganas de encerrar a alguien y la culparán de todas formas.

—No digo que sea ella, pero lo que no entiendo es cómo llegó ahí su jersey si Isabel no tiene nada que ver —dice Álvaro en tono cauto.

—Puede ser una trampa —responde Camino. Sus palabras saben al metal de un fusil con el que amenazar—.

A lo mejor alguien quería matarlo y salir impune. O a lo mejor alguien quería culparla.

Esta vez la carcajada de Verónica se parece más a un bufido.

—No somos un grupo de millonarios de Los Ángeles, vivimos en un pueblo perdido de la mano de Dios. Aquí nadie incrimina a nadie como si fuéramos mafias o espías. A nadie le importamos tanto.

—Entonces ¿qué? —Camino entorna los ojos.

Verónica le devuelve una sonrisa vacía, todo dientes y humo.

—Es más fácil pensar que tu amiguita perdió la cabeza.

Camino no sabe si hubiera saltado sobre ella para cargarse esa sonrisa de un puñetazo si Sagrario no la estuviera sujetando. Le sorprende que sea Álvaro el que responde a Verónica, porque nunca la contradice:

—Nuestra amiga. Isabel era amiga de todos. Es… supongo.

—De unos más que de otros. Manuel no era el único que estaba loco por ella.

Camino siente un golpe en el pecho. La sangre se le acumula en las mejillas y sus amigos desvían la mirada. Menos Verónica, que alza la barbilla sin perder la sonrisa. Camino se la devuelve: aprieta los labios en un gesto áspero y frío. Porque la respuesta es fácil, amarga, demasiado tentadora para no escupirla:

—¿Igual de loca que tú por Manuel? Al menos yo no tengo que engañar a nadie para pasar tiempo con ella.

La mandíbula se le cae como si acabara de golpearla. Casi se puede oír el eco de la bofetada. Pero no solo a ella. Aunque no fuera su intención, Álvaro también la mira con los labios entreabiertos y una expresión herida. Camino sabe que se arrepentirá de lo que acaba de decir, aunque no sea capaz de hacerlo en ese momento.

Verónica hace una mueca y Camino cree que quiere pegarle. Desea que lo haga, que le lance la botella o esas uñas tan largas y afiladas que pueden arrancarle la piel.

—Eres una zorra, ¡eres una zorra!

Llora y grita, pero no la golpea. Y eso es mucho peor. Porque esta vez Álvaro no la abraza ni la detiene cuando se levanta. Ella boquea, le lanza una mirada perdida y una súplica muda. Álvaro coge la botella y se la lleva a los labios, aunque tenga la garganta tan tensa que le cueste tragar. Verónica se va; esta vez, no la sigue.

No es justo. Camino no quería romper a Álvaro, solo herir a Verónica. Sagrario se levanta con un suspiro y va a buscar a su amiga. Fernando, tras una mirada de disculpa, las sigue. Camino se abraza las rodillas y se vuelve en dirección contraria al sendero por el que desaparecen, al lado de un chico que siempre ha sido su amigo y que en ese momento tiene toda la razón del mundo para odiarla. Alguien que intenta mantener la compostura, aunque las grietas dejan ver un interior desmoronado. Álvaro sigue bebiendo y Camino finge que no se da cuenta de que está llorando. Ella coge otra de las litronas, pero tiene el estómago demasiado revuelto.

—Lo siento —susurra con voz seca.

Él se encoge de hombros. Luego se seca la cara con la manga.

—Pensaba que no lo sabíais.

—No lo sabíamos. Lo siento. —La respuesta es desganada pero sincera—. Me lo contó el otro día. No tendría que haberlo dicho.

—No. La verdad es que hubiese sido mejor no decir nada. Sería menos humillante —responde él con una sonrisa amarga—. También hubiera preferido que Verónica no fuese aireando lo triste que es nuestra relación, y hubiese estado muy bien que no se hubiera acostado con Manuel a mis espaldas.

El viento hace que Camino se estremezca. El cielo sigue de un brillante y cruel azul celeste. Una tormenta pende entre ellos, pero las nubes no se encuentran en el firmamento, sino entre sus costillas.

18

Es viernes. Camino no tiene fuerzas para salir de casa. Está tendida en la cama, oyendo la lluvia y los truenos, cada vez más lejanos. Con los párpados cerrados, puede imaginar que está en la casa en que creció, y casi le parece escuchar la voz de su abuelo desde la cocina: «Las tormentas que septiembre terminan, invierno y años malos vaticinan».

Tiene la cabeza pesada y los ojos llenos de sal que no se derrama. Esa mañana ha ido a casa de Isabel. Esta vez ni siquiera le ha pedido que se fuera. Se ha negado a hablar con ella y Camino ha tenido que dar media vuelta antes de perder el control y arañar la estúpida puerta que las separaba.

Sus pensamientos se entrecortan, se interrumpen y se difuminan. Pierden el sentido antes de formarse. Se parecen a esas leyes vagas que rigen los sueños. Desea con todas sus fuerzas estar en uno.

Haría lo que fuera por Isabel. Más de una vez se ha

sorprendido pensando que daría la vida por ella, que sería capaz de cualquier sacrificio. Aprieta los labios al pensar en la acusación envenenada de Verónica. No está loca por ella... ¿O sí?

Nunca ha sido enamoradiza. No ha tenido novios, pero tampoco ganas de tenerlos. No siente nada por la mayoría de los chicos de su edad, ni siquiera por los que son un poco mayores. Le incomoda pensar que pueden sentir atracción por ella. Alguna vez ha pensado que, si fuera un chico, trataría a Isabel mejor de lo que Manuel lo hizo nunca. A lo mejor tampoco sería lo bastante buena para ella, pero intentaría que siempre se sintiera cómoda y querida. No le robaría besos, intentaría ganárselos. Pero Camino no es un chico ni quiere serlo. Si no fuera una mujer, querría ser parte del bosque, donde esas preguntas no interesan ni importa el cosquilleo que siente en el estómago cuando Isabel la coge del brazo.

Y ahora que Isabel necesita más ayuda que nunca es incapaz de hacer nada. Se le pasa por la cabeza la idea de entregarse, asegurar que ella cometió el crimen. ¿Bastaría su palabra para que la encerrasen? Tantea la idea una y otra vez, sin que llegue a parecerle lo bastante sólida.

Una vez oyó decir que el infierno no es un laberinto de llamas, sino celdas oscuras y cerradas. Que, a través de las paredes, escuchas los gritos de agonía de tus seres queridos. Que les oyes suplicar y rogar por la muerte, pero no puedes hacer nada.

Camino tiene un pie dentro del infierno y es incapaz de moverse.

El teléfono suena pero esa mañana no está dispuesta a cogerlo. No tiene fuerzas para otra mala noticia que la desmorone. En vez de eso, se pone un chándal del gris más anodino, de tela suave y gastada, coge las llaves y sale de casa. Cruza las calles con paso acelerado y la mirada fija en el suelo para que nadie pueda detenerla. Como si tuviera prisa. En realidad, la tiene. Podría parecer que evita la lluvia, aunque lo que evita son las miradas. Espera que nadie note la diferencia. Llega al sendero de tierra y echa a correr. Quiere cerrar los ojos. Conoce tan bien el terreno que siente que podría hacerlo y no chocar con nada. La respiración se le agita, hasta que su corazón se acostumbra al ritmo y se vuelve constante. El pulso se acompasa con el sonido de sus pasos sobre la tierra. Camino corre, corre sobre su infancia y sobre sus problemas. El aroma pegajoso de las jaras, tan dulce que durante un tiempo se recolectaba para hacer jarabes o chucherías. Los ha probado, aunque terminara por escupirlos.

Corre más rápido cuando los pensamientos empiezan a tomar formas amenazantes de grilletes de sombra o a tintarse del color miel de los ojos de su amiga. Corre; se concentra en el siguiente paso, en la siguiente cuesta, en el pinchazo del flato en las costillas, en el olor de los árboles y la tierra húmeda. Le gustaría correr hasta que no quede nada de ella, convertirse para siempre en la brisa que recorre el bosque. Dejar atrás los problemas y una vida que nunca ha tenido sentido del todo, pero el cansancio la atrapa y sus piernas se vuelven pesadas en las cuestas. Cuando llega al castillo en el que compartieron su infancia, se derrumba bajo una lluvia que, ahora sí, cae con fuerza.

Mira esa cabaña que se convirtió en ruinas, que no llegó a ser una casa de verdad. «Si el destino existe —piensa—, hay vidas predestinadas a torcerse. Si hay un dios que elige amar a unos, también descarta a otros». Le viene a la mente el destino trágico de los inocentes que se ofrecen para el sacrificio, pero nunca se ha dado cuenta de que hay algo aún peor: líneas torcidas, hermanos nacidos a la sombra del hijo preferido o amigos elegidos para la traición.

«Si hay un plan, ¿cuál es mi papel?». Estaba preparada para cargar con un crimen que no era suyo, pero no para dar la espalda a Isabel. La lluvia cae sobre ella y, jadeante, mira el refugio en el que tantos momentos han compartido. No es capaz de entrar. Lo rodea y trepa por las piedras. No busca nada en la casa, solo se acerca a las zarzas sobre las que cayó Manuel.

Sus deportivas resbalan en la piedra húmeda y se golpea la rodilla. Ahoga un grito y se levanta con cuidado. Las espinas de las zarzas se estiran como uñas que intentan atraparla.

Se sujeta mejor antes de volver a bajar. Encuentra el sitio sobre el que Manuel estuvo tendido: las ramas de las zarzas se hundieron bajo el peso de su cuerpo. Busca una piedra, un arma, algo que haya escapado al escrutinio de la policía. Algo que hayan usado para matarlo, que tenga un rastro que no lleve a Isabel. «Demasiado tarde —dice una voz en su cabeza—. Llegas demasiado tarde».

Ve algo rojo en una zarza; al principio cree que es sangre. Pero no lo es, es una hebra de lana traidora que coincide con el color del maldito jersey preferido de su amiga. Estira la mano y la arranca de un tirón, sin importarle que las zarzas le arañen el brazo.

Camino busca entre las rocas y las zarzas. Bajo la lluvia y entre el musgo que se esfuerza en tirarla al suelo. Busca, pero no encuentra nada nuevo. Es demasiado tarde, se le acaba el tiempo. A cada segundo, el futuro de Isabel es más negro. Y esta vez no encuentra la forma de ayudarla.

Se sienta sobre una roca con la sudadera pesada por la lluvia y el pelo empapado. Con los hombros caídos y la mirada tan insistente como esa lluvia que no cesa, que cae con tanta fuerza como si quisiera derrumbarla. A ella, a su fortaleza, a esos recuerdos de una vida que ahora parecen falsos y se derriten como algodón de azúcar cuando los roza el agua. ¿Isabel estuvo allí esa noche? ¿La lana que se ha enredado en el anular es de su jersey? ¿Es capaz de matar? Peor aún, ¿es capaz de mentirle?

¿Y si no la conoce?

Aprieta los puños. El mundo entero puede darle la espalda, pero no conseguirá engañarla. Isabel es inocente. Si nadie la cree, deberá demostrarles que se equivocan. Aunque tenga que encontrar ella misma al asesino. Aunque tenga que arrancarle una confesión de entre los dientes.

La vuelta es lenta. Tiene los calcetines empapados y el corazón lento. La lluvia cae con menos fuerza, pero sigue densa; se le derrama por la frente y la hace pestañear. El trayecto dura una eternidad, y los dientes le castañetean por el frío húmedo cada vez que se levanta la brisa de la sierra. El invierno empieza a asomar la cabeza.

No hay nadie en las calles cuando llega al pueblo. No sabe si la miran desde las ventanas. Supone que sí, y por eso camina cerca de las paredes, buscando las sombras y los recovecos. El gemido de la puerta de su patio parece más lastimero que intenso. Vuelve a pasarse la mano por la frente y arrastra la vista por el suelo; por eso no se da cuenta de que hay luz en casa.

Lo nota cuando abre la puerta. Aturdida, piensa que el calor no corresponde a una casa fría, y entonces percibe el olor penetrante de la estufa, la luz y esa calidez en el ambiente que tiene más que ver con otra presencia que con la calefacción.

—¡Estás chorreando! Pasa, Camino. Pasa...

Su madre la coge de la mano. Quiere apartarse con un gesto brusco, pero está aterida y le cuesta coordinar los pensamientos. Se siente pequeña, como cuando le pillaba la tormenta volviendo del colegio a casa. Esos años en que guardaba en el fondo de la mochila la manualidad que hacían en la escuela por el día de la Madre y la tiraba a la basura en cuanto llegaba. Esas tardes de domingo en que se preparaba para la visita de esa extraña y se miraba al espejo tratando de buscar qué era eso tan horrible que tenía y que hacía que todos quisieran abandonarla.

Por eso le parece tan irreal que la guíe hasta el baño, que la ayude a quitarse la sudadera y que abra el agua para que empiece a salir caliente antes de dejar una toalla limpia sobre el lavabo. No es una niña pequeña, aunque se sienta así. Y no la necesita, aunque se deja hacer con una expresión confundida y quizá estúpida. Rebeca empieza a llenar la bañera y, por un momento, Camino está convencida de que va a abrazarla.

Por suerte no llega a hacerlo. Está segura de que tendría que empujarla o romperse.

—Preparo un café con miel para cuando salgas. ¿O quieres una manzanilla?

Ella niega con la cabeza. Preguntarle desde cuándo se preocupa por ella le parece demasiado complicado. Puede empezar por un «¿Qué haces aquí?», pero no sabe si será capaz de articular palabras. Así que se limita a sentarse, en silencio, en el borde de la bañera. Nada tiene sentido, pero está helada y al menos no tiene que pensar en el siguiente movimiento.

—Venga, cariño.

—No me llames así —se oye mascullar—. No finjas que te importo.

—Pero sí que me importas.

Camino se lleva las manos a la cabeza. Con suavidad,

Rebeca apoya una de las suyas en la espalda de su hija. Esta se aparta con un gesto brusco.

—No te importo. Nunca te he importado. Te fuiste y solo volviste a por mí porque no te quedaba más remedio —sisea sin mirarla.

—Sigo aquí. Podría no haber vuelto, y lo hice. Por ti —le recuerda su madre—. Por ti, aunque odie este sitio.

—No te pedí que vinieras.

—Pero lo necesitabas. Aún me necesitas.

Camino no está preparada para sentir el peso de la culpa ni para olvidar el rencor. Así que se dirige a la bañera y le da la espalda a su madre hasta que ella cierra la puerta.

Se quita la ropa de forma mecánica. Tiene arañazos en las manos y en los antebrazos, tierra en las uñas y la rodilla derecha le duele al doblarla. Se mete en el agua y se estremece con su calor. Se abraza las piernas y contiene el aliento hasta que su cuerpo se aclimata. Hacía tiempo que no se daba un baño, es mucho más práctico y barato conformarse con una ducha rápida. Extiende la mano para cerrar el grifo y, antes de empezar a enjabonarse, se queda quieta, mirando fijamente las islas gemelas en las que se han convertido sus rodillas. La derecha comienza a amoratarse. Coge la esponja y se la pasa por la piel. Primero despacio, luego con fuerza. Como si pudiera limpiarse el golpe como si fuera barro. Como si pudiera hacerlo. Lo único que quiere es sentir algo que haga que el mundo parezca real. Aprieta los dientes. Tiene un grito atascado en la garganta y las lágrimas que no ha sido capaz de sacar le arañan los párpados.

Cierra los ojos y se desliza por la porcelana para que el agua caliente le roce las costillas, le cubra los pechos y le llegue a los hombros. La siente bajo la barbilla y coge aire antes de seguir bajando. Cuando le besa los labios recuerda a Isabel, tan pálida y asustada. Piensa en la mirada de odio de Verónica y en su dolor sangrante al hablar de Manuel. El agua le alcanza los pómulos y recuerda la derrota en los gestos de Álvaro, lo triste que se debe sentir al saber que su novia sigue queriendo más a Manuel, incluso muerto. El nerviosismo en las manos de Fernando. Las orejas se sumergen cuando piensa en Sagrario y en esa mirada inteligente y triste, la de quien se ha resignado a soñar en voz baja y a vivir con los hombros hundidos, escondiendo los libros que lee y los poemas que escribe. Piensa en su madre, que no la quiere, pero que vive en un pueblo que odia por ella. Ya la abandonó una vez, seguro que puede repetirlo. Pero no lo ha hecho, y Camino no sabe cómo actuar ante eso. Qué pensar o qué sentir. ¿Cómo confiar en alguien que no la quiso cuando era la única persona obligada a quererla?

El aire presiona los pulmones de Camino. Su pelo flota a su alrededor como algas oscuras y enmarañadas. Abre los ojos para ver un mundo torcido y deforme. Recuerda la sonrisa afilada y amarga de Eduardo, que nació a la sombra de un hermano perfecto y que tendrá que vivir a la sombra de un hermano muerto. Y piensa en

Manuel, tan decidido y engreído. Tan caprichoso y admirado. En su cuerpo desmadejado y enredado entre las zarzas.

Pero sobre todo piensa en la roca que acabó con su vida. Y en la mano que la sujetó. No puede ser Isabel, aunque tampoco entiende qué hacía esa noche allí. Daría cualquier cosa por ella, pero no puede hacer nada. Se le acaba el aire y el tiempo.

Camino grita.

Y los gritos no se escuchan.

Depresión

Fecha: 15 de septiembre de 1986
Nombre del testigo: Álvaro Hernández Cobo
Fecha de nacimiento: 19/08/1963
Ocupación: Albañil
Relación con la víctima: Amigo
Hechos: Su novia ha reconocido haber mantenido una aventura con la víctima a sus espaldas.
Comportamiento durante la entrevista: Se muestra precavido. Se toma su tiempo antes de elegir las palabras. No profundiza en las respuestas. Se define como amigo íntimo de la víctima, pero no expresa mucho pesar. Cuando se le pregunta sobre la relación que mantenían su novia y la víctima, se muestra más hermético. Solo vuelve a hablar con actitud colaboradora cuando se le pregunta sobre la discusión en el bar del viernes 11, antes de que Manuel desapareciera.

Declaración del testigo: «[…] No estuve al principio de la discusión, pero imagino que Camino le gritó para que dejara tranquila a Isabel. Tiene una relación muy protectora con ella. ¿Perdón? No, no creo que Isabel estuviera nerviosa. Sí, supongo que le gustaban las atenciones de Manuel. Es decir… era el chico más rico del pueblo, iba a la universidad, el guapo y todo eso. Creo que a Isabel le gustaba el juego. A casi todas, imagino. No, nunca hubo nada entre Camino y Manuel. Si ella estaba celosa, sería de Isabel, no de él».

Coartada: Álvaro Hernández pasó la noche con Verónica Andrés. Los dos aseguran haber llegado a casa a las 01.30, hablado un rato y haberse dormido sin notar movimientos del otro ni nada que les perturbase el sueño.

19

Santiago le ha dicho que puede volver. La ha pillado por sorpresa; estaba segura de que iba a curarse en salud y que era fácil de reemplazar. La construcción da trabajo a los del pueblo y a los extremeños, aunque cada vez se integren menos, y muchas veces las mujeres buscan trabajo arreglando ropa o limpiando casas. Pensaba que cualquiera de ellas podría ocupar su lugar, pero a lo mejor Santiago aprecia lo silenciosa que es en el trabajo o la experiencia que tiene.

No se lo ha dicho personalmente porque Camino no ha vuelto a coger el teléfono. Lo ha descolgado su madre. Se lo ha dicho en tono suave mientras desayunan juntas.

En realidad, no está segura de que eso cuente como «desayunar juntas». Cada una está sentada en una punta de una mesa que no es ni la mitad de larga de lo que parece. Camino ha preparado café para las dos y Rebeca ha llegado con churros. La televisión, de fondo, pierde conexión y la imagen se congela por un instante en mitad de sus desventuras. De todas formas, es un episodio repetido al que ni Rebeca ni Camino están prestando atención.

Las dos desayunan en un silencio interrumpido de forma artificial por comentarios de Rebeca que Camino escucha, pero no es capaz de responder. No tiene fuerzas para conversar con ella. Tampoco para discutir. Ni siquiera las ha tenido para dormir. Ha pasado la noche mirando el techo, buscando una posición en la que las mantas no la molestaran o no se volviera agobiante la opresión que siente entre los pulmones. A ratos cortos ha caído en sueños breves y caóticos de los que ha despertado aún más ansiosa que antes de cerrar los ojos.

Camino muerde un churro, le parece que sabe a cartón empapado en aceite. Mastica lento, con desgana, respondiendo con monosílabos a las frases de su madre hasta que le habla de la llamada de Santiago.

—Me dijo que volvieras el lunes, que todo está más calmado. —Rebeca toma un sorbo de café y deja la taza en la mesa con el mismo cuidado con el que elige las palabras—. No sabía que te había echado.

—Me dijo que dejara de ir unos días —dice con desgana. Podría añadir que ni siquiera está enfadada, que lo entiende. Contratar a una posible asesina no es la mejor estrategia para mantener a flote una empresa—. No esperaba que me pidiera que volviese. Al menos no tan pronto.

Añade ese «tan pronto» porque no necesita la preocupación de esa compañera de piso que una vez la dio a luz.

La cercanía que han alcanzado en esas últimas horas ya es lo bastante incómoda para que no sepa qué hacer con ella. En realidad, no esperaba que volviera a llamarla. Sí, Camino hace su trabajo y hay días que Santiago la necesita en la tienda, pero está convencida de que deseaba librarse de ella.

Como todos, en realidad. Un perro puede sobrevivir si su madre lo abandona en las primeras semanas, pero la mayoría tienen luego algo extraño, una dependencia exagerada de su dueño o una desconfianza hacia humanos y animales que complica sus relaciones. Camino ya no es esa niña silenciosa que no sabía relajar los músculos cuando la abrazaban. Se ha convertido en una adulta que hace todo lo posible para que ya nadie quiera abrazarla.

Solo Isabel, pero ahora ella no puede hacerlo.

—Se te están enfriando —dice su madre señalando al churro que sujeta en la mano y a los que ha dejado en la servilleta.

Encoge un hombro con el estómago demasiado revuelto para dar otro mordisco. Rebeca bebe otro sorbo de café, uno tan minúsculo que Camino está convencida de que lo hace para tener algo en las manos y los labios ocupados. Al menos mientras reúne el valor que necesita para mirarla con el mismo cuidado con el que se observa a una fiera herida antes de hablar de nuevo:

—Me he enterado de que tienen el ojo puesto en Isabel.

Camino se sorprende al oír la carcajada. O ese ruido que debería parecerse a una carcajada. Suena como el chasquido de la corteza de un árbol seco derrumbándose. Y le deja en la boca sabor a sal y óxido.

—Lo siento mucho. Sé que era tu amiga. —añade Rebeca.

A Camino le parece sentir alivio en sus palabras. Al menos su hija no está en el punto de mira. Es la madre de una bestia, pero no de un monstruo. O no de uno de los que matan.

—No ha sido ella —responde Camino—. Y sigue siendo mi mejor amiga.

—Lo que te haya dicho...

—No me ha dicho nada —la corta—. Pero la conozco. Isabel sería incapaz de hacer daño a nadie.

Ya se ha enfrentado a situaciones parecidas. La conoce. Por mucho que Sagra hable de personas que no son buenas ni malas y de situaciones ante las que estallas. Puede entender que lo piense, más aún si ya era sospechosa cuando Sergio hablaba de las pruebas que estaban encontrando, las que apuntaban a Isabel. Pero no puede estar de acuerdo.

No puede ser real.

Rebeca casi se ha terminado el café. Aún sostiene la taza como si el líquido que le queda fuera muy valioso. O como si tuviera todos los secretos que a Camino se le escapan y estuviera pensando en cómo dárselos sin que la ahogaran.

—A veces creemos conocer bien a la gente que tenemos cerca —empieza con voz suave—. En especial, a los que queremos. Y como los queremos podemos pasar por alto muchas cosas sin darnos cuenta. Porque estamos acostumbrados a ver su mejor versión.

Camino nota que se le tensa la piel. Su cuerpo es una muralla que se cierra cada vez que cree que alguien intenta hacerle daño. Si no estuviera tan cansada, respondería de forma ácida. Preferiría que su madre se metiera con ella antes que con Isabel. Intenta evadirse, alejarse de su cuerpo, dejar de escuchar a Rebeca, que sigue hablando con el mismo cuidado con el que caminaría sobre el hielo.

—Sé que Isabel es tu mejor amiga y que crees que la conoces. Y seguro que así es, pero siempre hay partes de uno que se pueden quedar en las sombras.

«La conozco mejor de lo que te conozco a ti —está a punto de decir—. Porque ella estaba cuando tú todavía no habías decidido volver».

Su madre se le adelanta.

—Me pasó con tu padre. No es lo mismo, claro que no. No mató a nadie, solo me abandonó cuando me quedé embarazada.

Camino pestañea y se concentra en mantener la boca cerrada. Su padre. El hombre que ha imaginado tantas veces, el que ha buscado en rostros de extraños, en nombres de las noticias y en anécdotas de quienes conocían a su madre antes de que se marchara. El misterio del que nadie quería hablar, envuelto en un silencio tan trágico, tan denso, que más de una vez lo había imaginado sufriendo una muerte dolorosa.

Rebeca nunca había querido hablar de él. Ni siquiera

contestar a preguntas tontas, como si era alguien del pueblo o de qué color tenía los ojos. Ni siquiera el día que Camino cumplió los dieciocho años y le dijo que era el único regalo que quería de ella.

En ese momento, su madre desenvuelve esas palabras con la misma atención con la que se limpia una herida que lleva demasiado tiempo infectada. Camino se inclina hacia ella. Entrelaza los dedos bajo la mesa, exhala despacio y la escucha.

—Sabes que era muy joven. Catorce años al conocerle. Quince al empezar a salir. A los dieciséis tenía claro que no querría a nadie con tanta fuerza. Él me decía lo mismo, y puede que aún sea un poco ingenua, pero sigo pensando que en ese momento era sincero. Hablamos de los sitios a los que iríamos juntos, de la casa en la que viviríamos, junto al mar, para pasear a diario por la playa. Imaginábamos el día de nuestra boda, que tendría que ser un sábado de luna llena. Y lo conocía, Camino. Lo conocía tan bien que a veces me parecía que no éramos dos personas, más bien extensiones de nuestros propios cuerpos.

Camino se remueve en la silla. Es una conversación incómoda. No sabe cómo llevan otras personas el hecho de hablar con su madre respecto a cómo conoció a su padre y cuánto se quisieron. Al menos con ella no tiene una relación tan íntima. A él ni siquiera es capaz de ponerle cara. Aun así, le resulta desconcertante y desagradable. Como si al morder una manzana encontrase un toque salado que no pertenece a la fruta.

No le pide que pare. La curiosidad es mayor que el rechazo. Por primera vez se abre una ventana que le permite saber algo de ese misterio bajo el que ha crecido: la figura de su padre. Camino se inclina aún más sobre la mesa, ansiosa y asustada a la vez. Siente vértigo. Es fácil idealizar a un amigo imaginario o a una figura mitológica de la que no se sabe nada. Pero las palabras de su madre son luz, una luz parcial que dibuja sombras que se verían distintas si se cambiara de ángulo, pero tampoco son mentira, solo una verdad a medias.

—Y entonces me quedé embarazada —continúa Rebeca—. Fuiste un accidente. Lo primero que sentí fue miedo. También algo de emoción, era así de estúpida. No habíamos hablado de hijos, pero tampoco los habíamos descartado. Y estaba tan segura de lo mucho que nos queríamos… Así que se lo dije.

—¿Y se enfadó? —se atreve a intervenir Camino.

Camino se esfuerza en mantener un tono monocorde. Prefiere fingir que controla lo que pasa. Las risas enlatadas de la televisión parecen llegar de otro mundo, de una de esas estrellas tan lejanas de las que sigue llegando una luz que en realidad ya se ha apagado.

—No —responde Rebeca. Cuando Camino deja escapar el aire, se da cuenta de que estaba conteniendo el aliento—. No. Se quedó muy sorprendido. Casi no reaccionó. Luego me abrazó y me dijo que todo saldría bien.

—¿Entonces? —exige saber ella, y frunce el ceño—. ¿Lo dejaste tú? ¿No era lo bastante bueno?

Rebeca niega con la cabeza. Camino se da cuenta de que necesita unos segundos para reunir fuerzas y seguir hablando. Durante esa breve conversación, cada palabra tiene espinas que se le traban en la lengua, por mucho cuidado que ponga al decirlas.

Siente un tirón en el estómago. Piensa que no es tarde para levantarse y dejar esa conversación a medias. Seguir con un padre ausente tan perfecto como una deidad olvidada. Dejar con su madre esa distancia fría que nunca ha sido cómoda, pero a la que está acostumbrada.

Pero no se va.

Rebeca coge aire y sigue hablando.

—Seguimos adelante, como siempre. Y entonces... desapareció. Habíamos mantenido oculto el embarazo hasta saber cómo decírselo a nuestras familias. Queríamos hacerlo juntos. Pero una tarde no vino a buscarme. Cuando fui a su casa, sus padres me miraron de una forma que... como si estuviera cubierta de barro, de sangre o de algo aún más asqueroso. Y me dijeron que se había ido con sus tíos para estudiar en Bilbao.

Camino se sujeta a la mesa para contenerse. Quiere levantarse o dar un golpe que relaje el ambiente. Tiene que detener a su madre antes de que siga hablando. Ya ha oído lo que necesitaba sobre su padre, cómo empezó la historia. No quiere saber cómo acaba.

Porque en el fondo ya lo sabe, aunque se haya empeñado en pasarse toda la vida ignorándolo.

—Intenté llamarle. Conseguí la dirección de sus tíos

acosando a amigos suyos y le escribí varias cartas. Estaba tan desesperada… Por aquel entonces mi familia se enteró de lo que pasaba. Mi madre me cruzó la cara después de llamarme guarra. Mi hermana mayor dijo que tendría que haber cerrado las piernas, que se casaba ese año y no quería que eso le estropease la boda. —Rebeca sonríe; es una sonrisa amarga, al borde de las lágrimas—. A veces no te das cuenta de lo horrible que es tu propia familia hasta que la necesitas.

«A mí no me pasó eso. Me lo dejaste claro desde el momento en que me abandonaste», piensa Camino. Pero no es lo que dice. La única pregunta que se atreve a formular, solo a medias y con un gruñido quedo, es:

—¿Y el abuelo?

No sabe por qué lo hace. Le duele ver cómo se desmorona la imagen del padre que ella había construido. No recuerda a su abuela, murió cuando ella era pequeña. Tiene una tía que vive cerca de Madrid y que, cuando su abuelo estaba vivo, venía en Navidad con un marido silencioso que tenía el bigote muy negro y dos niños estirados que no le dirigían la palabra. Su tía la miraba como se mira las moscas que vuelan sobre la fruta. Hace años que no la ve, y nunca la ha echado de menos, ni a ese marido tan callado ni tampoco a esos niños tan repelentes. Su única familia ha sido el abuelo Millán; con él era más que suficiente.

Era el que la tomaba de la mano para llevarla al mercado. El que le hablaba de las flores y las plantas, y le enseñaba a distinguir las setas comestibles de las que tenía que evitar. El que le contaba las leyendas de las montañas mientras se esforzaba en picar diminutos trozos de cebolla porque sabía que a Camino no le gustaba su textura. También el que la castigaba o la regañaba cuando no quería hacer los deberes o llevaba una nota en la agenda. Le ponía límites y le dio todo el cariño que supo.

Camino sabe que el amor existe, que es cálido, más persistente que el cansancio y que el hambre, y que se esconde en los pequeños detalles porque su abuelo estuvo ahí para quererla cuando no había nadie más. Y no sabe si podrá seguir sentada a la mesa, tironeándose los dedos, cuando su madre siga hablando.

—Mi padre no dijo nada —continúa Rebeca con voz queda—. Ni siquiera me miró a los ojos. Se sentía tan decepcionado que tardó semanas en dirigirme la palabra. Al menos eso es lo que pienso, no lo sé. Siempre había sido su favorita. Pero no pensaba quedarme quieta. Los años me han cambiado, Camino, pero en aquel momento me parecía más a ti: siempre inquieta y más difícil de controlar de lo que me convenía. Me fui a Madrid. Encontré gente buena, como Anabel, la mujer que tenía el hostal en el que me quedé, la primera en ofrecerme trabajo. Ella me aconsejó que me quedara allí, pero no quise escucharla. Estaba enamorada y era estúpida. Ahorré y me pagué un billete a Bilbao. Logré dar con él. Hasta ese momento pensaba que le habían obligado a irse. Que en realidad me seguía esperando. Que era como esas estúpidas películas en las que, al reencontrarse, la pantalla se funde a negro y no hace falta contar nada más, porque todo termina justo como debe.

Rebeca no se ha dado cuenta de que tiene los ojos vidriosos ni de que se le acumulan las lágrimas. Camino ya sabe cómo acaba la historia. Aún puede pedirle que pare. Pero ya ha pasado ese punto en el que su madre se lo está contando; ahora habla para sí misma. Todos esos recuerdos se retuercen en sus tripas como comida en mal estado que hace que tiemble y palidezca, que se doble en dos y que necesite vomitarlos sobre esa mesa que las separa.

—No quiso verme —dice, y una única lágrima rueda despacio por su mejilla—. El hombre al que quería, el amor de mi vida, la persona con la que había dibujado un futuro perfecto. Hasta ese momento creía que lo conocía mejor que a nadie. Que sabía leer cada gesto y cada silencio. Que entendía el significado oculto de cada una de sus palabras. Lo que era capaz de hacer y lo que nunca haría. Como abandonarme por algo que era culpa de los dos, o de ninguno. Estas cosas pasan. —Habla del embarazo como si fuera una enfermedad o una tormenta—. Y estaba segura de que, pasara lo que pasara, nada podría separarnos. Me equivoqué. Nunca se conoce a nadie del todo. Nunca, por mucho que le quieras.

La segunda lágrima cae en la mesa. Rebeca muestra una sonrisa triste que parece trazada con punzones sobre la piel. Camino baja la cabeza porque no es capaz de mirarla.

—Corrí tras él. Como una imbécil. El amor nos vuelve tan estúpidos, tan vulnerables… No te enamores nunca, Camino, así no. No quieras a nadie más de lo que te quieres a ti, porque, si te traicionan, te rompen desde dentro. Y es fácil que lo hagan, incluso cuando te quieren. Lo sujeté del brazo. Le grité, pero no estaba enfadada. Era como si no me reconociera. Tu padre me apartó de un empujón. —Su voz es tan queda como el susurro de las oraciones en misa—. Me dijo que no pensaba hacerse cargo de un niño que podía ser de cualquiera. Que no le arruinase la vida. Que, si volvía a acercarme a él, me daría motivos para no hacerlo de nuevo. Nunca le había tenido miedo. Nunca se me había pasado por la cabeza que fuera capaz de hacerme daño.

Su confesión termina y deja en el aire un sutil olor a quemado, como el rastro de humo de una vela que se apaga porque ha acabado de consumirse. Camino se siente rígida. Ni siquiera se atreve a pestañear porque le parece que sus párpados se han transformado en papel de lija y tiene miedo de arañarse los ojos si lo hace. Hay un silencio largo entre ellas. Un silencio denso y pesado. Camino tiene la información que ha esperado toda la vida y lo primero que querría hacer con ella es apartarla de sí. Meterla en una caja y cerrarla con tanta fuerza que, con tiempo, fuera capaz de olvidarla.

20

—Por eso me dejaste. —Camino se oye y le parece que es otra persona la que usa su voz. O algo que ni siquiera es humano ni está vivo. Las sílabas crepitan con los chasquidos de un fuego que se apaga—. Porque no te quería de verdad, y yo era hija suya.

Rebeca la mira con unas ojeras más profundas que las que lucía cuando se han sentado a desayunar. A la chica le parece que tiene una negativa en la punta de la lengua, pero se la traga y se encoge de hombros.

—Era demasiado para mí. Ni siquiera era capaz de cuidar bien de mí misma, Camino. Anabel me dejó volver a trabajar en el hostal a cambio de habitación y comida, pero no podía salir adelante con un bebé. Yo era joven… Sé que suena a excusa. No soy la primera chica que se queda embarazada ni tampoco la más joven. Supongo que podría haber encontrado la forma de quedarme contigo. No la busqué. No te quería. Cuando te odias a ti misma, es casi imposible querer a nadie.

Camino se sorprende al encontrar alivio en esa sinceridad tan cruda. Tiene mucho que asimilar, y no se ve capaz de añadir a la lista el hecho de descubrir un amor secreto y doloroso de esa mujer por la que siempre ha sentido un rencor profundo que, en los días buenos, se convertía en indiferencia. No se había equivocado del todo: su madre no la quería. Ahora sabe que tuvo que dejarla atrás para salvarse en vez de hacer que las dos se hundieran, pero eso no cambia lo que siempre ha sentido.

—Y Millán quiso cuidarme.

—Mi padre te quiso desde siempre —asiente Rebeca, y el alivio es tan profundo que por un instante Camino tiene que cerrar los ojos—. Desde antes de nacer. Vino a verme a Madrid. Ya sabes lo mucho que mi padre odiaba la ciudad. No llegamos a reconciliarnos, pero se esforzó en hablar conmigo. Yo quería darte a una familia que te quisiera y que me dejara tranquila, pero tu abuelo insistió. Y no fui capaz de seguir peleada con todos.

Rebeca pestañea y presiona los dedos contra las comisuras de los párpados. De alguna forma, logra que no le caigan las lágrimas. Toma aire y sigue hablando:

—Al principio... se me hacía raro. Hubiera preferido que te criases con unos desconocidos a los que nunca tuviera que volver a ver.

—Me alegro de que le hicieras caso —dice Camino.

—Ahora que ha pasado el tiempo, yo también —confiesa Rebeca con un asomo de sonrisa. Es una sonrisa débil. Un rayo de sol que aprovecha un resquicio entre las nubes en una tarde de lluvia pesada y densa.

—¿No has vuelto a verlo?

No hace falta que le diga a quién se refiere. Rebeca inspira y asiente con gesto serio.

—Le seguí la pista; volvió a Madrid. Se quedó en la capital, no volvió a Zarzaleda, y yo me esforcé en coincidir con él. No para que hablásemos, solo quería verlo. Más adelante, también que me viera. Sabía a qué discoteca iba, así que aparecía allí algunos fines de semana con mis mejores ropas y más arreglada que nunca. Me aseguraba de bailar con un chico más alto que él, más guapo que él, más fuerte que él... y abandonaba el lugar antes de que se acercase. Me gustaba pensar que lo atormentaba.

—Como si fueras un fantasma —dice Camino.

—Se merecía que uno le hiciera la vida imposible —susurra Rebeca—. No me siento orgullosa de desear que le vayan mal las cosas, pero no ha sido justo. Los dos hicimos lo mismo. Querernos, tenerte y alejarnos. Pero solo para uno es imperdonable.

Camino mira a su madre como si fuera la primera vez. La ve con el pelo de un rubio demasiado claro y la piel alrededor de los ojos en la que quedan restos de maquillaje sobre las líneas de las primeras arrugas. Ve también unos ojos que han forzado cientos de sonrisas y unos dientes que a veces enseña demasiado porque la alegría de su madre es siempre desafiante. Ve a la Rebeca adolescente, y el miedo y el dolor que se le enquistaron hasta transformarla. Ve a una mujer que no es tan diferente de ella, que no es tan cruel como le gustaba pensar. Que no es perfecta, pero tampoco ha fingido serlo.

Su madre ha aceptado su castigo. El de Camino, el de su familia y el de un pueblo demasiado pequeño para que el pasado no la persiga. Por fin la chica entiende esa forma de moverse, con la risa ruidosa y la barbilla alta, como si nada le importase, porque sabe que, si se hunde, lo hará con tanta fuerza que no le permitirán volver a levantarse. Durante mucho tiempo pensó que su madre se parecía a las brujas de los cuentos, a las pecadoras de la Biblia y a las bestias de la montaña. Nunca se había dado cuenta de que solo es una superviviente.

Y no es capaz de imaginar cuánto le ha costado quitarse esa piel rígida que lleva para parecer fría e impasible. Cuánto le duele exponer sus heridas delante de ella. Si fuera apropiado, le daría las gracias. En vez de eso, toma un sorbo lento de café frío y cargado. Su madre hace girar la taza entre las manos.

—¿Quieres que te diga su nombre? —pregunta Rebeca, esta vez sin mirarla—. ¿O cómo encontrarlo? No creo que quiera saber de ti, pero ya eres adulta. Tú decides.

Camino deja que pasen varios segundos. Bilbao. El norte. Piensa en Pedro y en ese hermano que le queda vivo y que nunca vuelve al pueblo. En la simpatía con la que siempre la ha tratado, de forma casi paternal. Apostaría algo a que ahora entiende el motivo. Ni siquiera tiene que apostar, solo pedirle a Rebeca que se lo diga.

Contiene el aliento y acaricia esa decisión, esa pequeña llave dorada con la que ha fantaseado toda su vida, antes de dejarla escapar. El aire sabe distinto cuando lo hace. No siente pena ni inseguridad, pero sí que sus hombros se vuelven un poco más ligeros y la luz de la cocina, más clara.

—No.

El hombre al que ha esperado toda la vida nunca ha existido. El de verdad, con el que solo comparte genes, es alguien a quien no quiere conocer. Lo bastante cobarde y lo bastante egoísta para no parecerse al padre con el que soñaba.

Su madre esboza una sonrisa. La humedad de sus ojos es más cálida. Camino no sonríe de vuelta, no tiene ganas de levantarse y abrazarla. Puede entenderla, y a lo mejor quiere llegar a conocerla de una forma que no ha hecho hasta ahora. Pero no la quiere, tal vez nunca lleguen a quererse. Apoya la porcelana en el mantel y pasa las uñas por todas esas pequeñas manchas que hacen que el blanco nunca llegue a estar impoluto. No pasa nada.

—Sé que Isabel no es perfecta —dice, y aunque su madre se tensa, quiere pensar que ella también necesita cambiar de tema—. Sé que no es una santa, pero la conozco. La conozco de verdad. No sería capaz, es… inofensiva. Demasiado inofensiva.

Rebeca arquea una ceja con las últimas palabras y apoya los codos en la mesa. Hay una pregunta en su mirada, y Camino sabe que está tanteando el puente que se ha tendido entre las dos, calculando si aguantará el peso de lo que quiere decir. Así que se obliga a poner expresión tranquila y a mirarla con firmeza.

—Dispara.

—Dicen que estaban juntos. Que Manuel tenía muchas aventuras, pero que había algo entre ellos.

Camino aprieta los labios para evitar que se le escape un bufido. Clava la vista en el mantel. Es solo un comentario sin malicia. Hay quien lo afirma. Posiblemente, ese estúpido rumor tenga la culpa de que Isabel esté a punto de acabar entre rejas.

—Es lo que dicen —asegura Rebeca, y se muerde el labio inferior antes de preguntar, con voz conciliadora—: ¿Qué pasaba entre ellos? ¿Por qué no me lo cuentas?

Camino entorna los ojos. Es la segunda vez que su madre se lo pide. La primera solo sintió furia al planteárselo. Esta vez la idea le resulta casi apetecible. A lo mejor es porque le ha dado unas respuestas que llevaba años buscando y es la forma de mantener el equilibrio entre ellas. A lo mejor es porque no tiene mucha gente con la que hablar, y menos aún que quiera entenderla.

—Manuel se consideraba muy guapo —responde Camino arrugando la nariz.

—No solo él, cariño —bromea su madre.

Ella no está tan segura. Era lo que decía la mayoría. Pero la chica pensaba que era más que nada su actitud. Manuel estaba acostumbrado a conseguir todo lo que quería: atención, objetos y también a las chicas.

—Supongo. La cosa es que todo el mundo esperaba que Isabel terminase con él porque a él le gustaba. La sacaba a bailar, le compraba regalos, iba detrás de ella. ¿Y quién no iba a querer estar con un chico así?

—Isabel —dice su madre—. Pero ella aceptaba todas las atenciones que le ofrecía.

Camino asiente y sigue desenredando los hilos de las palabras que le bloquean la garganta.

—Eso no le daba derecho a Manuel a hacer nada. A tratarla como si le perteneciera. No estaba bien.

Camino habla, pero cree que en realidad lo que está haciendo es vomitar, soltar sentimientos en mal estado y sensaciones que hacen que el estómago se le encoja, librarse de ese peso agrio con el que carga desde hace tiempo. Al menos, aliviarlo por unos momentos. Camino le cuenta los cumplidos que hacían que Isabel se removiera y la sonrisa se le tensara. La forma en que Manuel la cogía por la cintura o le acariciaba los hombros, que le salía tan natural como si tuvieran algo entre ellos. La manera en que Isabel se escabullía y le pedía ayuda a ella con la mirada. Los besos robados en la mejilla y las bromas de lo difícil que se lo ponía, jugando a fingir que era divertido no oírla. Rebeca escucha y asiente.

—A Isabel le costaba decir que no. Cada vez que lo hacía, Manuel se reía. O decía que dejara de hacerse la estrecha —termina con los nudillos tensos bajo la mesa.

—He conocido a muchos hombres así. Si hubiera sido

otro chico, uno que no tuviera amigos aquí, ¿le hubieran reído las gracias?

—Creo que, si hubiese sido un desconocido, Manuel hubiera sido el primero en echarle.

A Camino no le hubiera sorprendido que hubiesen llegado a las manos para defenderla si hubiera sido otra persona, alguien más feo, con una familia menos influyente o un chaval menos carismático. Pero era Manuel el que hacía las bromas, la abrazaba, apoyaba la mano en la espalda de Isabel y la bajaba todo lo que podía antes de que ella se apartase. Era uno de ellos, el mejor. Ni siquiera Camino era capaz de decir en voz alta qué estaba mal. Tampoco querían escucharla.

Una vez oyó una pregunta que la hizo reflexionar: «Si un árbol cae en el bosque y no hay nadie para oírlo, ¿hace algún ruido?». Siempre le había parecido absurda. Claro que sí. No se había parado a pensar que, si un árbol cae en un bosque lleno de gente y todos aseguran que no han oído nada, sería como si no hubiera pasado. Como si no hubiera hecho ruido.

Lo que nadie menciona deja de existir, se convierte en algo pequeño, insignificante. Podría desaparecer y nadie lo echaría en falta.

—Entiendo lo que dices. Pero eso puede verse como un motivo para que Isabel le hiciera daño.

—No sería capaz —insiste Camino apretando los puños por debajo de la mesa—. Y no era la única que tenía motivos. La noche en que desapareció, yo lo amenacé.

—Lo hiciste por ella, ¿verdad?

—Sí.

Rebeca estira la sonrisa, aunque la tristeza le pesa en el gesto.

—Ojalá no nos pareciéramos en eso, en elegir a una persona y ponerla por encima de nosotras.

—No es así. —Camino frunce el ceño—. Y, aunque lo fuera, no podría elegir a alguien mejor que Isabel. Siempre ha estado cuando la he necesitado. Es de esas personas que hacen que el mundo merezca la pena.

Le gustaría que la expresión de Rebeca cambiara, que no pareciera tan convencida de que es lo mismo que sintió ella. Camino no quiere una boda ni vivir con Isabel en una casa cerca del mar. Lo que querría es protegerla de ese mundo lleno de piedras y dientes, un mundo cruel con dedos largos dispuestos a señalar a quien no encaje, dispuesto a sujetar en el suelo a los que se caen para que no vuelvan a levantarse.

—Creo que, si la policía se centra tanto en ella, tendrá algún motivo más que el hecho de que Manuel fuera un pesado con ella.

—Un jersey —responde Camino—. Han encontrado restos de lana de un jersey en las zarzas, cerca del cuerpo de Manuel. Por eso piensan que fue ella.

—¿Era suyo?

—Sí, pero eso no quiere decir nada —replica tensando los hombros, con la espalda muy erguida—. Hemos ido allí cientos de veces. Se le pudo enganchar en las zarzas en cualquier momento. Si buscan más, encontrarán restos de todos.

Camino no le dice que el jersey de Isabel estaba desgarrado y en el contenedor del final de su calle. No sabe por qué se lo oculta, Rebeca no tiene ningún poder sobre el caso. Pero sí, sí que lo sabe: si se lo confiesa, no habrá ninguna forma de convencerla de que Isabel es inocente, pero lo es. Lo es, y necesita que alguien más lo crea. Que por lo menos duden antes de volverse contra ella.

—Ni siquiera creo que eso sea suficiente —supone Camino, y siente una punzada de alivio al decirlo en voz alta—. Por lo que ha ido contando Sergio, lo más seguro es que lo mataran con una roca, pero no encuentran huellas. No encuentran nada, solo los estúpidos hilos de un jersey viejo, y tienen que usarlos para encerrarla porque no hay nada más a lo que puedan aferrarse.

—Manuel era un chico muy querido en el pueblo —susurra su madre—. No sé si había más gente que quisiera hacerle daño.

Camino tuerce una sonrisa. Antes de empezar a hablar de toda la gente que podría haber tenido una razón para hacerle daño, unos golpes en la puerta le hacen dar un salto en el sitio. Su madre parece igual de sorprendida. Ninguna de las dos ha oído pasos en la escalera, mucho menos voces de la persona que se acerca. Durante un segundo, Camino se plantea quedarse sentada, ignorar el timbre y no hacer ruido hasta que el intruso se vaya. ¿No era eso lo que tenían que hacer los cabritillos del cuento?

Rebeca abre y cierra la boca y la mira tan atónita como ella. Ninguna espera a nadie. Los golpes suenan de nuevo. Esta vez, Camino se levanta.

—Vas en pijama —le advierte su madre, como si no se hubiese dado cuenta o como si pudiera importarle.

Sujeta el pomo con la mano al tiempo que se pregunta quién puede visitarlas a esas horas. Su corazón quiere pensar que es Isabel; sonríe ampliamente y se imagina que se lanzará a sus brazos para decirle que se han dado cuenta de su error. También puede ser Álvaro, exigiéndole que no vuelva a contarle a nadie que su novia le ha sido infiel; o Verónica, dispuesta a cruzarle la cara por traicionarla. Piensa que puede ser uno de los guardias civiles de la otra vez, pero ahora con más preguntas y un tono menos amable. En el breve instante que tarda en abrir, miles de ideas se le cruzan por la cabeza, pero ninguna acierta. Porque quien espera al otro lado es ese chico alto y de pelo oscuro con ojos de gato. La sombra de Manuel con el rostro más afilado y la mirada más intensa.

—¿Eduardo? —se le escapa, sorprendida.

—Tengo que hablar contigo —responde él con una seriedad que no augura nada bueno.

21

Rebeca se asoma al pasillo. Tiene los ojos demasiado abiertos y los brazos caídos a ambos lados del cuerpo, como si se le hubiera olvidado que forman parte de ella. Mueve los labios para decir algo, tal vez un saludo o una pregunta. Solo logra sacudir la cabeza y repetir sus últimas palabras:

—El pijama, Camino.

Ella y Eduardo miran su ropa con una sincronización que, en cualquier otro momento, hubiera sido cómica. Su pijama consiste en un pantalón de un rosa pastel bastante gastado y una camiseta a juego con un oso gris adormilado. El chico arquea las cejas y Camino se encoge de hombros.

—Te espero en la calle.

—Tardo cinco minutos —responde ella al tiempo que se da la vuelta y se dirige a su cuarto.

Oye que su madre le ofrece a Eduardo si quiere esperar allí, un café, agua o galletas, pero el chico rechaza con unos modales casi afilados. No le sorprende. Por lo que está aprendiendo de él, no es el tipo de persona que habla del tiempo o que suaviza los encuentros casuales.

Ha pasado algo. Algo que hace que su rostro esté más serio que nunca y que haya ido a buscarla a casa. Camino sacude el pijama antes de guardarlo bajo la almohada y se pone los vaqueros del día anterior, la primera camiseta del montón del armario y la chaqueta verde militar que le gusta llevar en sus paseos por el bosque. Con ella siente que es capaz de camuflarse, como si fuera una criatura más de las que viven en las montañas.

Cuando sale, Rebeca está recogiendo las tazas del desayuno con esos movimientos nerviosos que irritan a su hija, aunque ya no le parecen tan insoportables como antes. Le lanza una de esas miradas de desamparo, pero ella no se aparta de golpe, como siempre, ni le devuelve una mueca. No es solo culpa, ahora lo entiende. No es solo egoísmo. Rebeca no se permite ser vulnerable, pero lo es con ella. Por eso, en vez de largarse sin decir ni una palabra, se despide con un gesto y una mentira:

—Estaré bien.

Le gustaría ser capaz de creérselo, pero hace tiempo que ya no cree en nada. Baja las escaleras haciendo más ruido que Eduardo, que ha pasado por allí como un fantasma, y cuando sale a la calle ya no sabe si también él se ha convertido en uno, porque no lo encuentra.

Hasta que ve el coche.

Sigue pensando que es el Mercedes de Manuel, y se pregunta si Eduardo también lo hace o si llevaba tanto tiempo intentando ocupar el espacio que le quitaba su hermano que ya lo considera suyo, como siempre debería haber sido. Abre la puerta del copiloto, pero esta vez no entra. Eduardo baja el volumen de la radio hasta que se desvanece la canción de la que Camino no recuerda el título, aunque Fernando se lo ha dicho varias veces, y reconoce la voz de Freddie Mercury.

—¿Adónde quieres ir? —pregunta, apoyada en la puerta.

—A ninguna parte, solo quiero hablar contigo.

—¿Tiene que ser en el coche?

—Es mejor que sea en un lugar en el que nadie nos vea —responde Eduardo en un tono brusco, con una de las cejas arqueadas de forma casi amenazante.

Camino no sabe qué sucede, pero la gravedad del asunto pesa en el aire, se marca en los rasgos de Eduardo y empieza a ocupar espacio en sus pulmones. Le gustaría estar en un sitio más abierto, rodeada de tierra y árboles, pero se conforma con inclinarse para meterse dentro y cerrar tras ella.

El aire del coche empieza a oler como Eduardo. Su aroma, profundo y fresco, le recuerda a la lluvia y a los pasillos de roca, y se mezcla con el de la tapicería del Mercedes. Se sienta, rígida, y se alegra de no estar frente a él y poder mirarlo de reojo.

—Es raro que estemos en mi calle. ¿No me puedes llevar a alguna otra parte?

—¿Adónde? —resopla Eduardo, que está de mal humor.

—Adonde el otro día —pide ella.

A cualquier parte le está bien, en realidad. Quiere que conduzca, que mantenga la vista en la carretera y las manos en el volante. Quiere tener el control para mirarlo y estudiar cada una de sus expresiones sin que pueda fijarse en ella. Eduardo enciende el motor, pero no se mueve. Se queda con la vista fija en la carretera y las manos nerviosas. Intenta mantener la cara relajada, pero no le sale. Se remueve en el asiento para sacar algo del bolsillo trasero. Un papel arrugado.

—Han registrado nuestra casa de arriba abajo. Creo que han movido todo lo que había en su cuarto. Han mirado incluso en los bolsillos de su ropa, pero el otro día encontré esta nota en el maletero. También había apuntes y libros de la universidad, así que no sé si lo pasaron por alto o si no han registrado el coche.

Le tiende el papel sin mirarla a los ojos. A Camino se le acelera el pulso al reconocer la letra de Isabel. Coge la nota con un movimiento brusco y la lee de arriba abajo varias veces. Cada vez que la termina, siente la boca un poco más seca y el pulso un poco más lento. Cada palpitar del corazón es como si un puño la golpease en las costillas.

Vamos a dejar las cosas claras de una vez entre tú y yo.

¿O no eres tan valiente?

Te espero esta noche en el castillo.

Si no vienes, olvídate para siempre de mí.

ISABEL

Camino empieza a marearse como si Eduardo estuviera conduciendo a toda velocidad por una carretera de curvas. No se han movido, pero le parece que el mundo gira tan rápido que se desdibuja. Que se sacude como si quisiera quitársela de encima. Siente el sudor frío deslizándosele por la nuca.

—¿Se lo has enseñado a la policía?

—Aún no —responde Eduardo. La primera palabra hace que a Camino se le encoja el estómago—. Pero debería haberlo hecho.

Ella está a punto de arrugar la nota y romperla. Puede convertirla en algo ilegible, un amasijo de letras que quemar en cuanto llegue a casa. Como si le leyese la mente, Eduardo estira el brazo para recuperarla, pero Camino la sujeta con más fuerza aún.

—Espera.

—Quería que la leyeras antes que nadie. ¿Es su letra?

Camino no quiere asentir, así que solo aprieta los labios. Sí. Sí que lo es. Pero si la mira con atención le parece que las letras altas se afilan más que las de su amiga. La curva de la jota le parece demasiado alargada, como un gancho o como el lazo de una trampa.

No es su letra. ¿Verdad? ¿O necesita creer que no es la suya? A lo mejor se está empeñando en buscar algo a lo que aferrarse para defenderla. No, no es eso. Necesita aire. Necesita pensar. Necesita tiempo y estar a solas.

—¿Me la puedo llevar?

Eduardo se la quita de las manos con un movimiento tan suave que ni siquiera es capaz de resistirse.

—No te lo tomes a mal, pero no me gustaría que se perdiese.

—¿Qué harás con ella? No se la entregarás a la policía, ¿verdad?

Camino quiere sonar firme, pero está sin aliento. Eduardo no puede traicionarla porque no es su amigo. Ni siquiera se conocen. Es un extraño al que se ha acercado por circunstancias insólitas. Aun así, siente como una traición que quiera dársela a la policía. Tiene que pensarlo mejor.

Eduardo se niega a mirarla, como si supiera que le está haciendo daño.

—Tendría que haberlo hecho tal como la encontré. Ocultar pruebas es un delito.

—No es una prueba, es una trampa.

—Es su letra, ¿no?

—No —responde ella—. Se parece mucho, pero no es igual.

Eduardo suspira y mira al techo. Camino sabe que no la cree. Cierra los puños con fuerza y sigue hablando:

—Alguien quería que sospecháramos de Isabel, pero ella no escribió esto.

—¿Quién? —pregunta con un resoplido—. Camino, ¿te estás escuchando? ¿Quién sería capaz de imitar su letra? Y si no es ella, ¿por qué querría implicarla? Manuel no es un heredero al trono. Isabel no es una actriz de Hollywood. Vivimos en un pueblo pequeño y perdido donde, como mucho, la gente muere porque ha bebido de más o porque pierde el control en una pelea.

—No es su letra —insiste Camino.

Eduardo clava los ojos en ella. Tiene un brillo triste en esos iris del verde más oscuro. Casi no parece humano.

—Creo que lo que pasó está claro incluso para ti, por mucho que no quieras verlo.

—Isabel nunca quedaría con él a solas. La conozco mejor que nadie.

—Quizá solo quería dejarle las cosas claras de una vez —continúa Eduardo como si no la escuchase—. Lo que creo es que estuvieron juntos. Y puede que Isabel no quisiera nada más o que fuese la primera vez que cedía y por eso aún no te había contado nada.

—¡No! —La voz de Camino es casi un gruñido, y él se encoge de hombros.

—Si de verdad la conoces, a lo mejor quería dejarle claro que nunca iba a pasar nada entre ellos. La nota es bastante escueta, no lo sé. Para mí no tiene sentido que lo citara allí para decirle que no, gracias, que no estaba interesada.

—Isabel lo pasaba mal cada vez que él intentaba quedarse a solas con ella. —Camino niega con la cabeza—. O cuando quería besarla, aunque fuera de broma. A pesar de que no me lo hubiese contado, me hubiera dado cuenta si le hubiese interesado tu hermano. Y no, no lo soportaba cuando se ponía así.

—Entonces está claro —dice Eduardo intentando mantener la voz calmada—. No aguantó más. Quería hablar con él, decirle que no buscaba nada. A lo mejor mi hermano intentó algo más que besarla y ella lo empujó. A lo mejor eso cuenta como defensa propia. Sé que quieres a tu amiga, pero se puede entender que pasara algo así.

—No.

Camino aprieta los dientes para no repetir ese monosílabo una y otra vez. «No, no, no, no. No. No puede ser». Puede que Eduardo no quiera que suene mal, pero ella sabe más. Sabe que Manuel no murió en la caída; fue ejecutado. Alguien, la persona que lo empujó esa noche, se acercó a él y lo remató con un golpe lo bastante fuerte para romperle el cráneo.

Isabel no lo haría. No sería capaz. No se le pasaría por la cabeza. Aunque eso explicaría la lana de su jersey enredada en las espinas de las zarzas.

—No creo que sea una asesina. —Eduardo mantiene una voz muy calmada para estar hablando de la chica que piensa que ha matado a su hermano—. Solo que... No sé qué otra explicación puede haber.

—Verónica —sisea Camino.

Eduardo parece mayor. O a lo mejor Camino siente que el pánico la vuelve pequeña. Él ladea la cabeza y ella está segura de que le dirá que es ridículo, que deje de esforzarse en sospechar de todos menos de Isabel. Sin embargo, le pregunta en tono calmado:

—¿Por qué?

—Verónica y tu hermano tenían una aventura. No sé si aventura con todas las letras, pero de vez en cuando se acostaban. Ella le quería, me lo dijo.

—¿No se va a casar con Álvaro?

—Tu hermano no quería nada serio con ella. —Las piezas encajan. A Camino no le importa tener que empujarlas con demasiada fuerza o que el puzle no tenga todo el sentido del mundo: las piezas encajan. O las hará encajar—. Verónica estaba con nosotros. Sabía de sobra que Manuel iba detrás de Isabel. Ha sido la primera en darle la espalda en cuanto han empezado a sospechar de ella. Diría que incluso se ha alegrado.

—¿Y crees que podría haber escrito esta nota?

—Nos conocemos desde hace mucho tiempo. Ha podido copiar su forma de escribir en cualquier momento. Eso explica los trazos de las jotas. Isabel no las hace tan rectas... estoy segura. Puede que estuviera harta de esperar que Manuel le hiciera caso y que tuviera celos de Isabel. Que se haya hecho pasar por ella para llevarlo a un sitio en el que estar a solas. —Camino coge el brazo de Eduardo para leer otra vez la nota—. «Vamos a dejar las cosas claras de una vez entre tú y yo». Puede referirse a eso. Que discutieran allí, que lo empujara...

El escenario cobra sentido. Incluso la frente de Eduardo parece menos tensa y se muerde el interior del labio, pensativo.

—Pero eso no explica por qué encontraron hebras del jersey de Isabel entre las zarzas.

—Pudieron engancharse ahí en cualquier otro momento.

—Sabes mejor que yo que lo llevaba esa noche, y que apareció roto después. Camino... —No suena furioso, sino cansado—. Eres demasiado lista para intentar engañarte con eso.

—La conozco. La conozco mejor que a nadie.

El silencio en el coche pesa tanto como si hubiera allí otra persona. Alguien lo bastante grande para ocupar todo el espacio entre ellos. Camino apoya la sien contra el cristal.

—No se la des a la policía. Por favor.

—Tengo que hacerlo.

—Dame tiempo.

—¿Para qué? —pregunta Eduardo con una ceja arqueada.

—Para encontrar algo con lo que me puedas creer.

Sacude la cabeza, y Camino apoya la mano en su pierna con demasiada fuerza. No es un gesto de amenaza, hay una súplica muda. Eduardo se sobresalta y suspira hundiendo los hombros. Camino finge no darse cuenta de la lástima en su mirada.

—Un día.

—Una semana —pide ella.

—Tres días.

Camino abre la boca para insistir, pera sabe leer el gesto de Eduardo, así que cierra los labios y asiente. No necesitará más tiempo, porque podrá convencerlo. Tendrá que encontrar la manera. De todas formas, aunque Eduardo no les entregue la carta, la policía parece bastante segura de que ha sido Isabel y que merece cargar con el asesinato.

—Debes quererla más que nadie —dice Eduardo antes de que ella salga del coche.

Camino se detiene un instante. Le parece que hay un tono amargo en su voz, aunque no llega a ser un reproche. No responde en voz alta que la quiere con la fiereza de los que no han sido queridos por casi nadie. De los que descubren el cariño desconcertados y casi con miedo, y se convierten en bestias capaces de cualquier cosa por proteger a los que se atreven a amarlos.

13 de septiembre · 2.16 h

—No eres ella. —Hay tanta decepción en su voz que cada palabra le duele como si le lanzara una piedra.

Esperaba que se arrepintiera, que le pidiera perdón o que se lo aclarase. Esperaba entenderlo, y una disculpa. Había creído en él incluso cuando las pequeñas señales le gritaban que tuviera cuidado.

Manuel no se excusa. Tuerce el gesto y se da la vuelta. Cuando lo sujeta, se deshace de su mano con una facilidad insultante. Logra librarse como si se quitara de encima un insecto.

Ni siquiera escucha cuando le echa en cara lo que está haciendo, lo que ha hecho, lo que le debe. Le dirige una mirada de burla hiriente y sacude la cabeza.

—¡Me lo debes! —grita.

Manuel suelta una carcajada seca y escupe espumarajos de rabia.

Golpes. Manuel agarra su muñeca. Se la retuerce con una mueca de desprecio. Ni siquiera tiene que esforzarse en hacerle daño. Las lágrimas se le acumulan en los ojos, pero aprieta los dientes y se revuelve. Intenta arañarlo. Él zarandea su cuerpo de un lado a otro. Incluso borracho, no le cuesta usar la fuerza. Se acerca peligrosamente a su cara para reírse tan cerca que nota el calor de su cuerpo.

Su aliento apesta a alcohol y a algo rancio. Le encoge el estómago. Lo empuja para apartarlo, pero él se ríe de nuevo y le da un bofetón que hace que se le salten las lágrimas que había logrado contener. Las siente, cálidas y humillantes, rodándole por las mejillas.

No es llanto. No está triste. Es rabia.

No sabe de dónde saca la fuerza para empujarlo. Solo quiere librarse de él, y lo consigue. Manuel trastabilla en el borde de la plataforma. Le cuesta recuperar el equilibrio. Mira hacia el vacío, con las pupilas dilatadas y el sudor perlándole la frente. En vez de asustarse, suelta otra carcajada.

Lleva toda la vida acostumbrado a que nada le haga daño y no concibe que es mortal. Que lo que hace debería tener consecuencias. No es justo. No lo es. Manuel se ríe y siente una rabia ciega.

El segundo empujón no es para liberarse, sino para que caiga. No habría podido tirarlo si no estuviera borracho, si no estuviese en el borde, si se lo esperase. Pero Manuel se siente un dios, y ni siquiera está alerta. Y esta vez cae.

Un grito breve. Un golpe sordo. Luego, silencio. Un silencio insoportable que le perfora los oídos y le seca las lágrimas. Se mira las manos, como si fueran ajenas. El pulso aún está disparado, y las estrellas tiemblan.

Se asoma despacio al borde del edificio. Jadea.

—¿Manuel?

No espera respuesta. Reza para que no la haya. Entonces lo escucha. Un gemido quedo, gorgoteante. Un llanto que se le cuela por debajo de la piel. Manuel sigue vivo.

Respira hondo. Se lleva las manos a la cara. Quiere que deje de llorar. Pero no lo hace. Manuel no es capaz de levantarse, solo aúlla con más fuerza. Le recuerda al llanto de un recién nacido o al de un herido de guerra. Le parece el sonido más horroroso del mundo, y es culpa suya. Tiene que hacer que pare. Respira hondo una vez más y se agacha para coger la linterna.

22

Camino deja pasar la mañana del día siguiente en un silencio que debe parecerse al de los muertos. Siente la cuenta atrás de los segundos que pierde. Son golpes o cortes contra sus huesos, pero no tiene fuerzas para contárselo a Rebeca. En cuanto cierra los ojos, puede ver cada una de las palabras de esa carta, pero sigue convencida de que no la ha escrito Isabel. Puede que la memoria deforme unos trazos que nunca ha querido reconocer. O puede que sea la única dispuesta a buscar la verdad, pero necesita recuperarse de esa pesadez lenta y densa en la que se ha transformado la pena.

Esa mañana, su madre se ha ido a Madrid. Anoche le preguntó si la necesitaba, pero Camino le contestó que no. Lo hubiera dicho aunque fuera verdad, aunque quisiera hablar con ella. La tristeza está al alcance de todos, pero el tiempo para llorar solo lo está para los que pueden permitírselo. Ellas no pueden dejar de trabajar, por eso Camino habló con Santiago y le dio las gracias por volver a contar con ella. Solo puede perder una mañana, y ni siquiera debería hacerlo, pero tiene el cerebro lleno de algodón y lluvia, y el cuerpo tan cansado como si se hubiera pasado días enteros vagando por el bosque.

Se alegra más que nunca de lo parco en palabras que es Santiago en el trabajo. No puede decir lo mismo de los clientes. Alguno le pregunta por Isabel: «¿Has hablado con ella?», «Nos tenía bien engañados a todos», «Estaréis deseando que llegue el juicio» y otros comentarios que hacen que Camino se muerda la lengua y responda con un breve encogimiento de hombros que no quiere decir nada porque no hay nada que decir. Isabel no ha sido, pero no tiene nada con lo que defenderla. Esa certeza tan profunda se hace tangible y puede rozarla con la yema de los dedos cuando aprieta los puños.

El sol se está ocultando tras las montañas cuando termina su turno. El azul se convierte en un rosa encendido, y el viento trae el frío de la noche junto con el aroma del bosque. Camino no sigue ningún pensamiento consciente cuando se dirige al cementerio, solo sus propios pasos. La sombra de los cipreses acaricia las lápidas con una brisa suave, gélida y afilada. El olor a tierra mojada se une al de las flores en distintos estados de descomposición. La tumba más cuidada, más colorida, es la de Manuel. Camino la evita porque hay una pareja delante. Si no se equivoca, su prima con su marido. Da un rodeo y se detiene delante del nicho de su abuelo.

Recuerda el momento en que depositaron el ataúd en

el hueco, el sitio reservado al lado de su mujer. Pensó que parecía una estantería de gente muerta. Hasta ese momento creyó que tendría una tumba de las que ocupan un trozo de suelo, una de esas en las que la piedra es gris y larga, con las fechas y el nombre grabados, y un mensaje que suena a promesa: Tu familia no te olvida o Tu nieta se siente perdida.

Camino pasa la mano por la placa del nicho. Morirse nunca debería ser caro. Debería igualar a todo el mundo. Pero las tumbas tienen un precio ridículo, las lápidas más elegantes son inalcanzables para personas como ella. Incluso las flores tienen un precio absurdo, por eso nunca le lleva flores a su abuelo. Por eso y porque prefiere recordar los ramos de margaritas, amapolas y malas hierbas que le entregaba en vida. Ahora su abuelo ya no puede sonreír ni buscar un jarrón en que ponerlas con tanta ceremonia que parecía un ramillete tan caro como el de las novias.

Recorre el sendero entre los nichos y las lápidas. Camino acaricia las rosas de pétalos marchitos y frunce la nariz al ver las que tienen pétalos de plástico con gotas de silicona que intentan darle realismo. Se pregunta por qué alguien llevaría algo tan falso a un cementerio. A lo mejor porque los muertos son fáciles de contentar o, al menos, nunca se quejan. Ella no quiere flores ni tumbas, ni celdas de piedra y cemento. No quiere nada en vida y le importará aún menos cuando esté muerta. Quiere que la dejen pudrirse en un bosque, sobre la tierra. Quiere que se la coman los gusanos y las bestias y que, si queda algo de ella, permanezca para siempre en el monte. Si existieran los fantasmas, le gustaría que los huesos de su cuerpo la anclaran para siempre a esta tierra.

Cuando vuelve, la tumba de Manuel está por fin vacía. No queda mucho para que cierren el cementerio. Le gustaría que hubiera una manera de preguntarle a un chico muerto, pero no cree en fantasmas y nunca ha confiado en él. Aunque se hubiese tratado de un accidente, encontraría la forma de echarle la culpa a otra persona. Aunque fuera Isabel y fingiera quererla.

La quería como quieren los niños consentidos, que fingen que el deseo es cariño. Que se obsesionan con lo que no pueden tener porque lo que está a su alcance les aburre. ¿Cuánto tardó Verónica en darse cuenta de eso? ¿De que era solo una muñeca con la que ya había jugado y tiraba en un cajón de los juguetes demasiado grande y demasiado lleno?

Verónica... Camino sabe que le habrá llevado flores y no tarda en encontrarlas. Un ramillete de rosas de un color pálido, como un beso gastado. Está cerca del nombre. Se siente tentada de cogerlas y deshojarlas, de buscar un mensaje oculto, una confesión a medias, una disculpa que demuestre que ha sido ella. No, no le gustaría cargar a Verónica con el peso de un crimen, aunque lo haya cometido. No le gustaría enviarla a prisión. No quiere sentir que la traiciona, aunque nunca hayan sido cercanas. La aprecia, la aprecia a pesar de que sus sentimientos a veces se enturbian como si fueran una mezcla de colores que no sale bien del todo. Le gustaría mantenerla alejada y descubrir a un criminal ajeno al pueblo, a un desconocido que se encontró con Manuel y decidió acabar con su vida. Un compañero de clase celoso o uno de esos asesinos en serie de los que de vez en cuando hablan en las noticias.

Pero hay un jersey y una nota que puede que sea falsa, pero demuestra que es alguien que conoce al grupo, que sabía lo que había entre Manuel e Isabel, que conoce el castillo en el que a Camino le hubiera gustado vivir. Coge una de las rosas de Verónica, aunque no vaya a encontrar nada en ella. Se la guarda en el interior de la chaqueta y piensa en esa leyenda urbana de una niña que robaba en las tumbas y a la que los muertos persiguieron hasta su casa.

Sale del cementerio con la rosa robada y la sensación de que las espinas se le clavan contra el vientre. Se detiene al pisar la calle, preguntándose, distraída, si Álvaro acompañó a Verónica cuando fue a dejar las flores. Camino, ahí parada, piensa en Álvaro y en todas esas pequeñas cosas que no encajan. En lo tenso que estaba en la tienda la tarde que fue a verla, en lo mucho que ha intentado que el grupo permaneciera unido y en todo lo que se ha esforzado en mantener las apariencias con Verónica a pesar de que él ya sabía lo que había pasado. Ha estado tan concentrada en ella que no se ha parado a pensar que no es la única del grupo que tenía motivos para querer matarlo.

Álvaro. Las espinas le arañan la piel del costado cuando reanuda la marcha. No sabe si querrá volver a hablar con ella después de que Camino dijera en voz alta eso que tanto se esforzó en esconder. No lo sabe, pero espera que no la evite; piensa hacerlo de todas formas. Al día siguiente, antes de que ese reloj invisible termine la cuenta atrás, la tregua que le ha dado Eduardo.

Necesita algo que le demuestre que Isabel no es culpable. Mejor si ese algo es tangible, pero no es necesario. Camino está convencida de que una confesión es suficiente.

23

Es martes, tiene turno de mañana. Camino está distraída y se equivoca en dos pedidos. No sabe si Santiago no le dice nada porque se siente culpable o porque, en el segundo caso, era un error a favor de la empresa. De todas formas, tiene más paciencia de la habitual.

—¿Has dormido poco? Se te marcan las ojeras.

Camino asiente sin necesidad de añadir nada. Limpia la picadora de carne porque es más sencillo mantener la mente fija en tareas pequeñas que dejarla vagar.

—Espero que todo esto termine pronto.

«¿Aunque sea de cualquier manera? ¿Con una chica inocente encerrada?», piensa. Camino aprieta los labios para no decirlo en voz alta. Le asquea el ambiente del pueblo. Tiene ganas de prender fuego a cualquier persona que se parezca lo suficiente a una bruja como para arder en la hoguera. Se alegra cuando suena la campanilla y Beatriz entra en la tienda con ese rostro afilado y esa nariz alzada como la de la rata más despectiva del mundo.

La forma en que mira a Camino le hace pensar que hubiera preferido no encontrarse con ella. Que le hubiera gustado que la culparan a ella, en vez de a Isabel. No le sorprende. Su amiga siempre contestaba a las preguntas que le hacía y seguía la clase con interés. Nunca pensó que Beatriz y ella pudieran estar de acuerdo en algo en lo que nadie más parece acompañarlas.

La rutina es agradable de una forma áspera pero conocida. Las últimas moscas que aguantan el final del verano le parecen más pesadas que nunca. En la radio hablan de accidentes de tráfico y de las secuelas que deja Chernóbil, que sigue arañando muertes, aunque hayan pasado meses desde la catástrofe. Le agota escuchar noticias porque siempre se centran en lo malo.

Camino casi puede sentir que es un martes cualquiera y que no va a pasar nada extraordinario. En ocasiones, esa ilusión se rompe, cada vez que un cliente la mira con lástima o con una desconfianza que se convierte en un peso sobre las cejas y un tono reticente en la voz. A última hora, Matilde la mira de forma inquisitiva. Le ha pedido que separe las costillas mientras sus ojos pasan de Camino al mostrador mientras mece a un niño pequeño en brazos. Camino los conoce, Matilde es prima segunda de Fernando. No recuerda el nombre del bebé, pero Isabel fue su niñera durante meses. Los niños siempre se le han dado bien. ¿Qué asesino es capaz de cambiar pañales con una sonrisa y cantar nanas hasta que consigue cerrar los párpados de los bebés? Suspira para apartar esos pensamientos.

Coge el cuchillo grande y prepara la carne. De pronto, Matilde le pregunta:

—¿Y de verdad no sabías nada? Mira que Isabel y tú siempre ibais juntas de un lado a otro. No me puedo creer que la haya dejado entrar en casa y estar con mi niño. ¡Si le hubiera llegado a hacer daño…!

El golpe del cuchillo sobre la tabla cae con demasiada fuerza. Atraviesa limpiamente la carne, y piensa en que trocear un cerdo debe parecerse a trocear el cuerpo de un hombre. Matilde estira la espalda y, cuando Camino la mira, da un imperceptible pasito hacia atrás.

—Ni siquiera sabemos si ha sido ella.

Matilde esboza una sonrisa de incredulidad. Como si fuera incomprensible que alguien quisiera seguir defendiendo a Isabel.

Por un momento, Camino tiene una sensación de vértigo a la que no sabe hacer frente. Todo el mundo ha asumido que Isabel es la asesina, es coherente. Y por primera vez se pregunta si han visto a la misma chica. Nadie la conoce tanto como ella. Todos sus sueños, sus miedos y esos pequeños matices que la convierten en un mundo entero. Pero, aunque no la conozcan tanto, no entiende cómo pueden asumir con calma que sea capaz de matar a alguien. No entiende por qué nadie más sale en su defensa.

Ni siquiera Sagrario. Mucho menos Fernando. Verónica no ha tardado en echarla a los lobos, pero al menos ella tiene un motivo, y puede que Álvaro también. ¿Y el resto? Sus antiguos compañeros de colegio; sus vecinos;

la mujer del sacristán, a la que tantas veces ha ayudado a hacer la compra; o las familias de los niños a los que ha cuidado durante años. ¿Por qué nadie ha salido a defenderla? Camino entendería que a ella la condenasen, que incluso se alegraran de que una persona tan rara acabase lejos de Zarzaleda. Hasta hace unos días estaba convencida de que sería un alivio incluso para su madre. Lo que no entiende es por qué nadie quiere defender a la mejor persona que conoce. Por qué ni siquiera su padre intenta pelear para defender su inocencia.

Camino envuelve las costillas en un papel encerado y la mira con una firmeza casi hostil que sabe que no puede permitirse.

—¿Qué más quiere?

—Nada más —susurra Matilde, que baja la cabeza, puede que arrepentida o tal vez intimidada.

Le es indiferente. Mete el pedido en una bolsa y le cobra sin dejar de mirarla a los ojos.

La clienta se va sin despedirse, y Camino no sabe si se quejará a Santiago cuando no esté delante y la meterá problemas. No debería jugarse el puesto cuando está en una situación tan delicada. Lo necesita. Tiene que aprender a mantener la boca cerrada, aunque la saliva le sepa a traición cada vez que no defiende a Isabel, aunque le hierva la sangre cada vez que alguien habla mal de ella. Cuando por fin termina su turno, se quita el delantal y lo cuelga en el gancho de siempre. Se despide de Santiago y se echa la mochila al hombro antes de salir. No se dirige a su casa, sino que se detiene en la tienda de ultramarinos y compra una tableta de chocolate, de ese tan dulce que le resulta empalagoso, y dos latas de cerveza. Se mueve con cuidado para no agitarlas demasiado y se va hacia las afueras, en sentido contrario al camino que lleva al castillo.

Álvaro empezó a ayudar a su padre en la obra antes de dejar el colegio. Roberto lleva toda la vida construyendo y arreglando casas, y aunque el hombre se mantiene fuerte, los años y el trabajo tan duro empiezan a pasarle factura en las articulaciones. Le va bien, la construcción y las chapuzas le ha permitido tener una casa en propiedad en la que cuidar de su familia y suficientes ahorros para hacer frente a cualquier imprevisto. Incluso pueden mantenerse sin apuros durante las temporadas en las que la faena flojea.

Siguen trabajando juntos, pero Álvaro ya no es el chico que ayuda a su padre. Ahora es un obrero que sabe lo que hace y gana su propio dinero. Cuando tienen tiempo, avanzan en la casa que será de Álvaro, a la que planeaba mudarse en cuanto se casara con Verónica. Camino sabe que estará allí.

No le sorprende encontrárselo solo, Roberto no puede trabajar al ritmo de antes. Es la hora de comer cuando llega frente a la verja que rodea el patio. Álvaro lleva una camisa gastada con manchas de pintura y cemento. Parece tan desconcertado al verla que le sonríe y agita la mano, como si hubiera olvidado su último encuentro.

—¿Ha pasado algo?

—Te he traído algo para que repongas fuerzas.

Le hubiera gustado sonar más natural, lo suficiente para que Álvaro no arquee las cejas tan sorprendido como si Camino hubiera aparecido con un vestido de novia. No es típico de ella. No el preocuparse por los demás, ni siquiera el tener detalles, sino anunciarlos o quedarse a charlar. Entiende los gestos de cariño, pero nunca encuentra las palabras correctas. Cuando eran pequeños, le escondía chucherías a Fernando en el bolsillo del abrigo. También dejó en el buzón de Sagrario el libro que le compró con uno de sus primeros sueldos. Nunca dijo que había sido ella, ni se quedó a ver si le gustaba. De todas formas, Sagrario lo supo. Fernando también, porque empezó a hacer lo mismo por ella. Hasta que fueron haciéndose mayores y Fernando dejó de parecerse al niño que era para convertirse en una sombra de Manuel.

—¿Cómo estás? —le pregunta.

—Aquí andamos —responde él, sin un ápice de humor.

Las bromas quedan extrañas cuando suenan mecánicas. Rutinarias. Es el eco de algo que una vez hizo gracia y ahora ni siquiera logra que Camino fuerce una sonrisa.

Álvaro se sacude las manos en los pantalones. Camino siente un cosquilleo en las piernas, que tiran de ella para ponerla en marcha. No quiere estar ahí, pero tiene que hacerlo. Le debe una disculpa o algo así a Álvaro, y lo peor no es que le cueste, sino que no es más que un anzuelo. Una trampa.

—¿Por qué no pasas?

Camino cruza el patio. Es la primera vez que la invitan al esqueleto de una casa que aún no está terminada. Es como ver el boceto de un cuadro sin color. Piensa que algún día las ventanas estarán cerradas, las paredes pintadas y el suelo cubierto de baldosas que pisará mucha gente: familia, amigos, hijos y todo tipo de visitas. Y que ella habrá estado allí antes que todos ellos, dejando huellas invisibles sobre los cimientos. Que ella ha visto esa casa desnuda, de forma más íntima de lo que lo harán los que vivan en ella. Se siente invisible e importante. Imagina que así es como se siente Dios si pasea entre ellos.

Camino cruza el marco donde irá la puerta. Acaricia los ladrillos a la vista.

—Has avanzado mucho.

—Queríamos que estuviera lista para el año que viene —dice Álvaro—. Y queda todo el lío de conectar las tuberías, poner los cables de luz, decidir cómo irá la cocina… —Habla con tono triste. Como un niño que dice lo que le quiere pedir a los Reyes Magos después de descubrir que siempre han sido sus padres—. Supongo que no pasa nada si se retrasa.

—En realidad he venido a pedirte perdón —dice ella.

La mandíbula de Álvaro se tensa. Separa un poco los pies y cierra los puños un instante antes de abrirlos cuando su cuerpo se relaja con un suspiro.

—No eres tú quien me ha puesto los cuernos.

—No tenía derecho a decirlo delante del resto.

—No —confirma Álvaro, pero su voz sigue demasiado triste para que el enfado pese.

No ha dicho que la perdone. Tampoco la ha echado. Camino se lo toma como una invitación frágil. Álvaro no parece mucho más seguro que ella de qué hacer a continuación o de cómo tratarla. Al final se decide por señalar hacia la casa con un gesto.

—¿Te la enseño?

Camino asiente y Álvaro la guía. Le da la sensación de que se están moviendo por el sueño de una vida que se resquebraja antes de tomar forma. Puede ver en los detalles el cariño y el sudor con el que Álvaro ha levantado los cimientos. Los intentos de agradar a Verónica lo suficiente para bastarle, para ser el único. Las barreras que levanta para creerse sus propias mentiras, demasiado endebles para soportar el peso de la casa.

—Quería que la entrada diera directamente al salón. Los pasillos me parecen absurdos, pero Verónica dice que queda mejor, que así podemos tener un armario para dejar los abrigos al entrar. Esto será un aseo. —Señala un espacio que es más grande que el baño que Camino comparte con su madre—. Y aquí habrá una puerta que da a la cocina. Siempre me han gustado las cocinas americanas.

—¿Las abiertas?

Álvaro asiente y pasa delante de ella haciendo un gesto vago.

—Mis padres dicen que es peor para los olores, aunque creo que con una buena ventilación no tiene que haber problema. Me gusta cocinar, me parece chulo estar en el mismo espacio. Pero...

Se encoge de hombros y deja la frase sin terminar. Camino lo entiende. Verónica. Su presencia está en los cimientos de la casa, en cada pared, caminando con ellos con mirada exigente y labios rojos y cortantes.

Se abren paso por el esqueleto de la casa, y ella no deja de preguntarse si tomará forma y vida y se convertirá en un hogar o se quedará a medias, como su castillo.

—Al menos la cocina comunica con el salón. Estaba pensando en poner una puerta corredera, si no se nos va de presupuesto. No tenemos que decidirlo ahora, para eso hay tiempo de sobra. Mira, el salón queda bastante grande. Podríamos invitaros a todos cuando nos aburramos de estar en el bar y seamos demasiado mayores para pasar la tarde en un castillo imaginario. Aunque supongo que ya lo somos.

Camino frunce ligeramente el ceño. Crecer duele. No es un dolor agudo ni cortante. Es una molestia amarga, una apatía por los sueños que se marchitan y las oportunidades perdidas. Por lo que parecía al alcance de la mano y se aleja porque, en realidad, siempre ha sido inalcanzable.

La planta superior está más inacabada. Dos cuartos vacíos en los que alojar a los posibles invitados o a esos niños que a lo mejor nunca tendrán. Un baño tan grande que parece otra habitación. Lo último que le enseña es el dormitorio principal, orientado al oeste. Un espacio amplio y blanco, un boceto a medio trazar. Tiene una ventana amplia y una terraza por la que la luz del sol entra con toda su frialdad. Las copas de los árboles se mecen en la distancia, disfrazadas de un océano verde oscuro.

Álvaro arrastra los pies hacia el balcón y se sienta en el borde con las piernas colgando al vacío. Unos chicos más listos habrían aprendido a tener respeto a las alturas, pero Álvaro parece demasiado cansado para mantenerse alerta. Camino le sigue con la bolsa de plástico colgando de la muñeca y se sienta a su lado. A su alcance. Piensa que ese chico podría ser un asesino y le tiende una cerveza. Sabe que es su amigo, incluso aunque haya matado a alguien. De lo que no está segura es de si sigue confiando en él, pero no le tiene miedo.

Balancea las piernas sobre el vacío antes de abrir la lata. No hay brindis, no hay ceremonias. Dan un trago largo en silencio.

—Quería que aquí estuviera nuestro cuarto porque es el mejor sitio para ver la puesta de sol —le confiesa, como si fuera un secreto—. Cuando se lo dije a Verónica, se rio de la idea. Dijo que no tardarían en construir un bloque delante.

Camino no quiere darle la razón, pero la tiene. Álvaro la busca con la mirada de forma apremiante.

—¿Por qué pensaría en el futuro si no quería uno conmigo?

—Creo que se veía viviendo contigo.

—Pero no es lo que deseaba. ¿Verdad que no?

Álvaro pestañea tan rápido que casi no se ve que los ojos le brillan. Podría ser el reflejo del sol, aunque no lo sea. Camino da otro trago.

—¿Vas a seguir adelante? —le pregunta.

—¿Con la relación o con la casa? —Ella responde encogiéndose de hombros. Álvaro gira la lata en la mano—. Debería dejarla. Supongo que es lo que todos esperan que haga.

—¿Es lo que quieres?

—Ya no sé qué más hacer. —Frunce el ceño y da un trago rápido, casi violento—. Siempre he ido detrás de ella. Ya lo sé, ya sé que lo sabíais y que siempre he sido un poco patético. Pero siempre… no hay nadie como Verónica. Nunca habrá una chica tan guapa, nadie con la voz tan suave y tan ronca al mismo tiempo. Nadie que me mire como ella. Me pasé la adolescencia intentando mejorar para ser suficiente para ella. Y lo peor no ha sido no conseguirlo, sino haber estado tan cerca y descubrir que todo ha sido una mentira.

Inspira de forma entrecortada, y esta vez Camino tiene que apartar la mirada para dejarle creer que no lo ve llorar. Se concentra en el bosque y en el sol, en la brisa fría y en el peso de la cerveza.

—Quiero que me quiera. O dejar de quererla. Quiero controlar lo que siento en vez de arrastrarme detrás de ella y seguir sin ser suficiente.

Camino mantiene la vista fija en el horizonte. Las nubes se acumulan, cada vez más grises y densas. La humedad se condensa en el aire. El dolor de Álvaro es una herida que no sabe cerrar. Supone que el tiempo lo ayudará, aunque no confía del todo en esa medicina. Sabe que, *a veces*, el tiempo sana las heridas, pero en ocasiones hace que se infecten. Entonces él dice algo que vuelve a alertarla, aunque se esfuerza en disimular:

—Nunca seré ni la mitad de lo que Manuel era para ella.

Camino inspira con cuidado, como si el aire estuviera formado por cristalitos. Como si el suelo sobre el que se sientan fuera del hielo más fino y cualquier movimiento pudiera romperlo. Manuel está entre ellos, igual que estaba entre Álvaro y Verónica. Manuel, tan presente en ese precipicio como en el que perdió la vida. ¿Estaba también Álvaro a su lado?

Camino sabe que hay que poner un cebo para que un animal caiga en la trampa. Con los más listos no tiene que ser demasiado obvio, y nunca ha intentado cazar nada tan inteligente. Por eso elige despacio cada palabra.

—No creo que Manuel fuera tan especial. —Nota la atención de Álvaro y tiene la impresión de que el recelo hace que sus ojos se entornen.

—Era más interesante que el resto —susurra Álvaro, aunque no parece convencido—. Siempre era divertido.

—No lo sé. Creo que lo divertido era estar con él. Sentirnos parte de su grupo. Muchas veces sus bromas eran crueles o no tenían gracia. Creo que teníamos ganas de reírnos a su lado. De agradarle.

Tiene la atención de Álvaro. No su confianza, pero de momento es suficiente. Ha sido fácil porque solo ha tenido que decir la verdad, hablar de algo que los dos han sentido, aunque nunca hayan acertado a ponerlo en palabras.

—Pero queríamos formar parte de su grupo. No solo Verónica, todos queríamos estar cerca.

—Tenía algo magnético. Nos hacía sentir... ¿elegidos? ¿Especiales? Pero no era porque fuera el más listo ni el más guapo. La mayoría de las veces ni siquiera se molestaba en ser simpático. Dábamos por hecho que él estaba por encima de nosotros. Aunque viviéramos en el mismo sitio, no pertenecíamos al mismo mundo. Sí, todos hemos crecido en Zarzaleda, pero su vida no tenía nada que ver con la nuestra. Siempre hemos sabido que él iba a conseguir lo que quisiera. Vivir en un sitio mejor, tener uno de esos trabajos de los hombres que triunfan. Viajar, crear algo, ser importante. Manuel estaba solo de paso en nuestras vidas, o nosotros de paso en la suya.

Estar a su lado era como asomarse a una ventana y descubrir un mundo más brillante del que nunca podrían llegar a formar parte.

—No sé si Verónica le quería a él o la vida que imaginaba con él —termina Camino.

Traga saliva. Se le hace extraño hablar tanto. Compartir, y más con Álvaro, con quien puede hablar de caza o del bosque, pero nunca de lo que siente, de sueños o de esas cosas que les dan miedo. Él sigue callado. Tiene los hombros hundidos y la mirada perdida. Camino supone que es buena señal que no parezca tenso ni haya querido alejarse de ella.

—Nunca te has llevado demasiado bien con él —susurra Álvaro, y Camino no sabe si lo hace para tantearla—. Verónica dice que eres muy rencorosa.

Camino tuerce una sonrisa sin ningún tipo de alegría.

—Lo soy.

—Pero no es por eso por lo que mantenías la distancia con él. ¿Es porque no te interesaba fantasear con ese tipo de vida?

Camino no quiere alejarse del tema de la muerte de Manuel. Tampoco ha pensado nunca eso. Sabe que tiene muchos defectos, pero no cree que sea de ese tipo de personas que se acercan a otras por lo que pueden conseguir.

—No.

—¿Entonces? ¿Qué era lo que no te gustaba de él?

La forma de hacer valer su opinión por encima de la de los demás. Que él decidiera, desde pequeños, qué juego era divertido y cuál, un aburrimiento. La manera en la que, al contar anécdotas, siempre era el listo, el valiente y el fuerte, y los logros de los demás parecían insignificantes. Ella creía que los otros eran juguetes para él y que no le importaba romperlos cuando se cansaba de jugar con ellos.

Para Manuel, la verdad no importaba. Nunca intentaba ser objetivo. Imponía su punto de vista, y los demás eran ridículos o estaban equivocados. Pero eso no era lo peor. Para Camino, lo peor era la facilidad con la que lo escuchaban todos. Lo sencillo que era creerle, y no solo los demás. También ella se sorprendía aceptando su verdad aunque sabía que estaba equivocado.

—No me gustaba en lo que nos convertíamos cuando estábamos a su lado.

Álvaro arquea las cejas y se termina el resto de la cerveza de un trago. Sabe a qué se refiere. Verónica no era la única que se volvía peor cuando él estaba delante. Fernando se acostumbró a callarse, a ocupar poco espacio. Sagrario, a bajar la cabeza y a reírse de las burlas. Isabel, a aguantar con una sonrisa y a ser la que se esforzaba para que las situaciones incómodas no lo parecieran.

Álvaro se pone en pie y estruja la lata con una mano. Da un paso atrás y todo el cuerpo de Camino se tensa cuando piensa que está cogiendo impulso para empujarla. ¿Y si ya lo ha hecho antes? ¿Y si no puede perdonarle que lo haya puesto en evidencia? Sus uñas arañan el cemento, pero cuando Álvaro se mueve es para lanzar la lata con todas sus fuerzas y con toda su rabia. Rebota contra el asfalto y sale rodando, entre saltos y quiebros. Camino la sigue con la mirada hasta que se pierde de vista.

—Me alegro de que esté muerto —dice, y Camino sabe que miente.

Al menos, a medias. La verdad nunca es tan sencilla, por mucho que le gustaría que lo fuera. Lo que no sabe es si la parte más amarga de su voz es por pesar o por remordimiento.

—Yo también —responde ella, y también es mentira. Al menos, a medias.

—¿Sabes? Pensé que habías sido tú —le confiesa Álvaro, aún de espaldas. Camino se esfuerza para que la sorpresa de su cara se desvanezca antes de que se vuelva a mirarla—. Esa noche, después de que tuvieras que apartarlo de Isabel. Creí que te iba a pegar, estuvo cerca. Y no fui capaz de apoyarte, aunque en ese momento quise. Y luego, cuando lo encontramos, cuando dijeron que no había sido un accidente, pensé que habías sido tú. Que no habías aguantado más.

—Ya —masculla ella.

No está molesta, ni siquiera le duele. Es como si se hubiera acostumbrado a ser la sospechosa de un crimen. Se ha vuelto inmune a que la crean capaz de matar. De todas formas, a lo mejor lo es.

Pero si Álvaro pensó que había sido ella, él no pudo hacerlo por muchos celos o razones que tuviera. Eso, o miente mucho mejor de lo que pensaba. Aún está tratando de entender cada palabra cuando él sigue hablando:

—Y no me enfadé contigo, ni siquiera me dabas miedo. Pensé que habías sido tú y que ojalá nadie pudiese probarlo nunca.

Camino arquea una ceja.

—Yo no lo hice.

—Ya lo sé.

—Isabel tampoco.

Ahora el silencio es más tenso. Camino cuenta los segundos. Cada uno es un balanceo de sus deportivas sobre el vacío. Una parte de ella espera que Álvaro sea un asesino, y lo tiene a su espalda. Bastaría un empujón para hacer que se precipitase al vacío. Si fue él, ya habría hecho eso antes. Está jugando con fuego. Álvaro se mueve detrás de ella y Camino siente la garganta seca. Piensa en los gorriones a los que sus hermanos empujan del nido para asegurarse de que haya más comida para ellos. Suelen ser los más pequeños. O los más estúpidos, los que se acercan al borde demasiado pronto.

Camino piensa que la valentía y la estupidez suelen ir de la mano, y se prepara para caer. Pero el empujón no llega.

—Isabel es inocente —dice Álvaro con voz áspera. Burlona—. Verónica me quiere. No somos unos amigos de mierda. Podemos seguir contándonos mentiras todo el tiempo que quieras.

24

Continúan sentados al borde del precipicio. Ella sabe que no debería seguir acorralándolo. Sus intenciones han vuelto a quedar claras y Álvaro levanta sus defensas. Así que baja la mirada, los hombros y las armas. Se deja ver vulnerable de una forma calculada. Es una técnica antigua. Camino sabe que hay peces y serpientes que fingen estar muertos o heridos para que sus presas se confíen y se acerquen a ellas.

—Es que no puedo creer que lo haya hecho... —dice—. Y no puedo entender por qué vosotros sí.

Álvaro lanza una última mirada precavida antes de volver a relajar los músculos de forma casi imperceptible, pero para Camino es suficiente.

—Para ser tan observadora, tienes un punto ciego enorme.

Camino frunce el ceño y le lleva toda su fuerza de voluntad mantener el enfado en ese gesto.

—No es un punto ciego. La conozco.

—Vamos, Camino. Isabel no es perfecta.

—Claro que no —replica ella. Lo que no añade es que, si hubiera una persona perfecta, sería Isabel.

No todos la verían igual, es consciente. Es imposible gustar a todo el mundo, pero hay gente buena. Personas que se preocupan por los demás, que cuidan de los que los rodean, que se esfuerzan para que el mundo resulte algo más luminoso. Hay pocas personas así, pero Isabel es de esas.

—Es fácil poner cara de buena cuando alguien te hace el trabajo sucio —dice Álvaro con una mirada que parece atravesarla.

—No sé qué quieres decir.

—Nunca estaba claro si a Isabel le molestaba Manuel o le gustaba, porque ella nunca se enfrentaba a él cuando se ponía pesado. Lo hacías tú.

—Porque es mi amiga.

Álvaro sacude la cabeza.

—No era solo eso, Camino. Le molestaba que se metieran con su acento, pero ella no se enfrentaba a sus vecinas o a los demás niños. Le bastaba con llorarte y tú lo hacías por ella.

—No es culpa suya no ser más valiente.

—No se trata de ser valiente o cobarde… —Álvaro carga sus palabras como si fueran las balas de una escopeta y, cuando habla, Camino siente que está disparándole—. Isabel te utiliza. Sabe hacer contigo lo que le da la gana.

—Eso es mentira.

—Al menos yo lo reconozco, Camino. Creo que es hora de que tú también abras los ojos.

Le gustaría golpearle. Estamparle la mano en la mejilla con la fuerza suficiente para que el sonido lo haga callar. O lanzarle un puñetazo a la boca del estómago y doblarlo en dos. Podría hacerlo. Quiere hacerlo. Convierte su mano en un puño, pero se contiene. Lo que le duele no son las palabras, sino lo auténticas que suenan.

—Isabel elige muy bien con quién hablar o qué contar —continúa Álvaro—. Buscaba a Sagra cuando necesitaba que alguien la ayudara con los deberes. A Fernando, cuando quiere escuchar algo amable. A ti, cuando quiere que la defiendan o que alguien ataque por ella. Cuenta la de veces que has discutido con alguien para defenderla. Incluso a Manuel sabía cómo sonreírle para que invitase a otra ronda o para que nos llevara en el Mercedes a alguna parte.

—No es verdad —dice Camino, pero los brazos se le caen a ambos lados y su voz ni siquiera suena convencida—. Isabel no... Isabel me quiere.

—¿Más o menos de lo que Verónica me quiere a mí?

Ojalá su cuerpo y su mente no estuvieran tan cansados y pudiera volver a enfadarse. Ojalá no le picaran los ojos. Ojalá no hiciera tanto frío y el vacío de sus pulmones no le pareciera tan terrible. Camino mantiene la mirada en los zapatos y la concentración en el balanceo de las piernas.

Álvaro vacila antes de sentarse a su lado. Parece que le

esté pidiendo permiso; si pudiera, Camino se reiría. Es su casa, o lo será. Y ella no es más que una intrusa que quería escuchar una confesión, pero no esa.

—Camino, no quiero hacerte daño —dice con voz más suave. Ella sospecha que ha disfrutado, al menos un poco, al conseguir que se derrumbara. Aunque fuera una revancha involuntaria por lo que ella le hizo. El rencor no está tan lejos del cariño. De hecho, a veces, pueden ir de la mano—. Tampoco creo que Isabel lo haya hecho por maldad. Supongo que se le fue de las manos mientras se defendía.

—Pero crees que es mala.

—No es un ángel, pero le encanta parecerlo. Isabel se aprovecha de su papel de niña buena. Aunque eso tampoco la convierte en un monstruo.

—Pero ¿sí en una asesina?

La pregunta es una acusación. Camino no sabe si Álvaro tarda en responder porque no sabe qué decir o porque no quiere hacerle daño.

—No me lo invento. Hay pruebas serias contra ella. Lo del jersey es difícil de explicar.

También lo de la carta, pero eso aún solo lo saben ella y Eduardo. Camino siente una opresión en la garganta cuando lo piensa. Tiene que seguir así. Sus amigos están dispuestos a acusarla por una prueba aún más circunstancial. Álvaro daría el caso por resuelto si supiera que existe esa nota, aunque la letra no encaje del todo.

—No hubiera pensado en ella si no fuera por el jersey

—reconoce Álvaro—. Ya te lo he dicho, creía que habías sido tú. O Eduardo, cuando me enteré de lo de los golpes.

Camino entorna los ojos y se vuelve hacia él.

—¿Qué golpes?

—¿No te has enterado? Eduardo, el hermano de Manuel, empezó a comportarse de forma un poco rara. Mis padres estaban convencidos de que había sido él. Empezó a usar su coche cuando aún estábamos buscándolo, antes de que se le diera por muerto. Y ya sabes que no se deja ver mucho, pero fue a desayunar al Alamar a la mañana siguiente a la desaparición. Le atendió Miguel, y contó que llegó muy temprano. Tenía el pómulo hinchado, como si le hubieran dado un puñetazo, y cara de no haber dormido.

Camino siente que se le acelera el pulso y piensa en Eduardo y su sonrisa torcida, sus ojos verdes, su voz susurrante, casi confabuladora, cuando le dijo que ellos dos serían los principales sospechosos y que tenían que trabajar juntos para encontrar al verdadero asesino.

Apoya las manos en el cemento con más fuerza para que no le tiemblen.

Eduardo y esa forma de confesarle partes de sí mismo que parecían vulnerables; quizá solo sea un decorado. La soledad con la que ha conectado con ella. Las ganas de mantenerse alejado de la gente del pueblo. Su desapego por Manuel. De pronto se da cuenta de lo alarmantes que son esas señales que, en su momento, la hicieron sentirse identificada con él. De lo conveniente que ha sido cada palabra que ha dicho. De lo estúpida que es y de lo mucho que ha tenido que reírse de ella.

«Eres demasiado lista», le dijo. Y se lo creyó en vez de darse cuenta de lo mucho que estaba burlándose de ella.

El gris del cielo se cuela por debajo de su piel. La humedad del ambiente amenaza con ahogarla. Piensa en la nota. Esa nota con una letra que se parece a la de Isabel, pero no es la misma. Se lo decían las tripas más que los ojos. Debería haberlas escuchado con atención.

—Camino, ¿estás bien?

Traga saliva. No ha dejado de mirar a Álvaro, pero sí de verlo.

—¿No le han contado nada de esto a la policía?

—Sí, fue al primero al que interrogaron. Varias veces, por lo que dicen. Supongo que hasta que no apareció el jersey...

Camino ha dejado de escuchar. Se pone en pie con un movimiento tan brusco que hace que Álvaro se encoja.

—¡Cuidado!

No ha olvidado que está al borde del abismo. Lleva tanto tiempo haciendo equilibrios para no caer que ha perdido el vértigo.

—Tengo que irme —balbucea.

—¿Qué es lo que...? Camino, no puede ser Eduardo. ¿Cómo explicas el jersey? ¿En qué momento se lo quitó a Isabel?

No lo sabe. No le importa. Eduardo se ha acercado a ella y le ha mentido. No puede decírselo a Álvaro: le llevaría demasiado tiempo y está demasiado confusa. O demasiado enfadada, herida, traicionada y triste.

—Ya te lo contaré —farfulla. ¿Qué importa una mentira más entre todas las que se han dicho esa tarde?—. Nos vemos pronto.

—Camino, por favor...

—¿Qué? —ladra.

El odio no va dirigido a él, sino a ella misma. Puede que Álvaro la entienda o que esté cansado de su presencia. Cambia el peso del cuerpo de un pie al otro y niega con la cabeza.

—No hagas ninguna tontería.

Ella no responde. Porque sabe que lo que va a hacer es peor que algo tonto.

Decisión

Fecha: 15 de septiembre de 1986

Nombre de la testigo: Isabel Arias Carmona

Fecha de nacimiento: 17/04/1964

Ocupación: Desempleada

Relación con la víctima: Amiga con interés romántico

Hechos: Varios testigos aseguran que Manuel tenía actitudes románticas con ella. Aunque no hay certeza de que fueran correspondidas, se ha elaborado una lista aproximada de regalos y detalles que la víctima tuvo con Isabel Arias a lo largo de los años.

Comportamiento durante la entrevista: La testigo permanece de brazos cruzados y con gestos de protección, pero se muestra muy colaboradora. No pierde los nervios cuando se le insiste y asegura que no sabe nada. No incurre en contradicciones. Se define como amiga de la víctima, pero eso contradice otras opiniones que la señalan como pareja.

Declaración de la testigo: «[...] Sí, tenía sus bromas y a veces era un poco pesado, pero sé que eran eso, bromas. No le daba importancia. Alguna vez le dije que parara. Me ponía un poco nerviosa cuando el resto daba por hecho que acabaríamos juntos, porque no era verdad, pero nunca me hizo daño. Sí, me quejé, pero no lo saqué de quicio. No era tan molesto. Nunca estuvimos juntos. No, no nos acostamos ni… nada así. Como mucho algún beso, tampoco me lo tomaba en serio. No llegaba a más. Camino le paraba los pies, siempre ha sido muy protectora conmigo. No lo sé, creo que lo conocía desde siempre y se me hacía extraño. Claro que no estaba celosa ni enfadada con él».

Coartada: Isabel Arias regresó a su casa tras la discusión. Camino Iglesias la acompañó hasta la puerta. Llegó sobre la una de la madrugada. Una vez allí, habló con su hermana antes de darse una ducha y meterse en la cama.

25

Debería sorprenderle lo rápido que le resulta encontrarlo. Ni siquiera ha tenido que devanarse los sesos pensando en cómo dar con él. Ha seguido su instinto, como debía haber hecho desde el principio. Porque sabe que tiene razón.

Ha cruzado el pueblo al trote. El sol juega a esquivar las nubes, que cada vez se lo ponen más difícil. El tiempo corre siempre en su contra. Sabe que en algún momento la han saludado, pero ni siquiera recuerda quién ha sido o si ha contestado. Estaba concentrada en encontrar a Eduardo, como un perro de caza que ha dado con el rastro. Se dirige a casa de Manuel, esa en la que solo podían entrar a escondidas cuando sus padres estaban de viaje. Los bloques de pisos dan paso a casas solitarias cada vez más señoriales, rodeadas de muros de piedra y verjas metálicas para mantener alejados a los ladrones. Al contrario que en su casa, allí, en cada finca, hay algo valioso que llevarse.

La de Manuel está en lo alto de una cuesta. Es un lugar lo bastante cerca del centro de Zarzaleda para que puedan ir a pie, y lo bastante alejado para parecer un lugar distinguido, con cipreses altos y esbeltos, y setos bien cuidados. Los cipreses le recuerdan a los del cementerio. Siempre se ha preguntado quién querría que su casa pareciera un mausoleo.

La residencia de Manuel tiene las verjas negras. Se retuercen y entrelazan de una forma elegante que a Camino siempre le ha hecho pensar en lanzas y enredaderas. No tiene que llegar a la puerta, el Mercedes está aparcado fuera.

Camino podría llamar y poner una excusa para hablar con Eduardo. O no decir nada, solo que tiene que verle. Está segura de que saldría. En vez de eso, se cruza de brazos y se apoya en el coche, como un sabueso haciendo guardia, listo para lanzarse sobre su presa. No se esfuerza en esconderse, quiere que la vean.

No sabe cuánto tiempo espera. Piensa que en cualquier momento va a empezar a llover, pero ese momento no llega. Tiene los pensamientos acelerados y la sangre le zumba en las sienes. Las sombras se alargan, el frío le eriza el vello. No deja de pensar en la nota que imita la letra de Isabel, en sus encuentros con Eduardo y cómo ha tenido cuidado de evitar decirle la verdad, y en las palabras de Álvaro.

Se clava las uñas en las palmas. Después de todo, no es tan distinto de su hermano. Manuel jugaba con Verónica y Eduardo lo ha hecho con ella. Como si fuera la muñeca más estúpida de la estantería. Tiene que contenerse para no descargar un puñetazo contra la luna del coche con la fuerza justa para hacer que el cristal se rompa. Prefiere guardarse la ira y las ganas para descargarla sobre él si resulta que solo puede sacarle la verdad a golpes.

La puerta se abre. Camino cruza una mirada furibunda con Adela, que parpadea confusa antes de recomponer el rostro y cerrar. No oye ninguna conversación, pero puede imaginársela cuando la puerta vuelve a abrirse. Esta vez sale Eduardo, que sabe disimular la sorpresa.

—Podías haber tocado el timbre. O haberme llamado por teléfono —dice a modo de saludo mientras cruza el patio.

Camino tiene tantas ganas de abalanzarse sobre él y agarrarle por el cuello que los músculos se quejan cuando les ordena que se queden quietos. Aprieta los dientes y espera. La sonrisa de Eduardo tiembla; en vez ponerse serio, la retuerce. Al menos no es lo bastante estúpido para quedar a su alcance, o su instinto de supervivencia le grita que no es buena idea. Se cruza de brazos a unos metros de ella y ladea la cabeza. La curiosidad brilla en sus ojos verdes.

—¿Vienes por lo de la nota?

—¿La has escrito tú? —escupe ella.

Eduardo se sorprende lo suficiente para arquear las cejas y dar un paso atrás. Intenta soltar una carcajada, pero suena rota. Una nota perdida que se ha caído de la partitura.

—Sé que quieres defender a Isabel, pero se te está empezando a ir la cabeza.

—Tú, en cambio, sabías muy bien lo que hacías cada vez que me has mentido.

Esta vez la sorpresa logra que Eduardo pierda la sonrisa. Parpadea un par de veces y abre la boca para decir algo, pero no encuentra las palabras. Camino no tiene prisa, solo rabia. Le trepa por la garganta y se le acumula en el paladar, como la noche en que amenazó a Manuel. Sí, Eduardo y él se parecen, aunque no haya querido verlo o él haya sabido engañarla.

—No te he mentido —dice.

¿La ve tan idiota como para pensar que puede volver a engañarla? Ella da un paso hacia él y el chico retrocede. Puede que sea más alto, pero la rabia de Camino hace que el tamaño importe poco.

—Cuando me dijiste que tú y yo éramos los principales sospechosos se te olvidó comentarme que ya te habían interrogado varias veces.

—Te lo hubiera dicho si me lo hubieras preguntado.

—¿También me hubieras dicho que esa noche te peleaste? ¿Dónde estuviste? ¿Quién te pegó?

La línea de la mandíbula de Eduardo está tan tensa que a Camino no le sorprendería que se le encajara para siempre. El chico intenta mantenerse, pero la arrogancia se ha desvanecido. Está más pálido que nunca y casi no se atreve a pestañear para no apartar los ojos de ella. Le tiene miedo. ¿Porque es peligrosa o porque sabe que lo ha pillado?

Siente la primera gota de lluvia en el hombro. Sabe que no será la última y que acabará empapada, pero no le importa. Eduardo sigue tan imperturbable como ella.

—¿Escribiste tú la nota? Sabía que la letra no era la de Isabel, se parece, pero no es la suya.

—No. Sé que no me crees, pero no la he escrito yo.

—Me dijiste que la encontraste en el maletero. Ahora me entero de que tu hermano no lo usó esa noche, que ya lo tenías tú. ¿Te estás riendo de mí?

—Me dejó las llaves —contesta él demasiado rápido. A Camino le parece el tipo de respuesta estudiada que das a la pregunta de un profesor—. Esa noche aparcó el coche en casa. Me lo encontré aquí. Yo salía de casa y él entraba a coger la chaqueta. Estoy seguro de que había leído la carta e iba hacia esa puñetera casa en ruinas donde lo mataron.

Ella es consciente de que está enseñándole los dientes en una mueca que se parece a la de los lobos cuando se enfrentan a otro depredador. Eduardo mantiene la calma y la coherencia. Tiene ese tono serio y casi trágico, y la mirada intensa clavada en Camino cuando habla. No le vacila la voz ni le tiemblan las manos. Es tan bueno mintiendo que se siente un poco menos imbécil por haberse dejado engañar.

—¿Eso fue antes o después de que te diera un puñetazo en la cara?

Eduardo se encoge, como si volviese a sentir el golpe. Mira a su alrededor con gesto huidizo, parece casi asustado de que alguien les pueda escuchar desde las ventanas de su casa. Camino quiere repetir la pregunta a gritos, para que todos la oigan bien: «¿Manuel te pegó esa noche cuando intentaste matarlo?». Si no lo hace es porque no servirá de nada. Está convencida de que si los Villaseñor supieran que el hijo que les queda es un asesino lo defenderían, aunque la víctima sea su hermano. No cree que les importe lo más mínimo que una inocente vaya a la cárcel en su lugar. Todas las familias tienen sombras y miserias, pero los ricos tienen casas lo bastante grandes para esconderlas.

—No fue él —musita en una voz tan baja que es poco más que un susurro.

—Ya. —Camino entorna los ojos—. Entonces ¿quién?

Le parece que es muy valiente estar sola frente a la persona que ha logrado engañarla. La misma persona que ha matado a su hermano. La que es capaz de enviar a Isabel a prisión sin pestañear con tal de salvarse. ¿Dudaría en matarla también a ella? La pregunta le cruza la mente cuando él da un paso hacia ella; esta vez, Camino retrocede. La lluvia se vuelve insistente. Podría servirle de excusa para marcharse, aunque sabe que tampoco necesita motivos.

—Camino...

Nunca ha pronunciado así su nombre. Como una bandera blanca que se agita entre los escombros. Como una súplica. Le entran ganas de permitir que se acerque, pero ya se ha dejado engañar demasiado.

—¿Mataste a Manuel?

—No.

Eduardo le enseña las manos vacías y Camino espera ver manchas de sangre. Solo hay sombras y una piel blanca en la que se marcan las venas, de un azul pálido y delicado. No son tan fuertes como las de Manuel, pero no hace falta mucha fuerza para empujar por la espalda. Por eso no son héroes ni príncipes los que se acercan con una roca en la mano, a veces con una quijada, y descargan un golpe rápido en el cráneo de su hermano.

Camino no sabe si lo que guio la mano fue el rencor o la envidia, los celos o la avaricia. A lo mejor una mezcla de todos, pero está convencida de que, en ese tipo de historias, cuando un hermano termina muerto, al otro no le importa mentir al mismo Dios. Y ella ha sido solo una mortal lo bastante estúpida para escuchar a la serpiente.

—No te creo.

Las sombras dibujan un brillo líquido en los ojos de Eduardo, del verde más oscuro que Camino ha visto jamás. O será esa sonrisa amarga que esboza, o esa forma de parecer tan desarmado. O esa gota de agua que se desliza por su mejilla y que imita el recorrido de una lágrima, aunque Eduardo no ha derramado ninguna.

—Entonces ¿de qué sirve que intente contarte nada? —pregunta el chico con voz ronca—. Has decidido no creerme.

—He decidido encontrar la verdad —sisea Camino—. No sé cómo lo hiciste con lo del jersey de Isabel, pero lo averiguaré. Y sé que le darás esa nota a la policía para asegurarte de que la encierran, pero te prometo que conseguiré que se sepa la verdad.

—Puede que la verdad no te guste, Camino.

—¿Por eso me la ocultas?

—No.

Sabe que no debería quedarse allí para escucharla. Que ni siquiera es seguro. Pero le da una última oportunidad, que dura tres latidos de un corazón tenso. Eduardo hace otro ademán de acercarse. Uno. El chico baja la cabeza y la esconde entre los hombros. Dos. Se estremece y se cierra. Tres.

Camino retrocede otro paso antes de darle la espalda. Los árboles estiran sus sombras como raíces hambrientas. Ella echa a correr. Nadie la sigue.

Camino llega a casa y piensa que nunca ha sido tan oscura ni ha estado tan vacía. Tiembla cuando se quita la ropa mojada y se pone una chaqueta vieja que huele a refugio. Aún quedan unas horas para que su madre regrese, si lo hace. Ahora que se ha abierto esa puerta entre ellas se pregunta si le contará dónde pasa las noches que no vuelve.

No sabe si lo hará. No sabe si le importa. No sabe si esa puerta seguirá abierta o solo ha sido una conversación puntual y volverán a distanciarse, con menos resentimiento, pero sin motivos por los que volver a acercarse. A quien echa de menos de forma dolorosa, casi como si se la hubieran amputado, es a Isabel. Nunca ha pasado tantos días sin hablar con ella, sin verla. Camino coge el teléfono, sujeta el auricular contra el oído y empieza a marcar, pero cuelga de golpe cuando llega al segundo número. Las palabras de Álvaro pesan, porque son amargas, y no se desvanecen con el paso de las horas, como un mal presentimiento o una pesadilla.

Piensa en hablar con Sagrario. Su amiga es reservada y elige con cuidado de entre lo que le cuenta su hermano, pero, si le pregunta, está segura de que conseguirá que le dé algún dato más. Algo que la ayude a salvar a Isabel, alguna pista que no haya tenido en cuenta, lo que sea. Descuelga el teléfono, pero luego lo deja en su sitio. Los nervios hacen que le tiemblen las manos y que a sus piernas les cueste quedarse quietas. Sabe que si Sagrario vuelve a decirle algo que no quiere escuchar, le costará no saltar, y también sabe que su amiga no merece que la trate tan mal como la otra vez. Camino confía en poca gente. Le cuesta construir puentes, con lo fácil que resulta hacer que ardan.

No quiere volver a portarse mal con ella.

Oye un chirrido en el patio y luego los pasos que se acercan por la escalera. Piensa en los guardias civiles, en su madre o en Sagrario. Incluso se imagina a Isabel, pálida y llorosa, a punto de llamar a su puerta. No sabe quién está a punto de llegar a su casa, pero la impaciencia hace que se acerque a la puerta y abra con un movimiento brusco, antes de darle la oportunidad de pulsar el timbre.

La lluvia repiquetea con fuerza el tejado y la calle está

lo bastante oscura para no distinguir si en sus ojos hay una amenaza. Eduardo parece más alto. Tiene el rostro lleno de sombras y el brillo del acero en los ojos. Aprieta algo en el puño; Camino piensa en la piedra que acabó con la vida de Manuel. El corazón le da un latigazo. Se pregunta si alguien habrá visto que la ha seguido y si alguien la oirá gritar. Intenta cerrar de un portazo, pero Eduardo es más rápido. Le basta una zancada para entrar en el pasillo. Está tan cerca que Camino puede verle las venas de las sienes hinchadas, los músculos tensos en ese cuello tan blanco y las motas de oro que lanzan destellos entre el verde de sus pupilas.

Eduardo estira el puño hacia ella. Nadie podrá oírla porque Camino ha perdido la voz y es incapaz de gritar.

26

—Toma.

El zumbido en el que se han convertido los latidos acelerados de su corazón. La presión en las sienes. El frío que se derrama por su espalda. El repiqueteo de la lluvia. Los ojos de Eduardo, que tienen el brillo de la piel de las serpientes. Camino no se atreve a moverse porque ni siquiera puede creer que no le haya hecho nada.

A lo mejor es como uno de esos gatos salvajes que esperan, inclinados sobre la presa, a que la culebra intente moverse para abalanzarse sobre ella.

Eduardo pestañea. A Camino le quema el aire que contiene en los pulmones. Él se mueve de nuevo y esta vez ella logra reaccionar y poner distancia.

—¿Qué haces en mi casa?

«¿Has venido a matarme?», piensa. No llega a preguntarlo por si es su intención y lo ha olvidado, o porque su voz suena ronca y sin aliento y no es capaz de reunir más palabras.

—¿No tenías tanto miedo de que le diera esto a la policía?

Entonces se da cuenta de que lo que tiene en el puño no es una piedra ni una quijada. Es un papel arrugado. La nota firmada con el nombre de Isabel. El pulso de Camino vuelve a acelerarse y extiende la mano, pero se detiene. Le mira con precaución, a demasiada poca distancia y en su casa, donde debería sentirse a salvo. Es una trampa.

El rostro de Eduardo es como un busto de mármol. Severo, rígido e inescrutable. Agita una vez más el papel:

—¿No lo querías? Cógelo.

—¿De verdad has venido para darme esto?

No. Sabe que no es eso, aunque se esfuerce en mantenerse inexpresivo. Lleva el pelo mojado y las gotas le recorren las mejillas. Camino se sorprende pensando en secárselas, en recogerlas con los dedos.

—No te he mentido.

—Tampoco has sido sincero —responde ella, implacable.

Eduardo aparta por fin la mirada y solo entonces baja la cabeza. Camino se acerca un paso y da un tirón al papel. Está a punto de rasgarse, pero Eduardo lo suelta y ella lo sujeta contra el pecho. No como si fuera una prueba incriminatoria, sino como sujetaría la carta que otorgara libertad a una persona a la que quiere. Tiene que haber algo allí que señale al culpable.

—¿Lo escribiste tú?

—No —responde Eduardo, sombrío—. Ya te he dicho que no te he mentido.

—¿Qué pasó la noche en que desapareció Manuel? ¿Qué estabas haciendo en el coche?

—Me dejó las llaves.

—¿Después o antes de pegarte?

Eduardo suspira y mira hacia la puerta. Camino está convencida de que no es el frío lo que le molesta, sino la sensación de que cualquiera puede oírles.

—¿Podemos hablar? Te lo contaré todo.

«Claro que no», piensa ella. ¿Quién dejaría pasar a una persona que tal vez haya matado a su propio hermano? Al interior de una casa vieja y pequeña, con humedades en las paredes y muebles que no combinan. Camino guarda con celo su intimidad, ese rincón que intenta convertir en una madriguera en la que sentirse a salvo.

—Cierra la puerta —se escucha decir, y le da la espalda.

Siente un escalofrío cuando lo hace. Piensa en lo fácil que sería estrangularla. Lo sencillo que resultaría golpearla con algo contundente en la sien. Por eso acelera el paso y le espera en la cocina, de espaldas a la encimera, con los cuchillos al alcance de la mano.

Eduardo no se mueve de forma rápida. A lo mejor no quiere asustarla. A lo mejor es él el que está asustado. Mira la cocina con unos ojos que evalúan, pero no juzgan, y se apoya en el marco de la puerta con los brazos cruzados. A Camino no le gusta que bloquee la salida. Parece un gesto casual, pero ya no cree en las casualidades.

Calcula el tiempo que tardaría en coger el cuchillo grande que descansa en el fregadero (menos de un segundo) y recuerda la sensación al dar un golpe lo bastante fuerte y seco para atravesar la carne hasta que llegue al hueso. Ha practicado en la carnicería las veces suficientes para que sus músculos tengan memorizado el movimiento. Puede hacerlo, y lo hará si es necesario. Consigue calmarse y lo mira con gesto firme.

—¿Me puedes dar... un vaso de agua? —pregunta Eduardo con voz rasposa.

—No.

No quiere darle la espalda. No pestañearía, si pudiera. Él esboza una sonrisa a medias que se desmorona antes de que termine el gesto.

—No maté a mi hermano. Lo vi esa noche y me dejó las llaves del Mercedes. Me pidió que lo acercara al inicio del camino que lleva a ese sitio vuestro. No me dijo con quién había quedado ni volví a verlo.

—¿Y los golpes?

—No fue él.

Camino estira la mano por la encimera. Lentamente, para no llamar la atención. Decidida a no quedarse indefensa y desarmada. Se las arregla para mantener el tono tranquilo cuando dice:

—Si hubiera habido una pelea esa noche, lo sabríamos. Has sido sospechoso de la muerte de Manuel. ¿Por qué seguirías callado si quien te golpeó no fue él?

—Porque aún le tengo miedo —susurra Eduardo en una

voz tan baja que Camino apenas es capaz de escucharlo por encima del repiqueteo de la lluvia contra el cristal.

Se le escapa un sonido ahogado. Un resoplido que se parece lo suficiente a una carcajada para hacer que Eduardo se encoja y mire al suelo con una mueca.

—¿A ti no hay nadie que te asuste?

—No. Y no estaría callada protegiéndole si alguien me diera miedo.

Estaría moviéndose con cuidado, milimétricamente, hasta que sus dedos rozaran el mango del cuchillo. Estaría rezando, sin fe pero con fuerza, para que Eduardo siguiera con la cabeza gacha. Tan concentrado en las palabras que no sabe elegir para no darse cuenta de que ella esconde el cuchillo detrás de la espalda con dedos firmes y mirada fiera.

Eduardo esboza la sonrisa más dolorosa del mundo. Sus labios se convierten en una herida tan abierta que deja ver el hueso. A Camino no le sorprendería que un chorro de sangre, roja, oscura y espesa, se le derramara entre los dientes.

—Eso es porque no conoces el miedo. No has vivido con él.

—No sé de qué me hablas —contesta ella con la voz tranquila y el pulso en la garganta.

Quiere decirle que por supuesto que lo conoce, que está sumergida en él, pero que piensa dejarse ahogar.

—Tú has vivido sin padre. Yo he tenido un monstruo en casa —le cuenta.

Camino pestañea mientras asimila sus palabras. Eduardo habla sin mirarla, con el ceño fruncido y los labios pálidos. Como si le costase un esfuerzo enorme cada frase. Y ella es incapaz de ayudarlo o de detenerlo. Ni siquiera está convencida de que no mienta, aunque sus palabras tienen el peso de las verdades incómodas que nadie sabe cómo afrontar.

—Mi padre es un hombre agresivo. En el trabajo se lo permiten porque, si tienes dinero suficiente te lo permiten todo, y porque allí no es tan violento. Se lo guarda para casa.

—¿Os hace daño?

—Se le va la mano —contesta él intentando sonar despreocupado, sin conseguirlo—. Y a veces el puño. Y a veces el cinturón.

—Manuel nunca nos dijo nada.

—Manuel era su favorito, todos lo sabemos. Se podía llevar un cachete de vez en cuando. Una torta si mi padre tenía un día especialmente malo. Yo no tenía tanta suerte.

Camino no suelta el cuchillo, pero el peso se le hace extraño. No es el adecuado, hay algo incorrecto en la forma en que lo sujeta, o en la postura, o en las palabras de Eduardo.

—¿Qué pasó esa noche?

Su voz suena más suave, con el tono de la lluvia. Tiene el cuchillo en una mano. En la otra, la nota que puede encarcelar a Isabel. No sabe cuál aprieta con más fuerza. Eduardo se mueve sin mirarla y ella se pregunta si ha sido una buena idea coger el cuchillo en vez de ofrecerle un café.

—Mi padre tenía uno de esos días malos. Le había pasado algo en el trabajo. Mi madre sabe poner distancia, y yo también he aprendido a mantenerme alejado. Tampoco es un monstruo todo el tiempo. No nos persigue por la casa ni echa abajo la puerta de nuestro cuarto. A no ser que le demos motivos. De pequeño, yo era bastante más complicado.

Camino siente un nudo en el estómago. Lo conoció de pequeño, cuando la diferencia de edad era más evidente. Puede que haya crecido, pero lo recuerda como un niño de huesos largos, ojos enormes y piel blanca.

Quiere interrumpirlo y decirle que los niños no tienen la culpa de ser complicados. Se parecen a las criaturas salvajes; a algunos les cuesta aprender las normas que están claras para los adultos, pero que para ellos solo es algo impuesto. Sin embargo, Eduardo no habla, le cuesta; si lo frena, a lo mejor no es capaz de seguir haciéndolo.

—No sabe qué hacer conmigo. Dejé la carrera, aunque me gustaba estudiar. Sabe que puedo sacarme Derecho, pero ¿qué sentido tiene estudiar algo que odio? ¿Acostumbrarme a una vida que odiaré? Hago sustituciones en la empresa, pero no soporta darme un trabajo que puede hacer cualquiera. Querría que fuera distinto. Querría que fuera una copia de mi hermano.

«Tienes suerte de no serlo», piensa Camino, tan quieta como un mirlo que se esconde entre la maleza.

—Discutimos. Me pareció buena idea responderle —confiesa Eduardo—. Mi madre se puso nerviosa e intentó defenderme. De pronto, todo fue un caos. La empujó, le grité y me golpeó con tanta fuerza que me tumbó en el suelo. En realidad, supongo que no le hace falta muchísima para hacerlo. Manuel llegaba a casa cuando yo salía. Me miró y me preguntó qué había hecho esa vez, como si fuera culpa mía. Para Manuel siempre era culpa mía. Él y mi padre se llevaban tan bien que no podía entender que conmigo fuera distinto, aunque estuviera delante.

Eduardo hace una pausa para inspirar y se pasa la mano por la frente. Camino aprovecha para dejar, con cuidado, el cuchillo sobre la encimera. No demasiado lejos, por si acaso. Una parte de ella le susurra que no se fíe, que Eduardo ya le ha mentido antes y que puede ser un buen actor.

—Entonces me dio las llaves y me dijo que lo esperara en el coche. Que lo llevara al camino y que podía dormir en el Mercedes. Era su forma de echarme una mano. Sabía que no tenía adónde ir ni a quién pedir ayuda. Por eso dormí allí. Dormir… pasé la noche. En cuanto abrieron las cafeterías, fui a desayunar y estuve todo el sábado solo, sin entrar a casa. Tenía miedo de que la pelea siguiera. Cuando lo hice, mi madre me preguntó por Manuel. En cuanto encontrasteis su cuerpo, me convertí en sospechoso.

Camino no sabe cuánto hay de verdad, pero las piezas encajan.

—Entonces, en cuanto supiste que lo había amenazado, viniste a ver si era cierto. Intentabas pillarme para limpiar tu nombre.

No se siente herida, en realidad no. Lo entiende. Es algo que ella ha hecho con sus amigos de toda la vida. Sin embargo, Eduardo niega con la cabeza.

—Me lo contó Manuel cuando lo llevaba en coche. Intentaba explicármelo como si fuera divertido, como una gracia, pero lo conocía lo suficiente para saber que estaba enfadado contigo. Y le pregunté medio en broma si habíais quedado para resolverlo como si fuera un duelo medieval. Me dijo que no, que no se molestaría en dar ese paseo de noche si no fuera por alguien interesante.

Alguien como Isabel, la chica que llevaba años dándole largas. No lo dice, pero Camino lo entiende. Frunce el ceño.

—¿Sospechaste de Isabel desde el principio? ¿Me usaste para obtener información sobre ella?

—¿Qué? No... No os conozco tanto. Sé que alguna vez ha dicho que estaba buena, pero ni siquiera es la más guapa del grupo —añade de forma rápida, casi tímida, con una mirada de reojo que empieza en Camino y acaba en el suelo—. Tampoco estaba seguro de si era alguien del grupo, pero se fue por ese camino. Así que me pareció lo más probable.

—Y cuando lo estábamos buscando, ¿le dijiste a la policía por dónde se había ido?

—No sé si fui claro. —Eduardo se lleva una mano a la

cabeza y se pasa los dedos por el pelo—. Esos dos días me costó dormir. Para cuando hablé con ellos se me notaban los golpes, y las preguntas se centraron en eso. No podía decir que había sido mi padre, así que me pinté una diana en la frente.

—Yo lo hubiera dicho.

Eduardo esboza esa media sonrisa irónica a la que Camino ha llegado a acostumbrarse.

—Supongo que es fácil resolver los problemas de los demás.

—¿Qué es lo peor que puede hacerte?

—Hay algo peor que los golpes —responde Eduardo con voz tensa. Ha hecho que se ponga a la defensiva—. Dependo de él. Vivo en su casa, trabajo para él, es mi familia… No es tan fácil, Camino.

Tiene que esforzarse para verlo como él. Piensa que, si su madre le levantara la mano, se iría de casa. Sí, vivir solo es difícil, y empezar de cero también. Le pediría a Sagrario o a Fernando (o a Isabel) que la dejara dormir en su sofá el tiempo suficiente para ahorrar un poco, lo justo para coger un autobús a Madrid y empezar allí.

Pero Eduardo no cuenta con muchos amigos, si es que tiene alguno. No ha necesitado buscar trabajo desde que era un adolescente. Puede que haya pasado más de una noche en el Mercedes, pero ha vivido toda la vida con las comodidades de una casa grande en la que siempre tenía la comida en la mesa a su hora, sin comprobar qué verduras empezaban a ponerse pochas para cocinarlas antes de tener que tirarlas. Eduardo no ha aguantado el frío sin poner la calefacción porque no sabía si iba a tener suficiente para todo el invierno. No lleva ropa vieja ni se le cuela el olor de la lejía bajo las uñas después de pasarse una tarde fregando.

La suerte es caprichosa. Irónica. El azar que ha hecho que Eduardo tenga una vida más fácil que ella lo ha convertido en un prisionero.

—Te prometo que eso es todo —susurra Eduardo—. No te oculto nada más. Puedes preguntarme lo que quieras.

27

A lo mejor debería haberle invitado a quedarse... Camino lo observa mientras se aleja bajo la lluvia a paso lento. No corre, como si no le importara mojarse o como si prefiriese hacerlo antes que llegar a esa casa tan grande que se convierte en su prisión.

Sacude la cabeza, aunque no se aparta del alféizar. Se dice que no puede dejar que Eduardo pase la noche en su casa. Ya hablarán de ellos por haberlo visto entrar, si es que ha habido algún testigo. En los pueblos pequeños, todas las ventanas tienen ojos.

Además, su madre quizá vuelva en el último autobús. No hay forma de que pueda explicarle qué hace el hijo de los Villaseñor durmiendo en su sillón.

Espera, vigilando la lluvia y las sombras un rato después de perderlo de vista. Su corazón es un arroyo de emociones revueltas, y el cansancio se ha convertido en un peso en el cráneo, justo entre las cejas.

No ha querido pedirle que se quedase porque sabía

que lo haría. Y una parte de ella quería. Pero siente que sería traicionar a Isabel.

No porque dejara de creer en ella, eso no lo hará jamás. Es algo más profundo, también más irracional. Cree que le gusta a Eduardo. Lo nota en las miradas, tan parecidas a las que ella le lanza a Isabel. Lo siente en los silencios y en la electricidad de la que se carga el aire cuando sus cuerpos se acercan. Es extraño saber con tanta seguridad que le gusta, casi tanto como darse cuenta de que puede corresponderle si se queda cerca. A lo mejor lo haría, si no fuera porque tiene a Isabel bajo la piel, y porque es ella la que la necesita con urgencia.

Deja que el chico se vaya con un regusto agridulce. No es una despedida. Entre ellos hay una puerta entreabierta.

Sería más sencillo no creerle, pero piensa que no es capaz de mentir tan bien. No debe ser fácil fingir tantas emociones. Camino no apostaría una mano por él. Empieza a creer que no podría ponerla en el fuego por nadie. ¿Ni por Isabel? «Por ella sí —se responde con más cabezonería que juicio—. Por Isabel, sí. Por Isabel, siempre».

Baja la vista a la mano en la que guarda la nota que parece escrita por ella. Podría destrozarla, pero no quiere hacerlo. Aún piensa, o quiere pensar, que su amiga no ha matado a Manuel. Entonces ¿quién? Alguien que, según Manuel, era interesante. Que quedaran en el castillo le hace pensar que fue uno de ellos, y alguno tiene razones. Álvaro, por ejemplo, pero no cree que estuviera mintiendo. Si lo hiciera, sería por proteger a Verónica. ¿Se habrán asegurado de confirmar su coartada? No ve capaz a Sagrario y no piensa que Fernando tuviera un motivo.

Se sirve un vaso de agua. Le gustaría tomarse algo más fuerte, pero en la nevera solo hay zumo de piña y una botella de La Casera. Con movimientos lentos, se sienta a la mesa de la cocina. Estira el tapete antes de desplegar con cuidado la nota y alisar las dobleces con la yema de los dedos. Llega a un trato consigo misma: releerá la nota con ojos sinceros. No se dejará llevar por la lealtad hacia Isabel. El amor es ciego, y la amistad tiene la misma fuerza. Así que apoya los codos en la mesa y cierra los ojos. Inclina la cabeza para cubrirse los párpados con las manos e inspira profundamente. Su abuelo no era un hombre muy creyente, pero rezaban cuando iban a misa los días que era importante no faltar. Se pregunta por qué la posición es parecida, o por qué, como cuando susurraba oraciones de pequeña, siente ese deseo desesperanzado y punzante de que alguien la escuche. De que alguien la guíe.

Pero está tan sola como siempre en esa cocina que huele a lejía y aceite, a pan tostado, a café y al perfume azul del friegasuelos. A la lluvia que descarga sobre la ventana y a las sombras que llenan la casa. Camino inspira despacio y contiene el aire diez segundos que pasan muy lentos. Exhala y levanta la cabeza. Intenta ver el mundo con ojos nuevos, más limpios.

Parpadea un par de veces antes de clavar la mirada en

la nota. Se ha aprendido de memoria las palabras, así que no se molesta en leerlas. Han perdido el sentido y le parecen tan ajenas como si quien hubiera formado las frases fuera un extraterrestre que las estuviera imitando.

Vamos a dejar las cosas claras de una vez entre tú y yo.
¿O no eres tan valiente?
Te espero esta noche en el castillo.
Si no vienes, olvídate para siempre de mí.

ISABEL

Isabel tiene la manía de hacer los puntos como pequeños círculos huecos, y Camino siente un vuelco en el estómago al verlos justo como los recordaba. Hay algo extraño en la nota, y tiene que esforzarse en ser racional. Ha decidido no mentirse y buscar algo que demuestre que no es de Isabel. Algo tangible que pueda señalar. Las frases de la nota le parecen demasiado directas para ser de su amiga. Demasiado retadoras. Pero no puede asegurar que sea incapaz de decirlas. Y su nombre está escrito idéntico a como lo ponía en los cuadernos del colegio. ¿No es extraño dejarlo tan claro en una nota de este estilo? Si pensaba hacerle daño, ¿por qué no decirle dónde y cuándo quedar, sin dejar pruebas?

Se muerde el interior del labio y vuelve a examinar las letras. Esta vez se detiene en la pregunta. En concreto, en el signo de interrogación que la cierra. El punto no es un círculo como los demás, es una mota pequeña y negra.

Camino frunce el ceño y pasa el dedo por encima. Casi espera que desaparezca, como un espejismo, pero el minúsculo punto negro que cierra la interrogación sigue ahí. Traga saliva. No se lo está imaginando. ¿O puede que sí y ese punto no signifique nada? Siente que ha encontrado algo, aunque sea tan diminuto que no valga como prueba. No, si entrega esa carta, la utilizarán para incriminar a Isabel. Ni siquiera Eduardo cree en ella, mucho menos Álvaro o la Guardia Civil.

Aprieta los labios. A ella le sirve. Sabe que está en lo cierto. Puede que todas las pruebas apunten a Isabel, pero está segura de que señalan en la dirección equivocada. Alguien las ha puesto con cuidado para incriminarla. La nota, el jersey… Hay una intención clara de culpar a Isabel. Camino se lleva el pulgar a la boca y se lo mordisquea. ¿Por qué querrían incriminarla? Aprieta un poco más los dientes sobre la carne. ¿Y si Manuel nunca fue la víctima, sino un medio? ¿Y si a quien querían hacer daño es a Isabel?

¿Hay alguien que la odie tanto como para querer hacerle eso? Piensa al instante en Verónica, pero le cuesta creer que sea lo suficientemente fría para calcular un crimen con tanto detalle. No la ve capaz de asesinar a Manuel, aunque fuera para salpicar a su amiga. Tiene que haber alguien más, alguien que la odie con una fuerza desquiciante o que quiera algo de ella con tanta desesperación que haya llegado a ese punto.

Pero si está en lo cierto, Isabel sabe más de lo que ha contado.

Puede ser. No sabe quién es ni qué secretos puede guardar Isabel, pero quizá ella lo sepa, quizá haya algo de lo que se avergüence, algo que quiera ocultar. Puede que haya hecho algo lo bastante grave. Eso explicaría la forma en la que su amiga se cierra en banda y no quiere hablar con nadie, ni siquiera para salvarse. ¿No es eso lo que le ha pasado a Eduardo? Ha estado callado por miedo a incriminar a la persona que le hace daño.

—Isabel… —susurra casi suplicante, como si estuviera a su lado y pudiera convencerla de que confiase en ella.

Pero Isabel no está. Isabel se encierra. Isabel guarda silencio mientras la atan con cintas negras. Isabel no se defiende, y Camino no sabe cómo ayudar a alguien que no quiere ayuda.

Trata de repasar todos los momentos en los que ha podido pasarle algo lo bastante terrible para asustarla de esa forma. Piensa en las veces que han estado algo más distantes, demasiado pocas para no recordarlas. Se esfuerza en recordar los nombres de sus familiares y en analizar la suave tristeza con la que vuelve cada verano después de visitarles.

Cree que si tuviera novio lo sabría, pero ya no confía en lo mucho que la conoce. Su mundo ha dejado de ser de roca para convertirse en un riachuelo crecido de aguas turbias y en continuo movimiento. Tiene que aferrarse a las pocas pistas que hay y a la lógica para encontrar una verdad que lance destellos entre la arena y el lodo que arrastra el arroyo. Si hay alguien que la asuste lo suficiente para mantenerla callada, tiene que ser cercano a ella. Piensa en su padre. Quizá esté demasiado reciente la faceta que ha descubierto de Raúl Villaseñor. El padre de Isabel no se le parece en nada. Es un hombre alto y erguido, de manos fuertes y nerviosas. Es de este tipo de personas que siempre sonríen, por mal que les vayan las cosas. Camino nunca se ha planteado si le hace daño a Isabel o a su hermana.

Tiene que hablar con su amiga. Quiera Isabel o no. Antes pensaba que era como una princesa atrapada en la torre, sufriendo un castigo injusto incapaz de entender. Ahora está convencida de que sabe por qué la han encerrado, incluso quién es el monstruo que la tiene presa. Sigue pensando que es inocente, y no solo por el corazón, sino por esas pequeñas piezas que no encajan. «El diablo está en los detalles», decía su abuelo. Camino no está segura de haber entendido nunca muy bien ese dicho, pero, si tiene razón, recogerá cada pequeña pista hasta encontrarlo.

—Por favor, por favor… Ayúdame…

Manuel no puede ver. Sus ojos no reaccionan a la luz de la linterna. Tiene sangre entre los dientes y en el pelo. Se le mezcla con la gomina. Su aspecto es horroroso. El golpe le ha partido, y ha perdido la arrogancia y la bravuconería que tanto detestaba. Es un buen castigo.

No, no debería pensar eso. Pero lo hace.

Sabe que debería correr de vuelta a Zarzaleda. Decir que estaban hablando, que ha sido un accidente, darse prisa para que no pierda demasiada sangre y siga con vida. Incluso puede acercarse más a la verdad, contar la pelea. Que lo ha empujado y lo que él ha hecho para que…

No.

No quiere dejarse manchar más por él.

—Ayuda, por favor. Te daré lo que quieras. Te lo prometo —gimotea.

Se pregunta si alguna vez le ha suplicado a alguien. También si es sincero, pero decide que no le importa. Porque no puede correr ese riesgo. Si vuelve a creer en él, puede perder mucho más que su confianza o que se le rompa el corazón. Puede perder toda la vida que ha planeado, todo por lo que ha luchado. Los asesinos no tienen finales felices.

Si los encuentran.

Se acerca despacio. No quiere hacerlo. Le gustaría que hubiera sido de otra forma, pero la culpa no es suya, es de él. Es él quien juega con los demás, quien hace promesas vacías, quien coge lo que quiere y tira lo que le sobra. Quien ha hecho que pierda los nervios. Le cuesta llegar a su lado. Las zarzas se le enredan en ese jersey que le queda grande. Pasa la linterna por el suelo hasta encontrar una piedra lo bastante pesada y lo bastante pequeña para que le quepa en la mano. Manuel sigue gimoteando. Se acerca con pasos lentos.

—Ya voy —susurra.

—Gracias… gra…

No termina la segunda palabra. Con los dientes apretados, le descarga un golpe en la sien con todas sus fuerzas. El primero es el más duro; no es suficiente. Da otro, y lo maldice; es por su culpa que tiene que hacer eso. Otro más, por si acaso. Hasta que su rostro queda irreconocible.

Hasta asegurarse de que no puede romper más promesas.

28

A Camino le da la sensación de que lleva un imán en la frente, uno capaz de atraer todas las miradas. Le parece que Zarzaleda tiene mil ojos y que todos se clavan en ella. Hay pupilas que apuñalan a través de las ventanas y por las esquinas de los callejones. Es temprano, ha dormido poco y es incapaz de esperar más en la soledad de su madriguera. Su madre no ha vuelto a casa. Si el mundo fuera un poco menos oscuro, y si ella no sintiera que tiene agua fría en los pulmones, se plantearía usar ese puente tan frágil que se ha creado entre ellas para preguntarle con quién ha pasado la noche, si ha encontrado a alguien a quien querer a pesar de su falta de confianza en el amor.

Le gustaría que fuera así. Ni siquiera tiene que contarle más detalles. No está segura de que le interesen.

Cruza la plaza y se promete que todo saldrá lo bastante bien para que el peso de sus hombros se aligere. Que respirar será sencillo de nuevo. Podrá dormir tranquila, sin tener que dar vueltas entre las sábanas. La vida no volverá a ser la que conoce, pero tampoco se habrá acabado para ella, ni para Isabel ni para Rebeca.

Y serán capaces de hablar de lo que les está pasando sin sentir que el mundo ha llegado a su fin.

Mete las manos en los bolsillos y toquetea las horquillas hasta que encuentra una piedra lo bastante afilada para que le haga daño al apretarla. Necesita sentir algo que la ate al mundo, a ese momento. Que la ayude a centrarse en algo pequeño para que la deje seguir respirando. Hay un coche patrulla en la calle de Isabel. No es tan inocente ni tan estúpida como para pensar que es casualidad. Localiza a los dos Carlos tomando un café en el bar de la esquina. A través de la ventana, su mirada se cruza con los oscuros y penetrantes ojos de Garrido. Tarda en apartarla porque él se la mantiene. Una parte de ella se alegra de no tener que fingir que es un día normal y que el mundo no se está resquebrajando. El aire huele a lluvia, pero esta vez la tormenta no flota sobre ellos: la electricidad se acumula en el ambiente, y que estalle solo es cuestión de tiempo.

Nunca le ha costado tanto subir las escaleras del piso de Isabel, ni siquiera las primeras veces que iba a buscarla, cuando la inseguridad hacía que le sudasen las manos y creía que era cuestión de tiempo de que se cansase de aguantarla. Nunca se ha parado a pensar que está tan agradecida de que Isabel le permitiese ser su amiga que a lo mejor no siente pena, que a lo mejor por eso siempre ha estado ahí para ella, sólida. Dispuesta a pelear a su lado, por ella.

Quizá necesitaba que Álvaro le abriera los ojos, a pesar de que no le gustase su punto de vista. Porque es una verdad, aunque no sea la suya. Las personas están llenas de sombras, luces y matices, y su papel depende del lugar desde donde se mire. Es verdad que su madre la abandonó, y también es cierto que Rebeca fue una chica perdida a la que nadie quiso ayudar cuando más lo necesitaba. Es verdad que Millán fue el mejor de los abuelos, pero también un padre que no supo ayudar a su hija. Camino ni siquiera sabe quién es ella, una chica salvaje y huraña o una dispuesta a sacrificarse por los que ama, si es ambas o ninguna, o si depende del momento. La verdad titila, y está tan acostumbrada a ver a Isabel bajo el mismo prisma que no sabe si será capaz de hablar con ella desde otro ángulo.

Pero necesita saber la verdad. Necesita saber por qué Isabel calla algo capaz de salvarla, porque se deja condenar por lo que no ha hecho. Y qué, o quién, le da tanto miedo que guarda lo que sabe sin tratar de defenderse.

Nota la boca seca cuando llega a su puerta. La mirilla le parece una pupila que la juzga con una frialdad afilada. Llama. Al principio, nadie responde. Cuenta con ello, así que insiste. Se permite una pausa antes de volver a golpear la puerta con los nudillos.

—Soy yo —dice con voz segura, exigente—. ¡Abre!

Sigue llamando. Urgente, obstinada. Oye unos pasos que se arrastran hasta allí. Se detienen. Camino podría pensar que alguien la observa por la mirilla si hubiera alguna duda de quién es. No, lo que hace es debatirse, por eso apoya la mano en la puerta.

—¡Por favor! Necesito verte.

Su voz va perdiendo fuerza y termina en un silencio que se parece al del desierto. No es capaz de contar los segundos que pasan; se le hacen tan largos que amenazan con desmoronarla. Entonces oye el chasquido de las llaves y la puerta se abre despacio.

—Hola —masculla Isabel, y la palabra resulta extraña.

¿Qué se dice en una situación como esa? ¿Cómo se actúa cuando una amistad tan firme se ve sacudida por la muerte, las acusaciones y el silencio? Camino la mira como si fuera una extraña en el cuerpo de su amiga. Isabel es todo ojeras y pupilas huidizas, asustadas. Tiene granos por la cara, como cuando eran adolescentes y le salían por mucho que se esforzara en lavársela varias veces al día. No sabe si siempre ha sido tan delgada o si se puede perder tanto peso en unos días, pero la bata le queda enorme; tiene los hombros hundidos y la espalda, encorvada. Parece una niña y una anciana a la vez.

—¿Puedo pasar? —pregunta Camino.

—No sé si es buena idea.

—Tampoco creo que pueda empeorar las cosas.

Isabel se aparta para dejarla entrar y se apresura a cerrar la puerta. Lanza una mirada nerviosa al pasillo, como si esperase ver ojos agazapados entre las sombras. Camino recuerda las veces que, de niñas, han jugado al escondite en esa casa.

No, no era exactamente al escondite. Fernando lo llamaba «tinieblas»; era su juego preferido para las tardes de invierno en que el viento hacía que fuera desagradable pasar mucho tiempo en la calle. Uno se quedaba en el descansillo y el resto tenía unos minutos para cerrar las persianas y apagar todas las luces antes de esconderse. Siempre que podían, Isabel y ella iban de la mano. Cuando ya no había luces, sus dedos se entrelazaban y Camino se sentía ligera y cálida.

Inés jugaba con ellos porque, si quedaban allí, era porque su padre estaba trabajando, e Isabel tenía que cuidarla, así que debían intentar que no las viera. Montaba en cólera cada vez que descubría que su hermana prefería la compañía de Camino, que elegía compartir su escondite con ella. Sus pataletas eran insoportables. Una vez llegó a romper un plato de porcelana que adornaba la pared del salón. Era todo gritos y lágrimas, e Isabel acababa cediendo siempre. En algún momento establecieron la norma de que Camino e Isabel tenían que ir separadas.

Recuerda el plato porque era de la familia materna. Porque Isabel lloró y se cortó al recoger los trozos. Porque estaba tan enfadada que le gritó a Inés que la odiaba, pero luego la consoló entre abrazos, sangre y lágrimas. Y porque, cuando su padre volvió del trabajo, Inés le echó la culpa a Isabel y su amiga no dijo nada. Bajó la cabeza y aceptó el castigo, sin protestar, sin defenderse. Más tarde, cuando se supo la verdad, su padre la acusó de que era culpa suya por haber hecho que Inés estallara.

Tenía que cuidarla mejor. En los siguientes juegos, las dos se miraban antes de que se apagaran las luces, pero Isabel no soltaba la mano de su hermana. Ni siquiera podían buscarse en la oscuridad.

Años después, sentían que eran demasiado mayores para seguir jugando.

Ahora le gustaría cogerla de la mano y encontrar un sitio donde esconderse hasta que se cansasen de buscarlas. Hasta que decidieran ir a por otro y las dejasen en paz. Le gustaría volver a la infancia tan dolorosamente que siente un calambre en el pecho. No todo era fácil de pequeñas, pero sentían que, cuando crecieran, serían capaces de arreglarlo todo.

No puede arreglar su vida. No puede inventar un mundo en el que ser felices ni convertir unas ruinas en un castillo. Pero a lo mejor puede ayudar a Isabel a escapar de un castigo que no le corresponde. Quizá sea lo único que pueda hacer y, desde luego, está más que dispuesta a intentarlo.

Isabel se deja caer en el sofá, pero no en el rincón de siempre, donde por la tarde da la luz. Se queda en el extremo opuesto. A Camino le parece que se aleja todo lo posible de la ventana. Tiene la vista clavada en los calcetines, de un amarillo demasiado alegre. Resultan estridentes en una casa tan oscura.

No ha ido hasta allí para fijarse en sus calcetines, en cómo el polvo empieza a acumularse en las baldas o en que la casa huele a cerrado, y eso que a Isabel siempre le ha gustado ventilar abriendo las ventanas de par en par. Duda antes de sentarse en el sofá. No hay demasiada distancia entre ella e Isabel, pero parece un abismo.

—Todo esto pasará —dice Camino, porque no piensa perder tiempo en preguntarle cómo está.

Prefiere hacerle una promesa, a la que su amiga responde con una inclinación de cabeza desganada. Lleva el pelo sucio.

—No creo.

—No voy a dejar que te encierren —replica Camino con una fuerza en la voz que la sorprende, pero la ayuda a reunir valor para volverse hacia ella y cogerla de la mano.

Isabel no la aparta. Tampoco se resiste ni responde al gesto. Deja la mano quieta y ni siquiera la mira.

—No creo que puedas hacer nada —responde—. Yo tampoco.

—Pero no lo hiciste.

Isabel se vuelve hacia ella con expresión cansada. Niega lentamente con la cabeza y dice, sin mirarla:

—Todo apunta hacia mí.

—Es una trampa —asegura.

Isabel aprieta un poco los labios en un mohín que a Camino le recuerda al que hacía de pequeña. Queda extraño en ese rostro tan ojeroso, en esa cara que se parece a la máscara de su amiga sobre la piel de una extraña.

—¿Cómo va a ser una trampa?

—Alguien quiere culparte de todo esto. ¿Cómo iban a

345

encontrar restos de tu jersey allí, si no? Lo llevabas esa noche, y estaba bien, entero. No eres capaz de matar. Si lo hicieras, serías más torpe. No hay una sola prueba clara. Tampoco testigos.

—Rosa dice que me vio —apunta lacónica.

—Rosa diría lo que fuera por sus cinco minutos de gloria —bufa Camino—. Y más si es para meterse con alguien. Y eso no es todo. Eduardo encontró una nota en el coche de Manuel.

—¿Una nota?

Isabel pestañea confusa y Camino siente que una llama se agita en su pecho. No lo ha dicho como si se temiera que la hubiesen encontrado. El desconcierto es sincero. Asiente y se inclina un poco más hacia ella.

—Una nota firmada con tu nombre. La letra se parece a la tuya, pero te conozco. No es igual, podremos probarlo. Si están dispuestos a escucharnos… —resopla—. La firmaron con tu nombre. ¿Por qué iban a hacerlo, si no fuera para echarte la culpa? Alguien quiere que vayas a la cárcel.

Isabel entorna los ojos. Sus iris, de un color parecido al trigo o a la miel, tienen un tono cálido, pero en ese momento se vuelven fríos.

—Nadie querría hacerme algo así.

Habla con tono bajo pero firme. El tono de alguien que no espera réplica. Camino parpadea, sorprendida.

—Sí, el auténtico culpable. Y tú sabes quién es.

La frase se parece a cuando reta con un órdago jugando al mus con cartas buenas, pero no lo suficiente. Isabel abre mucho los ojos y se encoge antes de apartar la mirada. Es toda la confirmación que Camino necesita: sí, lo sabe. Alguien la amenaza. ¿Quizá Raúl? Es capaz de pegar a un hijo, no debe ser tan distinto matar a otro.

—Eso es una estupidez, Camino —farfulla sin mirarla a los ojos—. Nadie mataría a una persona para intentar echarme la culpa. Y menos a Manuel. ¿Te das cuenta de cómo suena? Es absurdo.

—¿Quién es? ¿Por qué tienes miedo de decirlo?

—Por favor... ¡nadie haría eso!

—¿Es tu padre?

Isabel se levanta de un salto y se aparta de ella mirándola con unos ojos tan grandes que el pánico está a punto de derramarse por ellos.

—Basta, ¡vete! Quiero que te vayas.

—Puedo ayudarte, sea quien sea. Puedo protegerte.

—No puedes, quiero que te vayas —repite Isabel sin atreverse a acercarse a ella. Niega con la cabeza y la primera lágrima se le desliza por la mejilla.

Camino se levanta y se acerca a ella. Isabel se encoge, pero no se aleja. Deja que Camino la sujete por los hombros y se le escapa otra lágrima que recorre su piel más rápido que la primera.

—Déjame ayudarte —gruñe Camino—. Dime quién lo hizo.

—Yo. ¡Fui yo!

A Isabel se le escapa la confesión como un grito y luego se lleva la mano a los labios. La sacuden tanto sus sollozos que Camino sabe que se caería al suelo si no la sujetara. Se siente rígida, los músculos se le han vuelto de roca y nota que se le parte algo en el pecho.

—No. Es mentira.

—¿Quieres ayudarme? Ayúdame a acabar con esto. Tengo que confesar, tengo que entregarme. Yo... yo maté a Manuel. Yo lo maté. Tengo que entregarme. Ayúdame, Camino. No me dejes sola.

Pero Camino ya no es capaz de escucharla. Siente los latidos en los oídos y algo se le rompe por dentro.

29

Tardan un rato en moverse. Isabel, porque no es capaz de controlar el llanto. Camino, porque siente que se romperá en cuanto lo haga. Isabel se escurre de entre sus dedos, pone las manos con suavidad sobre las de ella y hace que las baje.

Y no se rompe. A lo mejor ya está rota.

—Lo siento —susurra Isabel.

Camino tiene la vista clavada en ella y se pregunta si de verdad ha podido vivir tanto tiempo con una persona sin llegar a conocerla. Le gustaría saber dónde están las garras negras, los ojos de serpiente, la sonrisa de la asesina. Pero Isabel sigue siendo la misma de siempre, con esas ojeras más grandes de lo normal y la piel con un brillo amarillento.

—No, no has sido capaz.

—Ya tienes las pruebas: Rosa, el jersey, la nota... Mi confesión. ¿Qué más necesitas para creerme? ¿Un motivo? Lo conoces de sobra. Si no lo hubieras apartado a empujones, me hubiese besado de nuevo. Tengo la culpa, ¿verdad? Nunca he sabido decir que no. Me daba miedo que se enfadara.

—No. Te conozco.

Isabel intenta esbozar una sonrisa que se queda a medias.

—Estás dispuesta a creer lo que sea. Buscar a cualquier culpable, aunque no tenga sentido, antes que darte cuenta de lo obvio.

Camino quiere discutírselo, pero no encuentra las palabras. Solo sabe que Isabel no es capaz de matar, incluso aunque sea verdad que puede manipularla. Es humana, no un ángel, y sí, a lo mejor la ha usado, pero eso no significa que no la quiera.

—He sido yo —repite ella, y esta vez suena más suave y segura. Pero no más sincera. Las piezas forman una imagen, pero se superponen. No encajan. No están bien.

—¿Qué ponía en la nota? —pregunta Camino.

—¿Qué?

—En la nota que le diste a Manuel, ¿qué ponía?

Isabel abre la boca y parpadea. No sabe qué decir. La duda no dura demasiado, pero sí lo suficiente para que Camino confirme lo que sospechaba, lo que sentía: no ha sido ella.

—La escribí muy rápido, estaba furiosa. No lo recuerdo.

Camino piensa que podría desmontarle la teoría con un par de preguntas más. Puede presionarla hasta que reconozca que la nota no es suya, que no llevaba el jersey cuando se quedó enganchado entre las zarzas, que no fue ella la que mató a Manuel. No le hace falta. Isabel tiene los ojos muy abiertos y la expresión ya no es de pena, sino de miedo, mientras intenta convencerla.

—Tienes que darme la nota, por favor. ¿La tienes tú o Eduardo? ¿Qué le has dicho? Tengo que ocuparme de eso. No puedo quedarme cruzada de brazos y dejar que culpen a un inocente por mi culpa.

Camino ha notado que vacilaba después de «dejar que culpen» y «un inocente». Frunce el ceño.

—Te la daré si me dices la verdad. Si me cuentas a quién proteges. Si es tu padre…

—¿Cómo va a ser mi padre? —dice ella, negando con la cabeza—. No, Camino, ya te lo he dicho, pero no quieres darte cuenta. No fue un asesinato a sangre fría, no lo planeé. Fue un accidente, y si me entrego…, si me entrego a lo mejor no es para tanto.

Lo duda, y tampoco cree que Isabel lo piense de verdad. Camino siente que los segundos pasan lentos pero implacables, y que cada uno cercena poco a poco el hilo de amistad que las ha unido durante tanto tiempo.

Isabel relaja el rostro y se derrumba. Se abraza a Camino y esta le acaricia la espalda mientras su amiga llora sobre su hombro.

—Quiero que todo esto termine.

—No así —se queja Camino.

—Es lo mejor. Sé que no me crees, pero es lo mejor. Ayúdame.

Camino apoya la mejilla en su sien sin asentir ni negárselo. Quiere ayudarla, haría lo que fuera, pero no así. No a costa de asumir una condena por algo que no ha hecho. No le puede pedir eso.

—Solo quiero entender a quién tienes miedo.

—A nadie —responde Isabel.

Le parece que suena sincera. Camino sube la mano hasta el omóplato de Isabel. Sabe que está rozando la respuesta que necesita, pero sin llegar a encontrarla. Está segura de que la tiene delante pero no es capaz de fijar la vista en ella. Las manecillas del reloj hacen pasar el tiempo con incansables cortes secos. Le gustaría detenerlas, le gustaría abrazarla así para siempre. Pero los minutos florecen y se marchitan, e Isabel se acaba apartando de ella.

—¿Me acompañarás a hablar con la policía? No quiero ir sola. Me has dicho que me ibas a ayudar… Ayúdame. Por favor.

A lo mejor así es como termina todo. A lo mejor tiene que rendirse para que la vida pueda avanzar. A lo mejor tiene que renunciar a la persona que más quiere para que se haga justicia. A Camino no le importa la justicia, ni la vida ni el resto del mundo, pero no puede encadenarla para que esté a salvo. Ni siquiera puede obligarla a confiar en ella, y eso le duele más, pero no se resigna, lo intenta de nuevo.

—Si me lo cuentas todo, lo haré. De verdad.

—No hay nada más que contar. Fui yo. Estaba tan

enfadada que ni siquiera recuerdo qué le escribí en la nota. Supongo que por eso mi letra te parecía rara.

Todo eso es mentira. Camino no tiene forma de demostrarlo, pero lo sabe. Isabel sorbe.

—Si no quieres venir conmigo, iré sola. Aunque preferiría que estuvieras a mi lado.

—Espera...

—No puedo más.

—¡Solo un momento! —suplica Camino—. Iré contigo, pero deja que vaya antes a por la nota. ¿No querías verla? Así, si quieres, podrás entregarla también. O podemos dejarla fuera. Pensaba que preferirías recordar lo que le pusiste.

Es una trampa desesperada para ganar unos minutos. Camino ha pasado de estar petrificada por la sorpresa a que los nervios la traicionen y ser incapaz de estarse quieta. Los pensamientos le dan vueltas en la cabeza, cada vez más acelerados. Tanto que ni siquiera llegan a formarse del todo antes de que el zumbido de los siguientes los silencien.

Isabel frunce el ceño con mirada pensativa. Quiere leer la nota, supone Camino. Claro que quiere: necesita saber qué pone porque no la ha escrito ella. Podría haber un detalle comprometedor que necesite conocer. Ese trozo de papel es un cebo lo bastante interesante para que Isabel asienta.

—¿Te darás prisa? No aguantaré mucho más.

—Lo que tarde en llegar a casa y volver.

—Gracias —musita Isabel mientras comprueba la hora—. No tardes.

Camino asiente, mirándola a los ojos. Necesita salir y pensar. Necesita ganar esos minutos, pero no quiere que Isabel se asuste o decida entregarse sin ella. No sabe si podrá vivir si no es capaz de rescatarla, pero sí que no podrá hacerlo si le falla en eso.

—A lo mejor me da tiempo a darme una ducha rápida. —Isabel fuerza una mueca—. Inés me ha dicho esta mañana que empiezo a oler mal.

—Creo que estaría bien —susurra ella—. Pero no le hagas mucho caso. Inés suele ser cruel contigo.

Tiene el pelo apelmazado y la piel algo grasienta, pero sigue siendo más bonita de lo que Camino puede soportar. Incluso con ese aspecto apagado. Sin saber por qué, Camino piensa en la piel de Eduardo, tan blanca que se le marcan las venas. A lo mejor le atraen las cosas frágiles o las que están a punto de romperse. A lo mejor le gustaría ser capaz de protegerlas.

—Seré rápida —asegura Isabel.

—Yo también.

Las palabras se le atragantan al asumir de qué están hablando, que están aceptando que Isabel se dejará encerrar durante años, que la culparán de la muerte de Manuel porque no es capaz de compartir la verdad, ni siquiera con su mejor amiga.

Quiere gritar.

En vez de eso, busca su mano. Sus dedos se encuentran con la naturalidad con la que tantas veces lo han hecho. Los de Isabel están más fríos de lo normal, y sudorosos, pero son los de ella. Le da un apretón suave.

—Vuelvo enseguida —dice.

Isabel no la acompaña a la puerta.

30

El corazón no le late en el pecho, sino en la garganta. Dentro del cráneo. El zumbido de la sangre le roza las sienes y camina como en sueños. A lo mejor está soñando, porque nada parece real. Ni siquiera se ha fijado en si los guardias civiles siguen en el bar o si todos en Zarzaleda la miran. Supone que lo hacen. No le importa. No es capaz de pensar con claridad. Sus pies se han vuelto torpes, y no sabe si avanza muy lento o si está corriendo. Las calles parecen otras; está a punto de perderse en el pueblo en el que ha pasado toda la vida.

Debería llorar, pero no es capaz. Quiere gritar, pero contiene el alarido que le trepa por la garganta.

—¡Camino!

Le cuesta reconocer la voz de Fernando. Cree que la saluda, pero puede que haya seguido adelante sin detenerse, porque el chico tiene que correr para alcanzarla.

—Camino, por favor, para. Parece que acabas de ver a un fantasma.

Ojalá fuera eso. Ella nunca ha tenido miedo a las apariciones. Los muertos no la preocupan, son los vivos los que hacen daño. Se detiene porque le falta aire, y Fernando la sujeta entonces suavemente del brazo.

—¿Qué ha pasado?

—Isabel —susurra ella. Las palabras se le escapan sin controlar lo que dice. Lo que está ocurriendo es demasiado grande, demasiado doloroso, para ser capaz de retenerlo por más tiempo—. Isabel quiere entregarse.

—¿De verdad? —musita Fernando. Camino asiente, sin poder mirar al chico. Pero le escucha cuando añade—: Me alegro.

El aire se vuelve afilado y le cuesta fijar los ojos en él. De pequeño, Fernando siempre fue un niño agradable. Una brisa suave en los primeros días de verano. Prefería escuchar en vez de intervenir en las conversaciones y dejaba que fueran los demás los que contaran anécdotas. Era fácil entenderse con él, pero también olvidarse de preguntarle su opinión o tenerlo en cuenta. Siempre estaba de acuerdo en todo.

Hasta que empezó a convertirse en la sombra de Manuel. A Camino le parece ver el reflejo del chico muerto en sus facciones.

—¿Qué?

—Creo que todos sabemos ya que es ella. No tiene sentido alargar esto. Su familia lo está pasando muy mal, y Manuel merece justicia.

El brillo de sus ojos le hace pensar a Camino que a

Fernando no solo le preocupa cómo lo está pasando su familia.

—Isabel es nuestra amiga. ¿Es que no te importa?

—Claro que me importa —reconoce Fernando—. Pero hubiera estado genial que a ella también le hubiese importado lo suficiente Manuel como para no matarlo.

—No lo crees de verdad —musita Camino, sacudiendo la cabeza.

—Manuel lleva más de una semana muerto y unos días bajo tierra. ¿No te das cuenta? Da igual lo que creamos, son hechos. ¿Quieres otro dato? El jersey de Isabel se rompió esa noche. ¿Otro? Intentó deshacerse de él. No puede estar más claro.

Camino aprieta los dientes y se alegra de que Eduardo le haya dado la nota que encontró en el Mercedes. Incluso sus amigos, por una prueba circunstancial y el testimonio poco fiable de una vecina cotilla, están convencidos de que fue Isabel. Si supieran de la existencia de la nota, la llevarían a rastras a comisaría.

Busca frenéticamente entre sus recuerdos. Fernando siempre se ha llevado bien con Manuel porque se lleva bien con todos. Es agradable y dócil. Nunca había pensado que su vínculo con Manuel fuera más fuerte que con el resto.

—¿Sabes lo peor de todo? Que lo mató por ser un caballero.

—¿Hablas en serio?

Los dos se miran como si hubieran vivido vidas distintas, incluso mientras estaban juntos. Como si hubieran conocido a personas diferentes con el mismo nombre, no al mismo chico.

—Manuel no la dejaba tranquila.

—Isabel se aprovechaba de él. Se acercaba cuando le interesaba. ¿Y ahora finge que le importaba? Ajo y agua —masculla con rabia.

—Manuel gastaba el dinero en lo que le daba la gana, pero a ella no podía comprarla.

Fernando tuerce los labios y se cruza de brazos.

—Bien que dejaba que siempre la invitara a copas.

—Eso es, la invitaba. Porque quería. —Camino se escucha acelerada, sin aliento—. Porque él tenía más dinero, no le suponía un esfuerzo.

—Nadie la obligó nunca a aceptar las copas.

—Ni a Manuel a seguir invitándola —sisea ella—. Lo hacía porque quería. Isabel no lo estaba engañando. Y él creía que eso le daba derecho a portarse como un cerdo.

—Vamos, Camino… ¿Qué hizo Manuel? Solo le robó algún beso. Se esforzaba en ser todo un caballero con ella. Y no sé qué le contó Isabel a la policía, pero dice Verónica que le hicieron unas preguntas sobre él que la pusieron enferma. Como si fuera un baboso, o algo peor. Me entran ganas de… —Sacude la cabeza—. Como si Manuel quisiera aprovecharse de ella.

Camino tiene que morderse la lengua hasta tragarse el dolor junto con las palabras que sabe que no debe decir.

Manuel nunca se abalanzó sobre Isabel ni la obligó a nada, pero estaba lejos de ser un caballero. Camino cree que disfrutaba poniéndola nerviosa, sabiendo que tenía el control. Era más alto y más fuerte, y tenía más poder que ella. Y no solo por el dinero con el que podía invitarlos a todos sin pestañear, deslumbrar a desconocidos y ganarse la simpatía de los camareros al dejar una buena propina. Era carismático. Guapo, supone, porque Camino ha llegado a conocerlo demasiado bien como para apreciar su físico de forma imparcial. Tenía poder y sabía utilizarlo. No pensaba en Isabel como una persona, como una amiga de la que preocuparse. Era una conquista de la que se había encaprichado y se divertía dándole caza sin prisas y con el aplauso de Zarzaleda por una «caballerosidad» que no hacía más que agobiar a la chica.

—No pienso fingir que seguimos siendo amigos mientras ella se dedica a echar mierda sobre la memoria de Manuel después de matarlo.

—¿Y María? ¿También estaba echando mierda?

—Era una cría exagerada.

—¿Y si hubiera sido a ella a la que hubiéramos encontrado muerta? ¿O a Isabel? —bufa Camino—. Atrévete a mirarme a los ojos y a decirme que no lo defenderías igual.

—Claro que no —resopla Fernando—. Pero es que Manuel era un buen tío. Nunca habría hecho daño a nadie.

Ni siquiera parece convencido. Si Isabel no hubiera

vuelto a casa, hubiese sido otra de las chicas que desaparecen. De esas a las que se llora, pero también se habla mal de ellas. Hubieran dicho que le seguía el juego, que, provocándolo, provocaba. Se hubiera analizado cómo vestía, el color de sus uñas y si se maquillaba demasiado. Si se acercaba mucho a él o si se reía más de la cuenta. Se le hubieran encontrado fallos con los que no se justificaría un asesinato, pero bastarían para demostrar que no era tan inocente. Que su asesino no era un monstruo, solo un hombre solitario, un incomprendido o un pobre inocente que había caído en su juego y no encontraba la manera de seguir con su vida sin ella.

La culpa manchará para siempre a todas las hijas de Eva.

—Tengo prisa —mascula mientras vuelve a ponerse en marcha.

Podría haber dicho «No quiero seguir hablando contigo» y el tono hubiera sido el mismo.

—No te enfades conmigo —protesta Fernando—. No soy yo el que es capaz de matar a sangre fría.

—Tienes suerte. Suelen sospechar del primero que encuentra el cuerpo.

Fernando deja de caminar a su lado. A lo mejor el golpe ha sido más bajo de lo que calculaba. Aún recuerda lo pálido que estaba cuando halló el cadáver y el sonido que hizo al vomitar. Las veces que han mencionado el tema, la piel de Fernando se volvía de color ceniza. Siempre ha sido aprensivo, de niño ni siquiera era capaz de mirar cuando había sangre y Camino tenía que limpiarle las heridas. Esta vez siente que acaba de abrirle una, pero se va sin volverse. No puede perder más tiempo.

Corre escaleras arriba. Su vecina se asoma, y a Camino le parece oír que la llama. Seguro que está deseando saber si hay noticias. A lo mejor lo percibe en el ambiente, como las serpientes pueden sentir en la punta de la lengua dónde están sus presas. Camino no se detiene. Cuando llega a casa, nota una sensación de mareo que hace que el mundo gire y que ella esté a punto de perder pie y derrumbarse en el suelo. Tiene que apoyar la espalda en la puerta y la mano en la pared. Se lleva la otra a la frente e inspira. O lo intenta. Tiene un peso en los pulmones que no deja que se llenen.

La nota. Tiene que llevarle la nota. Se mueve por casa con la torpeza con la que lo haría una extraña. Nada parece real, siente que su hogar es un decorado que se basa en su piso, uno en el que cada detalle ha sido elegido con cuidado, pero todo es falso.

Encuentra el papel donde lo había dejado y pierde un tiempo que no tiene en releer cada palabra. Casi espera que hayan cambiado, que ponga otra cosa. Encontrar una clave para descifrar un mensaje de socorro dirigido a ella, o que haya pistas del asesino. Camino estaría dispuesta a entregar a cualquier otra persona, incluso a sí misma. La firma de Isabel es como un puñetazo en el estómago.

¿Y si ha sido ella?

La falta de sueño y la irrealidad de los últimos días han hecho que todo parezca confuso. No tiene más pruebas de que su amiga sea inocente que coincidencias fáciles de malinterpretar y lo que le dice su corazón. Incluso la confesión de Isabel está en su contra, los testigos que dicen haberla visto, su ropa y las palabras escritas de su puño y letra.

Camino se sienta en la cama con la nota en la mano y la mirada perdida. Quizá se aferra a eso porque es la única persona que la quiere de verdad. Quizá se está dejando utilizar porque es mejor que quedarse sola, mejor que sentirse abandonada. Si su madre estuviera con ella, le preguntaría si en algún momento pensó que su padre solo decía que la quería porque le compensaba, y si aun así merecía la pena.

No es lo que le gustaría haber heredado de ella, esa facilidad para dejar que la usen a cambio de un cariño que ni siquiera es tan fuerte como el amor que ella siente. Porque siempre ha sabido que, aunque Isabel sea su persona favorita, Camino no es la de ella. Siempre ha estado Inés, por mucho que su amiga se queje de su hermana.

Inés, que insistía en jugar con ellos y no lo hacía para sentirse mayor, sino para acaparar a Isabel. Inés, que era capaz de quitarle todo lo suyo y de llevarla al límite, pero que siempre lograba que su hermana se doblegara. Isabel tenía que hacer lo imposible para sustituir a una madre muerta y a un padre que pasaba muchas horas fuera de casa. Si llegara el fin del mundo e Isabel solo pudiera salvar a una persona, esa sería Inés. Y ni siquiera porque le gustase pasar tiempo con ella. Era su deber, marcado a fuego y con golpes de rutina. Lo que tiene que hacer. Protegerla, aunque le haga daño. Quererla, aunque desee gritar de rabia. Asegurarse de que no le falte nada, incluso si no tiene bastante para ella, asumir los castigos que deberían caerle a la pequeña porque, de alguna forma, siempre es culpa suya que se porte mal…

El corazón de Camino da un vuelco. Ve otra imagen en ese puzle que no ha podido terminar. La oculta. La nota le tiembla en la mano, e incluso encaja el sonido de los segundos al trocear el tiempo.

Transformación

Fecha: 15 de septiembre de 1986

Nombre de la testigo: Camino Iglesias Olmedo

Fecha de nacimiento: 07/07/1964

Ocupación: Carnicera a tiempo parcial en la carnicería La Segoviana

Relación con la víctima: Relación de amistad tensa

Hechos: Varios testigos presenciaron el enfrentamiento entre Camino Iglesias y la víctima la noche en que Manuel desapareció. Se menciona una amenaza. No era la primera vez que discutían en público. Camino estuvo presente en las tareas de búsqueda y en el descubrimiento del cadáver.

Comportamiento durante la entrevista: Se habla con ella en su casa. La madre, antes de irse, parece bastante más nerviosa que la testigo. Camino Iglesias muestra una actitud defensiva y fría. No se resiste a las preguntas, pero evita entrar en detalles. Menciona a María y Víctor Barrado. Da respuestas evasivas sobre la relación entre la víctima e Isabel Arias. Reconoce haber amenazado a la víctima por el comportamiento de esta con Isabel.

Declaración de la testigo: «[…] Le dije que ojalá se muriera. No era una amenaza de verdad. Solo quería que parase. Alguien tenía que decirle que parase, pero todo el mundo seguía riéndole las gracias».

Coartada: Esa noche, Camino Iglesias se fue a casa sola. Nadie puede corroborar su coartada.

31

A lo mejor debería correr, pero es incapaz. Le parece que Zarzaleda está sumergida, y le cuesta caminar por el fondo. Los ruidos le llegan amortiguados, y su corazón tiene un latido fuerte y lento. Fernando ya se ha ido, o no es capaz de verlo. Se mueve con el papel en la mano, con zancadas lentas y la imagen de un puzle por fin terminado en la cabeza.

Conoce tan bien Zarzaleda que podría cruzarla con los ojos cerrados. No tiene ningún misterio: es un pueblo pequeño donde conviven pisos nuevos con viviendas tan antiguas que podrían tener vida propia, que entornan la mirada desde ventanas estrechas y puertas bajas.

Lo conoce, pero tiene la impresión de atravesar un decorado. Se cruza con vecinos de toda la vida, pero por primera vez le parecen vacíos. Un Renault 5 frena para no atropellarla, pero ella ni siquiera se fija en el conductor, que le grita. No se le acelera el pulso. Ni siquiera el peligro parece de verdad.

Al pueblo le falta algo. El olor o el alma. Le falta el peso que lo haga sentir real. Nada parece sólido, y lo evidente se ha mantenido oculto porque estaba tan acostumbrada a verlo que no se ha parado a mirar.

Se equivocaba al pensar que Isabel ocultaba la verdad por miedo. El miedo no tiene tanta fuerza como el amor. El amor es capaz de hacer que alguien guarde silencio incluso cuando cumple con un castigo que no se merece. El amor hace que una persona se esfuerce más de lo que puede sin esperar nada a cambio. El amor, mezclado con el deber, es un veneno lento y peligroso.

Camino no está segura de si el amor inspiró la nota y le susurró al oído que no podía dejarlo vivo entre las zarzas, que buscara una piedra y acabase con él. A lo mejor eso sí que fue el miedo. O la crueldad, o la venganza.

No le importa. Porque no fue Isabel la que cogió la piedra. Camino tenía razón, pero no sabe si será suficiente para salvarla.

Isabel no le ha pedido que se dé prisa porque tenga miedo de echarse atrás. Tiene miedo de que Inés haya cometido un error y que haya algo que la incrimine en esa nota. No puede recordar lo que pone porque nunca la ha leído. Quiere conocer su contenido para afirmar que la escribió ella, quizá asegurarse de que encuentran sus huellas dactilares.

Camino vuelve a preguntarse por qué se la lleva. La usará para echarse la culpa de algo que no ha hecho. Como con el plato de porcelana roto, como las veces que

Inés llegaba tarde a casa. Camino haría lo que fuera por salvar a Isabel, pero ella siempre salvará a su hermana. El papel está manoseado, pero a Camino le parece sujetar el filo de una navaja.

Cuando pasa delante del bar, se da cuenta de que los dos Carlos siguen allí, con la taza vacía y la mirada vigilante. Tienen las pupilas y la paciencia de los buitres. Seguro que también su instinto, el que hace que estos animales vuelen sobre una presa que aún no está muerta. Saben que solo tienen que esperar. No se dan cuenta de que les sonríe, pero no está segura de si es una sonrisa de derrota o una mueca de dolor.

La casa de Isabel se parece más que nunca a la torre en la que, en los cuentos, se encierra a las princesas.

Camino pasa por delante de la ventana en la que siempre hay alguien vigilando. Se imagina a la vecina asomándose cuando oye ruidos en el portal, entornando los ojos para ver en la oscuridad de la noche y reconocer, tal vez, el jersey granate de Isabel y el mismo tono de pelo, liso, moviéndose a cada paso. ¿Por qué iba a pensar que no era ella?

Al llegar a la puerta de su casa, recuerda la ferocidad de Inés cuando fue a visitarla después de que encontrasen el cuerpo de Manuel. La miraba como si fuera una amenaza porque lo era. Inés a la defensiva, Isabel rota y aturdida. ¿Lo sabría entonces? ¿Lo sospechaba?

Piensa en el funeral de Manuel. Inés parecía pequeña y furiosa. Con los puños apretados. Camino había dado por hecho que estaba enfadada por la situación, que por eso no había soltado una sola lágrima.

Podía haberse fijado en esos detalles, pero ha tardado demasiado en interpretarlos bien. El tiempo se acaba. Llama a la puerta y, esta vez, Isabel no tarda en abrirla. Lleva el pelo húmedo y una expresión decidida, serena y dolorosa al mismo tiempo. Camino la ha visto en las estatuas que representan a la Virgen en las iglesias.

—¿La has traído?

Camino levanta la mano con la nota. Es una suerte que Isabel esté demasiado nerviosa para fijarse en ella, para ver qué expresión tiene. Su amiga extiende la mano para coger el papel, pero ella lo aparta.

—Camino, por favor...

—¿Inés sabe lo que vas a hacer por ella?

Camino está convencida de que Isabel no estaría más asustada si hubiera sacado un cuchillo y lo apoyara contra su cuello. La mira con unos ojos enormes llenos de terror. Avanza hacia ella de una forma tan brusca que Camino piensa que quiere pegarle, pero solo cierra la puerta. Luego sisea:

—Mi hermana no irá a la cárcel. Y menos por mi culpa.

—¿Por tu culpa? ¿Le pediste que lo matara?

—¡No! ¡Claro que no! —La voz de Isabel se rompe.

—Entonces no es culpa tuya. No eres responsable de lo que haga tu hermana.

—No creo que quisiera hacerle daño... Se le fue de las manos....

Isabel parecía algo recompuesta al abrir la puerta, pero vuelve a desmoronarse. Rompe a llorar con lágrimas cansadas. Camino tiene que contener la lengua para no responder que rematar a un chico herido golpeándolo en la cabeza con una piedra no es la idea que tiene de alguien que no quiere hacer daño.

—¿Lo hizo por ti? —pregunta intentando que su voz suene más suave—. ¿Sabía que Manuel te agobiaba?

Puede entender a Inés. A lo mejor ella no estaba tan lejos de hacer lo mismo. A lo mejor, si no hubiera conocido a Manuel desde hacía tanto tiempo, o si le hubiera dado miedo enfrentarse a él, podría haber sido ella la que lo hubiera matado. La diferencia es que Camino no dejaría que el pueblo culpase a Isabel.

Con un escalofrío, se pregunta si Manuel cruzó la línea. Si le hizo algo tan horrible a Isabel que ni siquiera se ha atrevido a contárselo.

—Tendría que haberme dado cuenta de que pasaba algo —solloza Isabel.

—¿El qué? ¿Qué pasaba?

—Inés siempre ha querido lo que yo tenía. —Isabel esboza una sonrisa triste—. Dios... me pone de los nervios que lo haga. Que se quede con mis libros, mi ropa...

—... el chico al que le gustabas —continúa Camino.

Isabel pestañea rápidamente y sorbe.

—Conocía a Manuel. Sabía que no quería nada serio conmigo. Nada duradero. Ni conmigo ni con nadie que no estuviera a su nivel. —Frunce un momento los labios—. Sabía que si se empeñaba tanto conmigo era porque no le hacía caso. Lo conocíamos lo bastante bien para saber que casi todas sus promesas eran falsas. Supongo que era un juego para los dos. Una partida larguísima al mentiroso en la que sabíamos qué cartas llevaba el otro.

Camino frunce el ceño porque no lo ve como ella. Manuel intentaba aprovecharse, buscar el límite, incomodarla. Isabel nunca lo ponía contra la pared.

—Tendría que habérselo advertido. —A Isabel le cuesta coger aire—. Manuel me lo dijo: si yo no quería nada con él, había otras chicas a las que les interesaba. Pensaba que era cualquier otra. Inés… Inés no es tan madura como se cree.

—No es culpa tuya —repite Camino, con los hombros tensos—. No tienes que fingir que has sido tú la que lo ha matado.

—No serán muy duros conmigo —susurra Isabel—. No tengo antecedentes ni nada por el estilo. No soy… no soy mala persona. Me entenderán.

No habla para convencer a su amiga, sino para convencerse a sí misma. Camino entorna los ojos.

—Serán más suaves con Inés. Es menor. No sé mucho de juicios, pero eso ayuda, ¿no? Además, Manuel la ha engañado. Ha jugado con ella. Puede que ni siquiera tenga que ir a la cárcel.

—No, no, no puedo dejar que le pase nada. Inés es lista, es de las mejores de BUP de su promoción, estoy segura de que sacará buena nota en selectividad. Nadie en mi familia ha estudiado una carrera, ya lo sabes. Ella quiere matricularse en algo de ciencias, y mi padre lleva años ahorrando por si no consigue una buena beca... Mi padre... A mi padre le daría algo si se entera de que se acostó con él. Que lo mató. ¡Tiene un futuro brillante! No puede perderlo todo por un error.

«Un error es empujar a alguien, no rematarlo con una piedra. —Camino se muerde la lengua cuando Isabel habla de ese futuro brillante—. Manuel también lo tenía. El más brillante de todo Zarzaleda. Todo el mundo sabe lo estudiosa que es Inés y lo mucho que se esfuerza. La gente da por hecho que llegará a la universidad para estudiar una de esas carreras difíciles. Luego, quién sabe —piensa—. Es lo que tienen las estrellas: si brillan muy cerca las unas de la otras, es fácil que se eclipsen. Las dos personas con un futuro más brillante se han destrozado mutuamente. O no, puede que aún no, porque Inés está viva y, de momento, solo yo sospecho de ella».

—¿Ni siquiera tu padre lo sabe?

—Se enteró después de que me llevaran al cuartel —solloza su amiga—. No sabe por qué, no sé si quiere saberlo. Me dijo que tenemos que proteger a Inés pase lo que pase.

—Siempre te ha cargado con cuidar de tu hermana. No es tu responsabilidad, las dos sois sus hijas.

—¿Crees que no le hubiera gustado estar con nosotras? No podía. Mi padre es un buen hombre, pero tenía que trabajar para que no nos faltase nada, y yo soy la mayor. ¡Yo tendría que haberla detenido, no él! Camino, puede que no lo haya matado, pero todo esto es por mi culpa.

—Cuidar de tu hermana es una cosa. Ir a la cárcel por algo que no has hecho es muy distinto.

Camino lo dice en tono suave y se acerca a ella. Isabel no se aparta. Le limpia las lágrimas con la manga y la mira con firmeza.

—Si va a perder a una hija, que le quede la mejor. Camino, si te importo, no digas nada. No impliques a mi hermana. Si le pasa algo, si acaba encerrada por tu culpa, no te lo perdonaré nunca. Nunca, ¿entiendes?

—No tienes que hacer esto. Aún no tienen pruebas suficientes.

Isabel sonríe con una mueca de agotamiento. Camino se pregunta cuánto hace que su amiga no duerme una noche entera. Si a ella le ha costado conciliar el sueño, ni se imagina la de horas que ha pasado Isabel desvelada, sabiendo que era cuestión de tiempo que encontrasen algo que relacionase a su hermana con el crimen. Esperando que el lobo llamase a la puerta.

Camino se ha adelantado al lobo. Tenía tantas ganas de saber la respuesta como la mujer de Barba Azul cuando jugaba delante de la puerta prohibida con la llave en la mano. Ninguna ha sabido parar a tiempo. Una vez manchadas por la verdad y por la sangre del crimen, no hay nada que puedan decir para ocultar lo que han visto.

La curiosidad no mató al gato, pero ha sido suficiente para que Isabel decida que el tiempo ha terminado. Sacude despacio la cabeza.

—Si tú has sido capaz de verlo, puede que ellos también encuentren pistas que les lleven hasta mi hermana. Ahora soy el centro de atención. Si confieso, será suficiente.

Isabel le coge la mano y vuelven a tener ocho años. Escuchan la cuenta atrás desde la puerta, pero esta vez su amiga no piensa esconderse. Va a terminar el juego.

—Déjame leer la nota.

Camino pasa la yema del pulgar por el papel. Siente que nunca ha tenido nada tan valioso entre las manos. De todas formas, no sirve de nada. Se lo tiende y le parece estar entregándole su corazón. Esta vez Isabel no se inclina con avidez. Lo coge despacio, sin movimientos bruscos. La conoce demasiado bien y no quiere volver a asustarla.

La conoce lo suficiente como para saber que cederá si antes le da la mano. Camino recuerda la conversación con Álvaro, y esta vez ya no se pregunta si Isabel la manipula, solo si lo hace de una forma calculada o si le sale de forma instintiva.

Lee varias veces las frases con cierto alivio. No hay nada que incrimine a Inés, es fácil de memorizar y la caligrafía con la que su hermana imitó su letra se parece lo bastante a la suya como para engañar a Manuel o confundir a la policía.

Isabel inspira y mira la hora. Tensa los labios y la mano que aún tiene entrelazada con la de Camino.

—¿Me acompañas? Por favor, no quiero ir sola.

Otra petición en tono dulce y suave, indefenso. Otra vez que Camino sabe que lo está haciendo a propósito para conseguir algo de ella y cede. A lo mejor, si se lo pidiera, se entregaría por ella, pero Álvaro no tiene razón en todo. Puede que Isabel la utilice, pero también la quiere. No le pediría algo así. No la sacrificaría para salvarse.

«El amor —piensa Camino— es una emoción demasiado extraña. Es un abrazo y un arma». Asiente y se deja abrazar. Es un abrazo frío que sabe a traición y a óxido, pero está convencida de que será el último, así que cierra los ojos. «El amor hace cosas terribles. El amor da vida y razones para matar». Cierra los ojos y apoya la mejilla contra el pelo de Isabel. El abrazo sabe a despedida. La echará de menos, se le rompe el alma al pensar que está a punto de perderla.

Pero ahora tienen que irse juntas.

Salen de la casa. De la mano, como tantas veces ha soñado Camino sin atreverse a decirlo. Es cruel que algunos sueños, al cumplirse, se conviertan en pesadillas. Tienen demasiadas cosas que decirse y no hay tiempo, así que caminan en silencio. Siente la mano de Isabel fría y húmeda. Su propia piel está tan seca y rígida como el cuero viejo. Hace frío y el corazón le arde. Bajan juntas las escaleras y salen a una calle que le parece demasiado luminosa. Es como cuando, al terminar una película, encienden de golpe las luces del cine. Se acaba el cuento. La realidad tiene dientes, repite escenarios, y la mayoría de los actores no interpretan el papel con el que sueñan.

Camino siente los ojos de Zarzaleda fijos en ella, como si el pueblo entero contuviera el aliento. El odio vendrá después. No le sorprende encontrarse a los Carlos en la entrada de la cafetería. Han terminado su desayuno y las esperan.

No se adelantan. Dejan que sean ellas las que se acerquen, y a Camino le parece un movimiento inteligente. Los animales que cazan desde sus escondites tienen más éxito si son pacientes y permanecen quietos hasta que la presa está a su alcance. Isabel le agarra con tanta fuerza la mano que empieza a cortarle la circulación.

—Señorita Arias, señorita Iglesias… ¿podemos ayudarlas? —pregunta Carlos Gorricho con ese tono cálido que le sale solo y una tensión que esconde en la sonrisa.

Garrido, en cambio, se queda un paso atrás y observa a Camino. Porque es ella la que le está mirando con firmeza.

—Quiero hablar con vosotros —dice Isabel casi sin aliento—. Quiero entregarme.

El rostro de Carlos Gorricho cambia en un parpadeo. Pierde la sonrisa, se echa hacia atrás y su expresión se vuelve grave.

—Por favor, acompáñeme al cuartel.

Isabel asiente, pálida como un fantasma. No ha dejado de apretar la mano de Camino.

—No tienes por qué acompañarme —susurra.

A lo mejor solo lo dice porque sabe que, de todas formas, Camino lo hará.

El tiempo se desdibuja durante el trayecto. Cada paso ha durado años. Han llegado en un latido. De todas formas, ¿qué importa? A Camino tampoco le importan las miradas ni los murmullos que se levantan a su paso. Imagina que lo que han vivido es como lo que les pasaba a las brujas cuando se las llevaban para quemarlas en la hoguera. Pero ellas no son brujas y, en vez de una hoguera, se dirigen al edificio de piedra gris donde está el cuartel de la guardia civil.

Isabel tiembla, Camino la sostiene. Alguien las insulta, pero la mayoría solo mira, mira y cuchichea. La comisaría está limpia; en cuanto intercambian una frase con los Carlos, estos empiezan a preparar papeles. Papeleo. Camino no ha pensado que, cuando se produce un asesinato, sea tan importante ponerse a rellenar formularios.

Pedro sale de una de las oficinas. Tiene una expresión contenida y las mira de arriba abajo antes de abrir una puerta que da a una sala blanca con varias sillas plegables y una mesa vacía.

—Quieres hablar con nosotros, ¿verdad, Isabel? —Ella asiente, blanca como la cera—. Pasa.

Isabel mira una última vez a Camino. El miedo es de

color ámbar. Quiere abrazarla como un pez recién pescado se muere por volver al agua. Su amiga abre la boca, pero la cierra sin decir nada. Solo asiente y le suelta la mano antes de entrar, pálida y sola, a ese cuarto donde confesará un crimen que no ha cometido.

Donde la creerán.

A Camino le hormiguea la mano. Siente como si se la hubiera rozado un fantasma. Pedro se queda un momento más antes de seguirla a la sala.

—Camino, ¿tienes algo que contarnos? —Aprieta los labios, y la siguiente pregunta la dice con una voz un poco más profunda. Un poco más rota—: ¿Has tenido algo que ver con todo esto?

—No —responde ella.

No le cuesta, porque es cierto y porque no le importa que no la crea. Sin embargo, el rostro de Pedro se relaja, incluso esboza la sombra de una sonrisa.

—Eres una buena chica, Camino.

—No lo soy —replica encogiéndose de hombros—. Pero no he matado a nadie.

Pedro estira un poco más la sonrisa y entra en la sala de interrogatorios. Camino piensa que, si hubiera querido, hubiese podido preguntarle por su hermano. O por qué nunca le ha dicho nada. Pero no es el momento y, aunque lo fuera, no sabe si algún día querrá hablar sobre ello.

Carlos Gorricho le sigue. Camino intercambia una última mirada con Isabel antes de que se cierre la puerta.

No se va. Se queda allí, lo bastante lejos para que sea

obvio que no intenta escuchar lo que dicen. Con la espalda recta y pose segura. Carlos Garrido es el primero que se acerca a ella.

—¿Hay algo que quieras contarnos? ¿Algo que te haya dicho? —Camino asiente—. Podemos pasar a otra sala y...

—Lo que va a contaros es mentira —dice Camino—. Pero aún no puedo demostrarlo.

Carlos la mira sin abrir la boca. Sin moverse. Como si supiera lo que va a decir a continuación. Camino nunca ha pronunciado antes esas dos palabras, «necesito ayuda». Ni siquiera con su abuelo. Le cuesta, le saben extrañas, como a bilis. También le dejan un vacío en el estómago.

—Necesito ayuda.

Inés lo sabe. A Camino le queda claro, incluso de lejos, por la forma en que anda. A tumbos, como si se tropezara con sus propios pies. Lleva la mochila colgada de un solo hombro y se mueve como un saco de piedras. Cuando se acerca, ve que tiene la cara congestionada y los ojos brillantes, las mejillas pálidas y las manos crispadas.

Camino deja que la alcance. La espera sentada en la acera, delante de su casa. Hace frío para estar allí con una sudadera vieja y unos vaqueros, pero ¿qué importa? Casi se alegra de que le entumezca la piel. Con un poco de suerte, quizá le entumezca el alma.

Al principio, Inés no la ve. Camino supone que está

demasiado conmocionada por sus propias emociones para fijarse en ella. Hasta que no está a unos pasos de ella, no le clava las pupilas. Siente su mirada como garras.

—¿Qué ha pasado?

La pregunta es una exigencia. Camino se lo toma con calma.

—Ya lo sabes, ¿no?

—¿Por qué se ha entregado?

Camino encoge un hombro, sin mudar el gesto. Como si no le importase. Siente la tensión en los huesos, pero no muestra nada.

—Era cuestión de tiempo. Lo sabes.

—¿Has sido tú? ¿Qué le has dicho?

—Eduardo encontró una nota bastante incriminatoria —dice Camino, que desvía la mirada al frente y hunde las manos en el bolsillo central de la sudadera—. Te aseguraste de imitar bien su letra. Cualquiera hubiera pensado que era la suya. La conozco mejor que nadie y, aun así, dudé. Buen trabajo, supongo.

Las mejillas de Inés pierden el poco color que les queda. Los labios le tiemblan. Tienen el tono de los pétalos de una rosa casi blanca. Incluso en ese momento, entorna los ojos cuando Camino asegura conocer a su hermana mejor que nadie. Es un cebo, como si rozara un hilo de telaraña para poner nerviosa a su dueña. Preparada para que el animal salte.

Pero Inés baja un poco la cabeza, con los labios apretados.

—No quería que pasara eso.

—¿«Eso» es matar a Manuel o culpar a Isabel?

Inés duda. Hay frialdad en sus ojos. Hay una crueldad del mismo azul claro del cielo de enero. Mira a su alrededor para asegurarse de que nadie la oiga.

—¿Se lo has contado a alguien más?

—He acusado a Verónica, a Álvaro y a Eduardo de ser los asesinos. Incluso a Fernando, de pasada. No creo que mucha gente me tome en serio si digo algo. Solo se lo dije a tu hermana.

—¿Y por qué la han arrestado?

—Se ha entregado. Creo que cuando le enseñé la nota se dio cuenta de que era cuestión de tiempo que lo hicieran. O peor aún, que encontrasen algo que señalase a la verdadera asesina.

—No soy una asesina.

Inés la mira abriendo mucho los ojos, casi ofendida. Es una expresión bastante inocente que no impresiona a Camino.

—Has matado a alguien.

—No pensaba… no sabía que la noche iba a terminar así.

Camino ladea la cabeza.

—¿Qué querías?

—Recuperarlo. O castigarlo, vale. Pero no así… —Hace una pausa y se lleva los dedos a las sienes. Camino la mira impasible. No le parece sincera, al menos no del todo. Inés suspira y añade—: Quería vengarme. De él. Y quería

382

ser mejor que Isabel. Tener algo que ella no pudiera tener. Tú no sabes lo injusto que es estar toda la vida a la sombra de tu hermana.

—No. No he tenido hermanas.

—Isabel siempre dice que soy la preferida de mi padre. ¡Como si no lo fuera ella! Sí, bueno, le toca limpiar más en casa o echarme una mano. Pero confía en ella. Siempre ha hecho lo que ha querido.

Camino tiene que morderse el interior de las mejillas para no contestar. No quiere interrumpirla. Inés sacude la cabeza con los ojos brillantes y la piel blanca, hecha un desastre. No hablaría con ella si no estuviera tan confundida.

—¿Quién estrenaba la ropa buena? ¿A quién le enseñó a conducir? ¿A quién le pedía que se encargara de llevar el dinero? Y aunque fuera verdad, ¿de qué me servía ser la favorita de mi padre? Isabel tenía un grupo de amigos. Verónica la ayudaba a maquillarse, le regalaba ropa como la de las revistas, en vez de la mía, tan cutre que parece del siglo pasado. Te tenía a ti, que eres como un perro guardián. Tenía a Manuel, el chico más guapo del pueblo. Estaba coladísimo por ella. No era justo.

—Entonces ¿te liaste con él porque le gustaba tu hermana?

—No, a mí me gustaba, ¡a todas las de mi clase! —reconoce—. Pero no hice nada. Manuel empezó a hablar conmigo este verano. Al principio no le creía, no soy imbécil. Sé que ha estado con muchas chicas. Pero siguió hablando conmigo. Me hizo creer que era especial, que se había enamorado de mí. Que quería estar conmigo, no como con Isabel, que en el caso de ella eran solo juegos. Que yo lo entendía mejor que nadie.

Camino siente pena. No demasiada, pero entiende que una chica que desea desesperadamente todo lo que tiene su hermana puede caer en la trampa cuando le ofrecen algo que ella nunca ha podido tener.

—Me decía que era muy madura. Que no era como el resto, que solo aspiran a quedarse en el pueblo, sin futuro. Que podíamos vivir juntos cuando terminase la carrera. Me dijo que saldríamos de Zarzaleda y que solo vendríamos de visita.

—Y que seríais mejores que el resto.

Inés no ha llorado en el entierro del chico que asesinó, pero ahora lo hace. Se frota los ojos con rabia.

—Le creí. Y después de acostarnos… pasó de mí. Ni siquiera quería hablar conmigo. En verano, cuando quedábamos, lo hacíamos en secreto. Decía que mi hermana se pondría insoportable con los celos. Y de repente estaba como siempre, iba detrás de ella y fingía no verme. Esa noche, cuando discutisteis, intenté hablar con él y me dio la espalda. Y justo después intentó besar a mi hermana. Así que me fui de allí mientras le amenazabas.

—Y le escribiste la nota haciéndote pasar por ella.

—Sabía que, si creía que era Isabel, vendría —dice Inés con amargura—. Aunque incluso entonces esperaba… una razón que pudiera tener sentido. Pero cuando me vio…

Inés se seca las lágrimas de nuevo. Camino está tentada de ayudarla, pero no se mueve. Lo único que le da es espacio y tiempo para que siga hablando.

Necesita que lo haga.

—Me dijo que era una niña tonta y una pesada. Que solo lo había hecho porque era fácil y para ver si mi hermana se ponía celosa. Me usó porque no podía tenerla a ella.

Inés tiene el rostro blanco y rojo por la rabia.

—Y lo mataste —musita Camino.

—Lo empujé. No fue a propósito —masculla—. Lo empujé. Él se rio de mí. Lo empujé más fuerte. Creo que no se lo esperaba. Cayó contra el suelo y bajé a buscarlo. Seguía gritando y pensé… —Inés resopla y se pasa las manos por el pelo—. Pensé en ayudarlo, te lo prometo.

Camino asiente. Le alivia oírlo.

—Pensé que tenía una pierna rota. O… bueno. No lo sé. Pero lo encontré con sangre en la cara. Gritaba… unos gritos horribles. Como un animal. Pensé que no sobreviviría.

Camino recuerda los gorriones caídos del nido. El cuello torcido. Los ojos cerrados e hinchados, ciegos. Los pulmones agitados agonizantes y esas pequeñas alas sin plumas que aletean por impulso. Recuerda la bota del abuelo Millán cayendo de un golpe seco contra ellos.

—Era más rápido —resume.

Inés asiente. Se suena en la manga de la sudadera.

—No quería que muriese. Tampoco castigar a Isabel. Solo quiero que esto termine.

—Lo siento —dice, y es sincera.

Luego busca en el bolsillo de la sudadera la grabadora que le ha dado Carlos Garrido y pulsa el botón de pausa.

Inés oye el leve chasquido. Abre mucho los ojos y tiene unas pestañas tan largas que a Camino le recuerda a un cervatillo paralizado por la luz de los faros. Le devuelve la mirada sin mover un músculo.

—¿Por qué haces esto? —jadea Inés—. Si me entregas, mi hermana no te perdonará nunca.

—Pero yo sí que podré hacerlo.

Se pone de pie sin prisa. Le da la oportunidad de que la tire al suelo, de que forcejee con ella, de que le quite la grabadora y la estampe contra el asfalto, como golpeó la piedra contra el cráneo de Manuel. Puede hacerlo. Una parte de Camino quiere que lo haga, pero Inés sigue quieta.

—Si quieres escapar, puedo darte unas horas —le ofrece.

—¿De qué serviría? —responde ella. Tiene la voz firme y los ojos húmedos por el miedo.

—No lo sé. Puedes entregarte. Igual no son tan duros si lo haces.

Inés niega con la cabeza. Tiene el ceño fruncido y su expresión no es tan diferente a cuando era pequeña. Alza la mirada con lágrimas rodando por sus mejillas.

—Graba esto. —Espera hasta que Camino, con las cejas arqueadas, pulsa otra vez el botón de pausa y vuelve a grabar—. Diles que les espero. Que pueden soltar a mi hermana. Que vengan a por mí, no me moveré.

Ella asiente y se aleja despacio. Los hombros le pesan. El alma se arrastra tras ella. Está tan cansada que ni siquiera es capaz de saber qué siente. Puede que, como antes, no sienta nada. Camino respira, tiene las emociones rotas pero el corazón sigue latiendo. Así que sigue y se encuentra con Carlos Garrido en la esquina en la que él le ha dicho que la esperaría. Sus ojos continúan teniendo esa mirada dura, de ave de presa, pero por primera vez Camino siente que no la perforan a ella. La forma de inclinar la cabeza al encontrarse parece casi amable. Le tiende la mano hacia la grabadora.

—¿Ha confesado?

—Dice que os espera. —Camino está a punto de darle el aparato, pero duda—. ¿Irá a la cárcel?

—Dependerá del juicio y de cómo juegue sus cartas.

—¿E Isabel?

—Puede que se enfrente a algún cargo por encubrirla. O por planearlo. Si ha tenido algo que ver, puede ser serio.

—No lo ha hecho.

—Entonces no me preocuparía por ella —confirma Carlos.

Camino responde con una mueca. Isabel no estará bien. La sospecha sobre ella no se borrará tan fácilmente. Los rumores puede que nunca cesen. Y su hermana se enfrentará a cargos scrios, a las consecuencias de sus actos. Será duro para esa niña acostumbrada a que los demás cumplan los castigos por ella.

Será más duro para Isabel no poder cubrirla.

La perderá para siempre.

Será libre.

Camino entrega la grabadora.

No se despide de Carlos. No hace falta. Él se dirige hacia Inés y Camino va en dirección contraria. Nunca le ha costado tanto avanzar. Lleva sobre los hombros todas las noches de insomnio, todas las sospechas que ha soportado, todas las amistades que ha roto y todo el daño que sabe que le hará a Isabel. Pero sigue avanzando, un pie tras otro, aunque esté al límite de sus fuerzas.

El trayecto hacia la cabaña nunca se le ha hecho tan largo. Tiene la impresión de que envejece caminando. La garganta se le seca, el viento la golpea. Sigue adelante cuando las jaras intentan hacerle la zancadilla y cuando las zarzas se enganchan a los bajos de sus pantalones. Sigue adelante incluso cuando el cansancio la ciega y no puede ver el camino, cuando el corazón se convierte en un ave furiosa que quiere escapar de sus costillas.

Llega a la casa, al castillo, a la fortaleza, y es más consciente que nunca de que solo es un edificio en ruinas. Una estructura peligrosa que aguanta por inercia. Algo que iba a ser y nunca lo fue. Camino entra y pisa el hollín, los cristales rotos y las huellas de su infancia. Siente que la piel muerta de la niña que una vez fue termina de desprenderse a cada paso. Trepa por la escalera y se sienta en el borde de la plataforma en la que Manuel perdió la vida. El viento le golpea la cara y ella le enseña los dientes. Le gustaría prender fuego a ese sitio. Le gustaría arder en él.

Deja que las sombras se alarguen y que el día pierda fuerza. Que el frío la entumezca y que el paisaje se emborrone. Pero no es la noche lo que nubla su visión.

Camino llora. Sin hacer ruido. Con el corazón desgarrado, sangre en los dientes y una soledad despiadada desde el interior de sus huesos. Llora, y cuando las lágrimas se le atragantan, grita. Araña el suelo, golpea los cimientos, aúlla y se derrumba. Llora, pero no hay nadie para oírla. Llora donde no hay nadie que la escuche. Se derrumba, está cansada de ser fuerte.

Y sabe que, al día siguiente, tampoco tendrá a nadie en quien apoyarse.

Epílogo

Han pasado seis meses desde que murió Manuel. Camino se pregunta si, de los que están en esa casa, alguien más lleva la cuenta. No lo cree, porque el ambiente está relajado, tentativamente alegre. La música de Hombres G suena algo más alto de lo que debería para ser casi las doce de la noche. Le llega con claridad a través de la puerta entornada de la terraza. Camino está apoyada en la barandilla, de espaldas a sus amigos, disfrutando de la brisa de la primavera y del brillo de las estrellas.

Álvaro tiene suerte. De momento, sigue sin haber planes de construir nada delante de su chalet. Se le hace raro estar allí, con la casa ya terminada. Pasa la mirada por las baldosas y piensa, casi orgullosa, que ella estuvo allí antes, cuando solo era un esqueleto y el futuro tenía el tono de las cenizas. Sagrario dice algo que no llega a oír y que hace reír a Fernando. Camino, en la terraza, ladea la cabeza. Mete la mano en los bolsillos y, entre las piedras con forma extraña, encuentra una llave nueva, una que no está junto a las de su casa. Acariciarla la ayuda a sentirse más segura.

Aún no sabe qué siente por Fernando. Lo ha pasado mal, y también ha sido injusto. No le gustan muchos de sus comentarios, y menos aún cuando imita las bromas de Manuel, pero a veces, a medida que se disipa su recuerdo, Fernando se parece un poco más al niño callado. Al niño dulce. Camino lo ha echado de menos.

Que Álvaro se mantuviera cerca de ella le sorprendió menos. Que lo hiciera Fernando le resultó inesperado. Contaba que le guardase rencor por lo que opinaba de Manuel. Puede que así sea. Puede que Fernando haya abierto los ojos. No lo sabe, no hablan del tema. Cada proceso interno lleva sus ritmos, y quizá Fernando nunca llegue a querer hablar de lo que sienten. Pero le tendió un puente, y Camino se alegra de no haberlo quemado.

Lo que pilló a todos por sorpresa fue la ruptura de Verónica y Álvaro. Ella dice que fue mutua. Él, que no tenía sentido seguir adelante. Verónica sigue hablando con Fernando, también con Sagra. Incluso este último mes vuelve a cruzar palabras con Camino. Lo ha pasado mal. El duelo por la muerte de Manuel se mezcló con la ruptura de una pareja a la que no quería de verdad pero que siempre había estado allí para ella. Y esperaba que siempre estuviera. Verónica ha pasado meses pálida y ausente, aislada. Camino ha visto que últimamente ha empezado a sonreír más, y se alegra. Piensa que, si alguien más sabe que en este momento se cumple medio año que murió

Manuel, tiene que ser ella. Pero Verónica no está invitada a la fiesta. Álvaro ha rehecho su futuro sin ella. A Camino le parece que es la mejor opción no solo para él, sino también para Verónica.

Sagrario está distinta. No mucho, hay que conocerla bien para darse cuenta de que su sonrisa es más valiente y que, de vez en cuando, se atreve a hablar de los libros que lee o de la belleza que encuentra en la poesía. Camino no se alegra de que Manuel esté muerto, pero está bien que no haya nadie que la ridiculice cada vez que se atreve a decir una ocurrencia en voz alta. Ha llegado a conocerla mejor en estos meses que en todos los años anteriores. Sospecha que tiene que ver con que ella se tragó el orgullo y fue a su casa para pedirle perdón por cómo la había tratado. No fue justa con ella, pero es capaz de verlo. Sagra se portó mejor de lo que esperaba y mejor de lo que merecía. Su relación no es como la que tenía con Isabel, nunca llegará a serlo ni aspira a ello, pero está bien.

La amistad tiene muchos sabores. El amor está lleno de matices.

Alguien tenía que terminar mejor de lo que estaba seis meses antes.

Aunque se sorprende pensando que ella también ha ganado. No ha sido fácil; lo que ha perdido le duele tanto que hay días que le cuesta levantarse de la cama. En especial al principio, las primeras semanas en las que Isabel solo se dirigió a ella para decirle que nunca iba a perdonarla. Lo sabe. Se lo merece. Aun así, no se arrepiente.

No cree que hubiera dejado que ella se entregara. Le gustaría estar a su lado, ser su apoyo, dejar que se desahogara y que le contase cómo lleva Inés su condena. Consiguieron que la juzgaran como menor, aunque su futuro ha perdido el brillo que Isabel se empeñaba en mantener a cualquier precio.

Isabel y su padre se mudaron a Colmenar. Había pintadas en la casa, los niños los insultaban e incluso tiraron piedras contra los cristales de las ventanas. Una noche alguien hizo arder la cabaña en la que murió Manuel, el castillo en el que habían compartido la infancia. Camino no ha vuelto. Prefiere recordarlo tal como era.

Le gustaría estar junto a Isabel y ayudarla. Le gustaría no haber perdido a la persona más importante de su vida. Pero no puede luchar por mantenerse cerca de alguien que tiene motivos para odiarla.

Y no está tan sola como esperaba. Sagrario, Álvaro, Fernando... incluso su madre. No mantienen una relación de madre e hija, ni siquiera es tan fuerte como la que tendría con una hermana mayor. Es más bien la de una tía que no conoce demasiado pero que resulta ser más parecida a ella de lo que esperaba. Ya no la odia. Hay noches que la espera para cenar juntas. Sí, sigue deseando ganar lo suficiente para irse a vivir sola, pero la convivencia con Rebeca ha mejorado.

«Podrías venirte conmigo —le ofreció Eduardo cuando se marchó a Madrid—. Siempre tendrás un cuarto en mi casa».

Camino sabe que es sincero. Una parte de ella se vio tentada. También sabe que ella ama esas montañas, el océano verde de los árboles y todas las criaturas que viven allí. Incluso las sombras y las zarzas que desgarraron la piel de Manuel y delataron a la persona equivocada. Tiene unas raíces demasiado profundas para moverse. Acaricia la llave y piensa que está bien tenerla. Aunque nunca vaya a abrir esa puerta, la mantiene cerca de Eduardo.

A lo mejor le espera hasta que él vuelva.

—¿Camino? —La voz de Álvaro se le acerca por la espalda. Recuerda el segundo en el que pensó que era un asesino, que sería capaz de matarla, y sonríe sin volverse—. ¿Quieres algo?

—Estoy bien —responde.

Y sus palabras son una verdad y también una promesa. Estarán bien, seguirán adelante, aunque los lazos se rompan y los castillos ardan.

Agradecimientos

Tengo que empezar dando gracias a Lute por su paciencia al explicarme todo lo que necesitaba saber sobre el trabajo que tiene la Guardia Civil en este tipo de casos. Aún guardo los protocolos en el escritorio y no sé cuántas veces he revisado las notas. Gracias por responder a cada pregunta y por ayudarme a imaginar los pasos que darían en esta historia, los que Camino ve y todos los que no sabe. Espero que, si lees esta historia, te guste, ya que tú la has hecho posible.

Tampoco podría haberla escrito sin ti, Pili, y todo lo que me contaste sobre cómo era nuestro pueblo en la época de la novela. Ni sin ti, Petri; gracias por los recuerdos que has compartido conmigo. También quiero dar las gracias a mis padres, a mi tía Paula y a mi tío Fortu, que me han ayudado con temas como las canciones, el tabaco, la moda o cómo se construye una casa. Esta novela no la he escrito sola, me habéis ayudado a levantarla con cada conversación en la que os iba preguntando sobre temas concretos que no era capaz de encontrar en otras partes.

Esta novela está dedicada a mi abuela Carmen, a la que no puedo ver tanto como me gustaría, pero que ha formado parte de la mejor época de mi infancia y que aún recuerda poesías y canciones que compartir con nosotros. También a mi abuelo José. Aunque nada me gustaría tanto como poder enseñártela, sé lo orgulloso que estarías de mí y lo mucho que te gustaría ver tu nombre en la primera página. Te queremos, pero eso ya lo sabes.

También quiero dar las gracias a mi agente. Desde que llegué a Tormenta, es como si el cielo se hubiera abierto y me resultara mucho más sencillo avanzar como escritora. Un agente de verdad no solo vela por los libros, también asesora, sabe ver el potencial de cada historia y ayuda a encontrar las herramientas para que mejoren. Gracias por dejarme formar parte de la agencia y por tenerte a mi lado, peleando mejor de lo que yo sabría por cada libro.

Decir que escribes no es fácil. Es fácil sentirse ridículo cuando lo haces, o infantil, o, en mi caso, como una soñadora que no tiene los pies en la tierra. Por suerte, tengo un entorno lleno de gente maravillosa que está dispuesta a apoyarme, a hablar de cada historia, a animarme y a hacerme sentir que no estoy sola. Hay muchas formas de acompañar, y yo siempre encuentro la forma de compartir esta parte de mi vida con quienes me importan.

Y, por supuesto, gracias a ti por leer este libro. Por acompañar a Camino incluso las veces que ella quería estar sola. Por resolver este crimen, a lo mejor incluso antes que ella. Por coger la novela y llegar hasta el final. No habría libros sin lectores, así que esta historia es ahora tuya, porque solo tiene sentido una vez que ha llegado a ti.

Gracias.

¡Nos leemos en la próxima!